唐颖作品

唐颖

和你一起读卡佛

浙江文艺出版社
Zhejiang Literature & Art Publishing House

目录

和你一起读卡佛 …………………………………… 1
你在纽约做什么? ………………………………… 24
烈饮 …………………………………………………… 46
迷途 …………………………………………………… 66
瞬间之旅 …………………………………………… 129
寂寞空旷 …………………………………………… 185
玻璃墙 ……………………………………………… 259
阴影 ………………………………………………… 284

附录:审美的秘密——关于唐颖短篇小说的对话 …… 305

和你一起读卡佛

哲子第一次遇见托尼是在去年秋天,在爪哇屋,那是一家连锁咖啡屋,坐落在市中心。这里是大学城,所以咖啡屋成了图书馆的延伸部分,客人多是学生,几乎人人面前一台笔记本电脑,终日人满为患,虽然桌椅破旧放得歪歪斜斜,黑乎乎的粗陶杯子,咖啡像被中药渣滤过的水;音乐好似从陈年胶木唱片出来,沙哑的,转到磨损部分便走了音,也许没有走音,只是感觉要走音,因为歌声轻得似有若无,像从隔壁人家过来,并且时不时被那台更旧的现磨咖啡机刺耳的噪音遮盖。

后来,在漫长的冬日,哲子也是"爪哇"的常客。

秋天哲子第一次去爪哇屋已经近黄昏,咖啡馆有一种一天工作将结束可以放纵一下的如释重负般的轻松,客人在说笑,并且进进出出流量快速,多是三五一伙的年轻人,背着装满书的双肩包,从图书馆或教学楼过来。那些本科生人高马大却长着娃娃脸,个个笑出一口整齐的白牙,手里端的是杯口堆着奶油的摩卡咖啡。

哲子和在电影系读博士学位的陈千珠刚看完《阿飞正传》,这部王家卫九十年代的旧电影,哲子和千珠都看了不止一遍,但仍然眼睛潮湿,她们意犹未尽才会在黄昏时来"爪哇"。千珠是新加坡人,同性恋,哲子是上海人,某人妻子,和千珠不同国籍,不同性取向,却因为电影上趣味惊人地相投而成了"死党"。

她们刚进门便被陈千珠的韩国同学金玉叫去他们那桌,金玉旁边还有两个韩国女生,其中一个是作家,她的书在美国翻译出版,来做巡回宣传,这个城是美国中西部文学重镇,作家做全国宣传必来此停留,女作家刚在城里最著名的书店 reading (朗读) 自己的书。那里经常有朗读聚会,学期期间两周一次,大学写作专业的学生或来访问的诗人或小说家在这里为本城居民朗读自己的作品,电台播送现场录音。

女作家年轻标致,白皙光洁的脸上有一双笑起来弯成月牙的东方美目,让哲子联想到韩国电视剧里的女生,她穿着在下午显得过于隆重的黑色连衣裙,长发披肩光滑柔顺,脸上化着细致的淡妆,不像作家像明星,仿佛韩国是个出产明星的地方,然而韩国名闻遐迩的整容技术,令哲子对着她美丽的韩国脸疑窦丛生?

看起来女作家的朗读很成功,不断有端咖啡杯的本城居民过来与她握手,说着祝贺的话,一时间这张桌子成了"爪哇"的中心。哲子就是在这一刻喜欢上这个小城,简直可以说是憧憬,憧憬住在这里,终日被文学爱好者包围,作家比明星还popular,而哲子过去也想望过当作家,虽然目前她只是个过路客。哲子是带着自己的 DV 短片去芝加哥参加一个小电影节,因为千珠,便弯来小城小住几天。

来来往往的寒暄中,托尼也来凑热闹,他先握女作家的手,然后发现陈千珠,他们是熟人,托尼热情,千珠却冷淡,托尼好像不在意,拉了一把椅子挤坐在这张本来只可以坐四位的桌子旁。因为人多,七嘴八舌中便分成几对谈话搭子,哲子和托尼隔着桌子面对面,便有了交谈,但他们之间有个彩色玻璃灯罩的台灯挡着,两人经常要摆动头,好将视线从灯罩或灯杆或诸如此类物件的空档处投过去,这样他们的交谈便有了一些话题之外的默契。

哲子和托尼你一言我一语谈得热闹,其实他们之间并没有真正的沟通。那时,美国刚刚完成选举,布什连任总统,中西部虽是美国共和党的天下,但大学城倾向民主党,这个秋天民主党城市人人脸色难看,虽然这里看出去的行人主要人种是白人。托尼出生波士顿,是激进的东部人,他蓝眼睛炯炯,情绪更激愤,他在向哲子抨击他们的总统,称他为小丑,可他的总统不是哲子的,哲子没有足够的激愤共鸣他的激愤。再说哲子的情绪还在王家卫的电影里,哲子来"爪哇"就是要和千珠一起聊王家卫,过过她们的小资瘾,那些瞬间,那些情绪,像片片羽绒,满眼飘飞,抓在手里却没有质感,脆弱虚无,王家卫的世界不讲是非,简直在和政治选举唱反调。

总之，那个黄昏他们七嘴八舌各说各的话题，匆匆忙忙在餐巾纸上留下地址，很快又离去。从咖啡馆出来，哲子对陈千珠说："我喜欢这里的气氛，我理想的居住地大概就是这里。"千珠吃惊地看看哲子："是说客气话吧？上海这么繁华，怎么会习惯这里？"

"繁华背后是寂寞，那里越来越像新加坡了！又一个'美丽新世界'！"早些年哲子在新加坡住过一阵，就是在那里认识陈千珠的，那时候，她们一起把这个文学荒芜的花园城市嘲讽为"美丽新世界"。

"哪里没有寂寞？这里的寂寞更加生物性，是动物的寂寞！"千珠用词生猛，描述透彻。"我们这个州酒的销量全国排首位，酗酒是这个州的社会问题，我就是到了这里，喝酒喝上瘾。"哲子张着嘴十分吃惊，哲子甚至不知道千珠有这个嗜好，怪不得从电影院出来她曾提出去喝酒，无奈哲子不肯响应。

她们的谈话被千珠做辅导的本科班学生打断，他们正扛着索尼小型专业机在路边拍摄什么，也许拍摄秋天。秋天的确美得惊人，河流把教学区一分为二，河边是连绵起伏的草坪，草坪尽头是树林，树林尽头是夕阳，夕阳在燃烧，树林秋色浓，赤橙黄绿青蓝紫，赤橙黄是主调。哲子从来没有见识过如此辉煌的秋天，关于秋天，她只有萧瑟的概念，然而，有关"美"的描述都是陈腐的，所以"美"已经不在艺术电影的取景范围内。哲子怔忡着，抬起头，夕阳已经消失。

反正那个黄昏之后，哲子便有了想要在这里住一阵的念头，当然并不完全是小城的吸引力，哲子厌倦了自己的城市，不如说是厌倦了留在那里已经长久从而变质的关系。这次小住，由于千珠介绍，哲子与千珠的指导教授康妮有过一次长谈并在系里放了自己的短片，之后在康妮的促成下，电影系邀请哲子做短期访问讲学，时间在春季，一月到五月。也就是说，三个月后哲子又回到这里，可千珠为她的学位论文去亚洲收集材料，暑假后才回来，她们正好错开。

哲子再次来到中西部是一月初。"虽说是春天的学期，但那里的春天只有十分钟，你先得挨过漫长的冬天，如果遇上冰雨，简直想自杀，那时书店的朗读也停了。好吧，给你准备一本雷蒙德·卡佛的原版小说，请在不能出门的日子，在家读卡佛，他的语言浅显，但意味深长，适合你。重要的是你可能会渐渐明白为何美国的优秀作家多是从中西部出来，为何中西部的作家不是阴郁便是怪诞。"出发前收到千珠从潮湿闷热的新加坡发来的邮件，她后来又跟来一信安慰："不过，担心的话说过头便成'咒语'，事实是，并不是每年冬天都有冰雨，再说地球在变暖，冬天一年比一年短，听说中西部到现在还未下雪。"

已经晚了，第二信发来时，哲子已出发，且"咒语"生效，当天晚上就有一场冰雨在美国中西部等着哲子，哲子到达西得来比兹机场拿到行李已经夜晚十点，天气预报当晚十二点有冰雨。机场的城市到大学城哲子居住的公寓有四十五分钟的车程，康妮来接机，五十岁的金发女人，一股帅气，穿牛仔夹克驾快车，逃亡车速，她自称，当然是逃出冰雨，她的家在山上,她得在冰雨到来之前上山,然后把自己囚禁在家里,直到冰雨停。"如果强迫你停在一个地方,就是囚禁。"她笑着止住哲子的抱歉,说最喜欢的是接机,有客人来高兴,坏天气来更高兴,又说逃开冰雨的时间很充裕,可她是急性子,即便是好气候,在高速公路开着开着便 illegal(不合法,违章)。

哲子发现,尽管康妮笑声爽朗却难掩焦虑,她不断看表还要看路牌,一边把车上收音机调到 FM 频道,强节奏的摇滚风格的歌曲似乎就是为高速公路存在的,康妮的语速和 DJ 一样快,她在抱怨这"鬼天气"。她告诉哲子,两年前就是在这样一个将要来临的冰雨天,她把她的两根肋骨摔断了。"当然不完全是天气,那年我的好朋友终于出了第一本书,她搬去纽约,我的女儿去芝加哥读艺术学院,前夫在西岸结婚,我的身体失去了平衡。"她仍然笑着,哲子却无话应和,但康妮话锋一转:"我有好几个作家朋友,但他们一个个都搬走了,我总是在告别。"她瞥一眼后视镜准备转弯,哲子突然就有了歉疚,想到四个月后,她们之间也将有个告别。"人们都说这里出作家,但成为作家后他们都走了。"她又在看表。"因为冬天书店没有朗读聚会?"哲子开着玩笑,对即刻到来的冰雨,对后面漫长的冬日,她能给予什么安慰?康妮没有回应哲子的打趣,笑容隐去时她的脸突然变成了灰调子,是对气候的忧虑,或者说远远不止对气候的忧虑?

那晚,风声紧,雨却悄无声息,公寓的温度调在华氏 65 度,T 恤外再套衣服已经太热,哲子很快便把天气预报忘了。

康妮把千珠留给哲子的卡佛的小说集也带来了，并告诉哲子，卡佛正是从这座大学城出来的，临走时又补充道，我也喜欢你们的王家卫，In the Mood for Love，她念着《花样年华》的名字。"是的，长长的一生，也许只有某些片刻才称得上真正活着，没有虚度。"车钥匙从左手抛到右手，"我今天突然意识到我已离婚十年，从芝加哥搬来这里六年，六年里竟然没有约会。"康妮挥挥手，告别的姿势却很潇洒。"等天气晴朗，到山上来，我请你喝酒。"喝酒的女人自有其魅人的率性。

这是一本崭新的五百页的短篇小说集 Where I'm Calling from（《在我打电话的地方》），封面上是卡佛的半身照，他坐在桌前，微蹙双眉，眼神阴郁还带些愤懑，可他穿一件深色 T 恤，袖子捋到手肘部，手臂壮实汗毛浓郁。哲子突然就想起她的第一个男友，他们相遇在夏天，最先映入哲子眼帘的是他手臂上浓郁的汗毛，说青春期的哲子是先被性感的手臂打动也未尝不可。

这突如其来的联想令哲子的身体变得热烘烘的，同时哲子强烈意识到她将在这间公寓里度过四个月的单身生活，思绪便跳到六年没有男朋友的康妮，她调低了暖气的温度，把卡佛的书放在枕边。哲子环顾这间为访问学者准备的单人公寓，所需家具电器一应俱全，房间色调悦目，白色护墙板，点缀着某摄影师的黑白印刷作品；与之相配的红砖壁炉，炉膛里放着一堆木柴，房间有暖气，所以这壁炉和木柴仅为审美需求，但哲子总觉得有什么地方不对头，她看来看去终于弄明白是床的问题。

这是一张单人床，尺寸狭小不算，安置的方式还特别局促，它被塞在房间的角落里，紧紧贴着壁炉旁凹进的墙壁，人若躺在床上，似乎半个身体嵌入墙壁。在房间的整个布局中，床降格以求，十分次要，且有些摇晃，原来床架是虚设，与床板早已身首分离，这床，无法容纳双人，暗示的是寂寞长夜。哲子的头痛开始发作，二十四小时的旅途疲劳汹涌而至，哲子倒在这张狭小局促的床上，竟睡得分外沉迷，一觉醒来已是上午，连时差都没有。

次日旋开塑料百叶窗，外面在滴雨，这就是所谓的冰雨吗，哲子看不出和普通的雨有什么区别。系办公室秘书爱米开车来载哲子去办公楼办一些手续，哲子的公寓是一间单独的小平房，右边是车库，左边是小花园，哲子出门必须经过花园小径到街上。小径湿漉漉的，覆盖着奇异的光线，哲子粗枝大叶来不及细究，脚刚踏上小径，便觉得仿佛踩在湿玻璃上，爱米一声"当心"，但她已无法控制，先滑出几步，手在空中抓了几下，当然抓的是虚空，终究没站住，摔了个仰面朝天。还好，哲子的长至小腿的厚软鸭绒大衣起了缓冲和铺垫作用，她其实是躺在自己的衣服上，待最初的剧痛过后慢慢从地上坐起来，又在爱米帮助下缓缓起身。其实光是站着也要打滑，爱米把哲子的手放到旁边的漆成白色的木栅栏上，于是哲子双手紧紧抓住木栏，就像溜冰场上的生手紧紧抓住场边的扶杆，一步一步连挪带滑地离开这片"玻璃"。

是的，冰雨在哲子出门的第一时间便给了她下马威，在办公楼又获知系里至少有两人摔伤送医院急诊，其中一人是会计，于是爱米代替会计带哲子去市中心的银行开户头。其实所谓的市中心与哲子的寓所才隔了两条横马路，空寂的中心广场，偶尔有路人经过，竟也是接二连三仰面朝天地滑翻在地，哲子总算身历其境感受冰雨造成的险恶处境。由于中西部冬天气温太低，雨到地面时形成一层像玻璃般的湿漉漉的薄冰，就是这块"湿玻璃"，令城市几近瘫痪，学校停学，工厂停工，商店关门。

爪哇屋与银行遥遥相对，竟然开着门，有人从里面出来端着"爪哇"的咖啡纸杯，隔着马路也能看到杯上冒出的热气，虽然这么微弱，但宛若一个死城有了一丝复苏的迹象。咖啡馆门外的露天桌椅已收起，玻璃墙内冷冷清清，哲子站在银行门口脸朝"爪哇"呆立片刻，想着去年秋天爪哇屋里的另一番景象，于是，哲子便想起了托尼。

去年秋天在"爪哇"遇见托尼之后，他来找过哲子。那是几天后哲子从圣路易斯回来，在旅馆她发现托尼从房门底下塞进来的纸条，他说写过电子邮件但哲子没有回信，也许地址错了？哲子打开电子信箱，果然有他的两条留言，前一条约哲子去新开张的中国餐馆吃饭，那已经是几天前他们初遇的次日，后一条昨天刚留，说他已知哲子不在城里，希望回来后一定与他联系，词语中有种迫切。哲子立刻发信向他道歉，告诉他她已回城，但明天就要去芝加哥，从那里搭乘回国的班机。鼠标刚点击发送，回信便过来了，托尼说他在图书馆，但马上要去爪哇屋，希望在那里与哲子见面，哪怕半小时。"不管你来不来，我已朝爪哇去，我会在那里等到晚上。"

他的诚恳和迫切打动了哲子，她本来就不讨厌托尼，虽说他热衷的话题她并不感兴趣，但那股认真劲儿令哲子欣赏，在她自己的城市，比她年轻的人都比她世故，谁还会认真抨击什么或赞赏什么？那面映照人性的镜子已经积满尘埃。但哲子仍然有些踌躇，那时已近黄昏，行李未整理，还要和康妮千珠她们聚餐告别，与托尼坐半小时，能坐出什么名堂？托尼眼睛明亮，说话义正词严，他好像不是那类可以和她擦出火花的男人，再说明天就要离去，而那时的哲子并不知她会再来。哲子口口声声说不喜欢自己的城市，却没有意识到她在自己城市养成的积习，和人相处，做什么事，都要问"有什么用？"。她的城市紧赶慢赶朝着商业化赶，在那个兴兴轰轰的巨大的生意气场，即便不是生意人，也传染了生意人的价值观。

这种约见，仔细想清楚或者说用功利去判断，便全然没了意思，哲子到底没有再去爪哇屋，只通过邮件与托尼道了再见，接着就把他忘了，却在冰雨天的银行门口突然想起他来，哲子竟有失而复得的惊喜，她感到安慰的是，在这个空寂的地方还有个托尼可以联系，却又有一丝莫名的疑虑。

那天哲子在爱米的带领下办完手续，还去了超市，买回至少两星期需要的食品和各种杂物，两星期后大学才开学。爱米关照哲子，冰雨未停前不要出门，听她的意思，好像开学后才见得上面。

于是这开学前的日子于哲子简直度日如年，她终于感受到了千珠所形容的生物性的寂寞。冰雨两天后倒是停了，但紧接着便下雪，一夜下来已雪深半尺，望出去的世界白茫茫一片，千珠已经说过，这白色将持续整个冬天。

哲子的公寓是独立的一层平房，没有邻居，这一带都是大小不等的独立小屋，但停车场边上有两栋四层的公寓楼，出租给学生，因为还在假期中，所以似乎是空楼。哲子常赖床到近中午才起来，旋开白色百叶窗，窗外世界冰清玉洁，对于在拥挤的尘埃飞扬的城市长大的哲子，这个冰清玉洁的世界不太真实，不太有质感。风格相近但没有一栋是相同的小楼房尖顶，栅栏围住的花园，那些掉尽了叶子只有树身和枝丫的大树或小树，现在都成了雪的载体，雪盖住了所有的颜色，也吸去了所有的声音。哲子感到可怕的是，从旋开百叶窗的一刻，当这洁净寂静到虚幻的世界照亮了她的眼睛的一刻，寂寞便笼罩住她，这寂寞积累到夜晚，像雾一般越来越浓，令她产生窒息般的恐惧，她焦虑地打开地址簿，依序拨着不同的电话号码，宛如一头被四墙禁锢在寻找突围方式的动物。

那时她的笔记本电脑还未设立本地账号，电脑人员也要等开学后才能出现，冰雨一停，她便冒着大雪去图书馆，不仅是为开学后的讲课做准备，更是为了上网，她把大部分时间用在写 e-mail 上，中国或美国，所有她曾经懒得联系的朋友都接上了头，她的在马里兰的老同学在网上为她订购了电话卡，让她在这四个月期间可以用这张他随时在充钱的卡往中国挂电话。

是的，入睡前她迫切地需要和什么人说说话，被寂寞的浓雾隔离的她，似乎通过电话找到了突围方式。可在这个时段给丈夫打电话，他已在公司上班，他的上班便是开会，或谈合同，每次都是匆匆忙忙的；如果起床后打过去，已经是上海的晚上，丈夫在餐馆或酒吧，那里人声鼎沸，对比得她这里更冷清孤单。因为四周的喧哗，丈夫常常"喂……喂喂……"地喊着，喊多了，哲子就要发脾气，话说到一半便把电话挂断。给朋友挂电话，也是差不多的情形，不是开会谈合同，便是吃饭谈生意，有个密友是自由撰稿人，但她上午睡懒觉，晚上与朋友聚会。总之，上海那一头的人好像都在过集体生活，这时候她的心情坏得一塌糊涂，不仅寂寞还烦躁，突围的路途障碍颇多。

她颓然倒在床上，卡佛的书便在映在她的眼前——《在我打电话的地方》，她一惊，确乎如此，这也正是她的状态。当然书中的故事是悲剧，黑色绝望，却感人至深，还充满寓意。故事里的戒酒中心只能让身陷其中的"我"，酗酒者，清醒片刻，他是在那一片刻从沉溺更深的酗酒者身上感受被酒精控制的屈辱的，而这耻辱对所有的酒精中毒者已经永难摆脱。对于他们，"过去"和"外面"多么美好，但已经在彼岸，他只能在想象中给他妻子打电话，祝福她新年快乐，给他的女友打电话，说："你好，我的爱，是我呀！"哲子正是在这里，在这间单人公寓重读卡佛而感动得眼睛发热，也许不算重读，因为读的是原文，感受完全不同，抑或环境和心境迥然不同，她是在此时此刻深深感触卡佛节制到吝啬的"温馨"和"爱"的强烈，宛若被厚雪掩埋的世界窜出的一两粒红色火星,亮得让人铭心刻骨。

就这样,哲子一边在寂寞难挨的日子读起了卡佛,一边怀疑着她是否能坚持在这里过完四个月,这开学前的十几天她似乎都挨不过去。

夜晚,她仍然试着给朋友们挂电话,受话者的地点渐渐集中在美国,她在纽约生活过一阵,所以那里有不少朋友。因为在相近的时段,环境也差不离,心情不至于相差太远。有时一个电话讲两小时,放下电话仍意犹未尽,但夜已深,再拨电话已很过分,可自己还完全没有睡意。有一晚,她的马里兰的老同学来电话,专门和她讨论住在美国中西部冬天的孤独,他问:"是不是有这样的感觉,无论打多少电话,都觉得不够?"他从本科读到博士后,在伊利诺伊斯待了十年,度过许多个被雪掩埋的寒假。

她深深点头,真的,没有够的时候。

"你从早打到晚也不够,如果身边有个人,哪怕不讲话也够了,没有什么,就是渴望体温。"他平静道来,却让她眼泪汪汪,想起千珠比喻的,动物的寂寞,完全是一种生理需求,不是吗?"所以在积雪的日子,很容易建立同居关系,在那种日子,我是说在冬天,你常会看到因为寂寞建立起来的关系,你看到的那一对对似乎很不般配,比如女生很优秀,旁边并肩走着的男生却不怎么样,等假期结束,雪化了,那些关系也结束了。"他的描述平淡,却令她震惊。

放下电话,她想着那些无奈的关系,在积雪的日子降格以求只为获取体温？她联想到自己曾在图书馆给托尼发了 e-mail，秋天的时候她与他一起喝杯咖啡的兴致都没有，但那是个色彩辉煌的季节，在爪哇屋找个空桌都不容易。现在咖啡馆人去楼空，她进去过一次，凭空添了一些伤感，觉得还不如图书馆温暖，那里至少有许多书陪伴你。她就是从爪哇屋出来后，给托尼发信的。

"在中国我们是在人堆里过日子，已经不习惯独处，可是，这种经验，我是说独处的寂寞，你应该体验，等你习惯了，你会厌恶那种集体生活，说到底，那只是一种混时间的方式。我常常想为何西方人更有内心生活，尤其是寒带的人，比如北欧，那里的人似乎个个是哲学家，他们有空间面对自己的内心。"

老同学虽是工程专家，却常有至理名言，他的话不无警戒，奇怪的是，她在中国可以独处，在这里怎么就不行了呢？这么想着，手却仍然伸向电话机，给托尼的信已发出两天还没有回应，她忍不住给他拨电话，虽然告诫自己不要显得太急切，可托尼那儿只有电话录音，她便给纽约朋友拨电话。

直到十二点，纽约已经是凌晨一点，她才收线，仍无睡意，便读卡佛，却收到托尼的电话，他的语速跌跌撞撞，嘴贴话筒太紧而声音刺耳，有种按捺不住的兴奋。他说他在明尼阿波利斯，打电话回公寓查询留言，才知哲子到来。他告诉她，他已通过博士论文答辩，不再是学校的人了，原来的 e-mail 地址不能用了，目前正在找工作，去明尼阿波利斯便是去接受面试。然后对哲子的到来一遍遍地表达他的惊喜。

"我周末那天回来，星期六你有安排吗？我开车陪你去哪里走走？"托尼的热情竟也像焦虑。

她笑了，这就是说至少周末不再是孤单的："下雪能去哪里呢？"

他想了想："想去游泳吗？"正中下怀，雪天和游泳馆之间有种令人兴奋的张力，哲子似乎从浓雾里走出来了。

但是星期六哲子游泳未成，她在例假，可托尼开车来接她时她完全忘记自己的状况，直到进游泳馆的更衣室才意识到。她知道托尼会在游泳池找她，但她穿着衣服无法通过甬道进游泳池，便来到健身大厅，打算站在游泳馆出口和池内的托尼打招呼。于是隔着出口大门的玻璃圆窗，她看到站在水池里东张西望在找她的托尼，赤裸着上身站在水里的托尼皮肤白皙得刺眼，可能，还有些松弛。哲子转过身去不想面对这样的镜头，身后边就是排球场，那里气氛热烈，她突然明白这个健身中心是可以排遣孤单的，可她却意兴阑珊，似乎托尼不性感的身体让她触摸到现实的种种缺陷。

不久，托尼换回衣服出来找她，她没有多做解释，只是说她突然改变主意不想游泳，托尼便开车送她回家。由于这样一些小曲折，使哲子对托尼有些歉疚，车子经过爪哇屋，哲子便说要请托尼喝咖啡。

这次在爪哇屋，他们不谈竞选谈卡佛，是哲子提起的话题，她故意不给托尼机会抨击他的总统，所幸托尼对卡佛也同样反应热烈，这多少提升了哲子下坠的情绪。托尼告诉哲子，他曾辅导英语本科生读卡佛的小说，他在绵软的餐巾纸上写下一个篇名——What We Talk about When We Talk about Love（《我们谈论爱情时在谈些什么》）。"你的这本小说集有没有这一篇？""有，有，当时觉得这个书名有意思，但还没有读……""哦，有趣，精彩，值得一读再读！"他似乎联想到什么滑稽的场面竟出声笑了。哲子被他的笑声感染也笑了，这个周末的意义刚刚开始显示。

他把她送到公寓门口，说："哪天想去游泳给我打电话。"哲子敷衍地点点头，第二天晚上他来电话，主动和她聊卡佛，哲子已经在读他提起的那篇小说，果然很吸引她，可也有不少疑惑之处，她告诉他："对于我，好像卡佛的故事不是那么容易理解。""没错，他的对话看起来简单，但似乎句句有潜台词……"哲子觉得应该对他刮目相看。

"有什么问题，我帮你！"

"有，不少呢！"她拿起书，把彩色马克笔划出的句子念给他听，他说："这样吧，你现在有空吗，我来给你朗读，一边给你解释！"哲子笑了，虽然他看不见，她对 reading（朗读）这个词有特殊的期盼，自从回到这儿，书店还没有过 reading。

托尼住在郊区，开车过来也要二十分钟，那天晚上仍然在下雪，哲子在暖气过足的公寓待久了就会忘记外面的气候，她为托尼开门时看到夜空中白雪在黑幕前飞舞得很梦幻。哲子便对托尼说了一大堆感激话，她是否在利用他对她的好感呢？然而听人念书这件事对于哲子是一个久违了的美好记忆，让她想起许多年前，她还是个不识字的小文盲，她童年的夜晚是在父亲念书给她听中度过的。她心情一好便很热情，问寒问暖还要为托尼煮咖啡，反让他面红耳赤地害羞起来，他要求先给他一杯冰水。

托尼的朗读给予哲子出乎意外的感受，她一直认为卡佛小说的基调就是阴郁、黑色，但托尼的朗读赋予卡佛荒谬古怪的色彩，小说里两对男女在谈论关于什么是真正的爱，是一篇以对话结构起来的小说，这群饮酒过度的郊区居民跟现实中的她和托尼一样无聊，谈论的话题一样无谓，然而在卡佛笔下却又变得意味深长，回味无穷。

而托尼的朗读就像表演，他模仿着不同人物的说话语气。小说的主人公 Mel McGinnis 是个心脏病专家，似乎这个职业赋予他某种权力，他听上去自负专横，神经质，言谈举止粗鲁，但所有那些表现出来的性格特征，如同盖在中西部厚雪上的污秽脚印，洁白藏在深处，也许是吧，至少哲子这么理解。托尼每每"表演"到这个人物便忍俊不禁。

托尼忍着笑读道："'那个人恐吓说要杀我。'Mel 说。他喝完杯里的酒手抓住金酒酒瓶。'Terri 很浪漫，Terri 更认同揍我便是爱我这样一种方式，Terri，心肝，不要那么看着我。'Mel 越过桌子用手去抚摸 Terri 的脸颊，他朝她笑笑。"托尼也哗地笑开来，但很快又把笑声咽下去，继续读道：

"'他想和解呢。'Terri 说。"

"'和解什么？'Mel 说。"托尼又笑出声，但仍竭力忍住，并学着 Mel 生气的口吻。"'哪里看得出他想和解？啊，在哪里？我很清楚这一切，这就是我要说的。'"托尼又一次忍俊不禁，顿时 Mel 的气愤显得很荒谬。

"'我们怎么就说起这个话题来了？'Terri 说。"托尼继续朗读，"她端起酒杯，喝了一口。'Mel 脑袋里总有爱情，'她说，'对不起，宝贝儿？'她微笑着，但已经很勉强。"

"'我只是不想把 Ed 的行为叫作爱情罢了，我要说的就是这个，亲爱的，'Mel 说，'我所说的爱情正是这样，我所说的爱情是，你不会想要杀人。'"

托尼放下书哈哈大笑，书中的情景似乎不那么好笑，却因为托尼的笑声而变得古怪，哲子也跟着放声大笑，他们一起笑了又笑，就像被呵痒似的无法遏止。直到窗外也传来笑声，是夹杂着尖叫的笑声，哲子止住自己的笑，侧耳倾听，托尼用手背擦着笑声带出的泪花和汗珠说："嘿，这些孩子，他们又喝酒了……"他是指寒假归来的大学生们。"要开学了，他们先要喝个够。"他抬起脸，电灯光照着他那张含着笑失神片刻的脸，那张脸突然失去某种现实感，他和秋天那个目光炯炯的托尼判若两人。然后托尼低下头，重新对着书。

朗读在继续，同时不时被托尼自己的笑声打断，伴随着窗外越来越频繁的夹杂着尖叫的笑声，这时现实场景和卡佛的人物混合，并且因为托尼过度反应的笑声而使故事中某种阴郁伤感变得滑稽甚至荒诞，曾经给哲子带来压抑的白色的寂静早已被这两种笑声融化。属于卡佛的阴暗在这一刻蜕变成盖在欢乐的闹剧上的薄薄的嘲讽的纱幔。

朗读人托尼的身体随着情节发展而热气腾腾,他脱下全棉套头衫,里面是短袖汗衫,他发烫的身体令坐在他身边的哲子就像坐在正在烧火的壁炉边上,她的身体也在发热,她去调低了房间的温度,给托尼和自己各倒了一杯凉水。

第二天是开学日,哲子去学校,出门时发现她屋子门口的信箱里留着托尼的纸条:"感谢你给我机会朗读卡佛,我们一起度过了一个愉快的晚上,不能相信我们曾经笑得那么厉害,回来后,我一直想着我们一起念书的情景,或者说,我是用这样的方式想着你,用这样的方式想着你,真好!"

用这样的方式想着你。也许住在小城才需要文学?或者说,这样的表达只有在小城才不显得可笑?哲子很感慨,想着曾经纠缠在纽约的那段关系,那好像不是爱,是战争。

接着的一个晚上,托尼打电话告诉哲子他去买了卡佛的书,为了能够继续一起念书,哲子那一刻相信,在后面的三个多月,她和托尼将有若干个称得上是愉快的晚上,因为可以一起读卡佛。那晚他们聊了很久,话题自然越走越远,他们不知怎么就谈起了陈千珠和韩国女作家,托尼说女作家很美,可遗憾的是,她好像对男人不感兴趣。哲子以为他指的是千珠,但托尼说:"我知道千珠是同性恋,我是说那女作家也不喜欢男人!"哲子笑起来:"喝一杯咖啡的时间你就知道了?""用不着喝一杯,喝一口就知道了,这种感觉,第一分钟就会有。""是吗?但愿你不要出错。"哲子笑说。

"当然不会错,比如你,我绝不会把你当作同性恋,看见你的第一眼,我就有了期待。"哲子笑笑,没有接他的话。她不知道他到底对她的现实有多少了解。

已经开学了,哲子渐渐忙起来,托尼也在找工作,经常出城去外州接受面试,他们已经好些天没有联络。哲子白天的时间常常排满,夜晚不是看电影,便是被城里的中国家庭邀请吃饭或参加校园里教授举办的聚会,但夜深回家她仍然要朝外州或中国拨电话,那些夜晚窗外又安静起来,大学生们只在周末喝酒。

有一天晚上,哲子出门回来又煲起电话粥,一煲煲了一小时,突然听到敲门声,看钟已是十一点,这么晚了谁不打电话就上门?她拿着电话走到门口,从猫眼里看出去,看到的是托尼。

见哲子受惊的脸容,托尼连连道歉,说只是来向她说一声hello。说的也是,虽说住在一个城里,但要讲上话并不容易,平时哲子要么不在家,要么在家就是电话忙音,公寓的电话没有留言设备,托尼说他从未碰到如此困难的电话联络。"今天我是下了决心要联络到你,打了一晚上的电话,开始没人接,后来就是忙音,我想忙音说明你在家,而且没有客人,所以我就来了,因为好几天没有通上话,想问你好不好。"托尼是站在房门口说这些话的,本来穿着家居衣服素面朝天的哲子面对不速之客的托尼有些不自在,但他的真挚让她把他留下,应他请求她为他泡了一杯不含咖啡因的薄荷茶。面对面,托尼显得比电话里腼腆，喝完茶他便告辞，哲子也不留他，回到家，托尼打来电话说："有些话当面说不出口，我是想说，几天不见，我很想你。"虽然是在电话里，虽然是用第二语言，但仍然触动了哲子的心，她与丈夫经常告别和重逢，却从来不用"想你"这样的抒情语。

自那天之后，夜深时哲子放下电话，托尼的电话就会进来，至少在电话里，他们已经无话不谈，有天晚上托尼告诉她："在爪哇屋第一次见到你，就想和你做爱。"哲子半开玩笑回答："我需要恋爱而不是性。"托尼问得认真："你已经结婚，不觉得恋爱很危险，会危及你的婚姻？"哲子暗暗吃惊他竟然知道她的情况却从未表露，这时，连她自己都没有意识到她对两人关系的感受发生了根本的变化。这晚托尼放下电话，开车去她的公寓，这次不是上门读小说而是做爱，他还带了安全套，但是，哲子让他扑了个空，她在门上写着："问题是，我只想和你一起读卡佛。"

可是，他们谁都没有再找机会一起读卡佛。或者说，这个机会已在从托尼扑空的这一晚起就丧失了。

天气越来越暖，眼看就到了春假，虽然春假开始时，中西部还在下雪，但纽约已经晴朗，虽然积雪没有化。是的，春假哲子是在纽约度过的，她曾在那里开始和结束一段关系，她本不应该和他见面却又见面了，说过不再做爱却又做爱了。回来时，纽约的雪化了，中西部还白茫茫，但不再下雪。当中西部的雪也开始融化时，她接到托尼的 e-mail 新地址，他告诉她，他将在他兼职的邻近小镇的学校拿一份全职的工作,这样他可以继续住在这个小城,他不舍得离开这个每两星期书店就有一次reading的地方。他顺便告诉她,城里来了一位著名的纽约摄影记者,《时代周刊》近二十年中有八十二期的封面是这名记者提供,这次他刚从伊拉克战场归来,为他的图片配文字的纪实书籍做宣传,他将在书店朗读一段他书中的章节,关于轰炸间隙的一次邂逅。

不过,哲子错过了记者的reading,那天晚上她和系里的学生有个影片观后讨论,但两天后她在爪哇屋遇到摄影记者。那晚爪哇屋有个来自芝加哥的爵士乐队的演出,康妮买了好几张票,请了哲子和传媒系的教授,那位教授把记者也带来了。乐队休息时,记者坐到哲子身边,他问她从哪里来,她告诉他她从上海来,他问是不是上海的女子很性感,她说有些人性感有些人不性感,情况跟其他城市差不多。他又问她用的是什么牌子的香水,说喜欢她的香水,她说没有用香水,可能康妮用了,康妮就坐在她身边,她指指康妮,一边在想,纽约来的男人就是这样搭讪女人的?或者,纽约人便是这么直接获得"性"?之后记者和康妮交谈起来,音乐再起时,著名摄影记者已经离去。

在萨克斯召唤般的独奏中,哲子突然想起某个晚上,托尼来给她念卡佛,她感到吃惊的是那个晚上已经离得很远。还有几天她就要结束四个月的访问,她几乎记不得后来几个月是怎么过去的,似乎是一眨眼的工夫,铭刻在记忆的是最初的两星期，那场冰雨，之后的大雪，洁净寂静到虚幻的城市，她的寂寞和饥渴。她现在才知道她爱过托尼，但只是那一刻，托尼坐在她身边，他抬起头，脸对着电灯光失神片刻，那张脸还在笑着但已经失去某种现实感。然后他低下头，脸对着书，继续念着粗鲁的心脏病医生和他妻子的对话，常常忍俊不禁甚至哈哈大笑。他的额角溢出汗珠，他举起胳膊脱下套头衫，只穿着短袖汗衫，他的身体热气腾腾，她坐在他的身边，就像坐在壁炉旁，那是一只炉膛里的柴火正熊熊燃烧的壁炉，而窗外传来弥漫着酒精味的夹杂着尖叫的笑声。

（初刊于《西部》二〇〇七年第二期）

你在纽约做什么?

哲子遇见劳伦斯已经一年有余,他们见过几次?好像不会超过三次,现在她离开纽约已大半年,可仍然和他保持着联络,虽然时断时续,似乎总有什么东西萦绕在他们之间,令哲子想起来会鼻子发酸,有想要流泪的感觉。也许称之为伤感也不过分,这种感觉与劳伦斯无关,与她遇见劳伦斯时的状态有关,现在她在自己的城市想起那段日子,那段因时光不间断地流逝而渐行渐远的日子,就像坐在行驶的列车里,窗外令人怀恋的景色正在远去,心里有摆脱不去的惘然。

那段日子,哲子常去东村或布鲁克林,星期五晚上那里有艺术家的聚会。去了几次哲子便发现,其实就是同一伙人轮流在他们各自的寓所或工作室开派对,当然每次会来一些新人,比如哲子,或在不同派对穿梭的人,比如劳伦斯。那些艺术家更像是自称为艺术家的国籍不明的漂泊者、失业的移民,在纽约住了一年的哲子怀着深深的失败感,和他们在一起时,这种感觉更强烈，却也同时获得了某种归属感。

哲子最初带着她的DV机到纽约是打算在那里制作一部纪录片，那是一部关于中国艺术家在纽约二十年浮沉的纪录。八十年代的出国潮中，艺术家获得签证容易，因此也流失得最多，国内那些著名的或无名的艺术家，他们漂向各地又从那里漂向纽约，就像世界上其他国家的漂泊艺术家一样。

然而事情从来就有它的两面性，当年的幸运也可能是今天的不幸，正是通过拍片子，哲子发现，在纽约沉浮的中国艺术家，大半已放弃当年的理想，也许只是将理想暂时搁置，但谁知道这"暂时"将延续多久？不管怎么样，作为第一代移民，几乎没有可能在异国他乡坚持纯艺术的空间，他们从国内带来的唯一的财富便是自身的艺术才能，却凭此只能找到一份维持生存的工作，他们在曼哈顿的八大道一带台湾人经营的纺织品公司受雇，成了花布设计师，或者为犹太人修补油画、设计首饰，在美国人的艺术公司为商业画打底稿。当然也有职业画家，其挣扎更为艰辛，如果有脱颖而出的，也是凤毛麟角。这些便是哲子的镜头要讲述的故事。

不可避免的，哲子在纽约有了外遇，或者说，最初的工作计划就是一种借口，哲子是为了这段婚外关系才一意孤行地从上海搬到纽约，哲子是那一类需要通过阶段性的不忠感受生命激情的女子，至少，工作计划给了哲子一些道德上的平衡。

其实，确立纪录片主题也是受了这个婚外男友的影响，八十年代出国前，曾在中学校园远远遥望哲子的他，如今在纽约成名，是华人建筑师中可数的几个成功者之一，与哲子睡在一张床是他年少时的性幻想，二十年后重逢，彼此已是陌生人，除了他要得到她的愿望更强烈。可是，仿佛精神总是和肉体背道而驰，随着身体的交融，哲子把镜头从他身上移开了，她发现他们的价值观南辕北辙，或者说，作为成功者的世界观、情感方式和生命状态让她失望，至少不是她所期待的。随着她在纽约的漂泊，作为漂泊者的失望和孤寂也越发强烈，这使她把镜头越来越聚焦于被称为失败者的那一群人。

但她的身体激情还没有消退，与男友之间的情欲关系因为精神的摩擦而变得曲折而愈益深切，这种关系往往越深切越痛苦，它更像是一场疾病的缠绕，让你饱受折磨，直至耗尽你的精力，令你的精神全线沦陷。需要从折磨中感受刻骨铭心感觉的哲子，终于被这段关系弄到筋疲力尽几乎崩溃，同时，她申请到的基金会的经费早已用完，自己带去的生活费也消耗得飞快，对于后面的去向她很彷徨，就是在那段日子她常去东村艺术家的聚会。

正值早春，纽约的早春是忧郁到恐怖的季节，阴沉沉的天空，密集排列的摩天楼冷冽无情，街上到处是黑色的残雪，下午四点刚过，天就像要暗下来似的，从地铁里涌上来的行人个个半垂着头，佝偻着被狂风席卷走所有热能的身体，脚步匆匆，匆匆逃离将要到来的夜晚。

常常，这也是她和纽约男友各奔东西的时候，当他回到曼哈顿昂贵的上东区公寓楼，与出生在纽约上州富裕家庭的白肤色的妻子商量去哪个餐馆用晚餐时,哲子就要回到她在皇后区租来的房子,在地下室的厨房煮饭,在地下室的餐厅独自用晚餐,或者把晚餐拿到二楼自己的房间。比较起来,她更愿意留在地下室,那里是公共空间,可以遇到中国房东和另一位泰国房客。如果她有勇气在黄昏时回到自己的住处。

事实上,她只是在意念上回了一趟皇后区,用这个现实告诉自己生活虚幻的一面,哲子没有意识到,她所过的分裂生活给予她的心理压抑。白天她跟着建筑师去的都是曼哈顿的名餐馆和精品店,下午以后,或者说他们分手后,她坐地铁去找那些在生存和理想之间挣扎的艺术家们,进行她的拍片采访。他们住在布鲁克林破败的仓库房,没有沐浴设备,洗澡要去附近的健身房,那个世界令她觉得亲切和真实,有时候她甚至觉得自己就是从仓库出来的。她尽量把工作安排在黄昏和夜晚,如果东村有聚会,便把工作朝后挪,好像她来纽约除了谈恋爱便是尽可能多地参加那些千篇一律的聚会。事实上,聚会是下午仓库房的艺术家的夜晚生活,虽然他们不是同一群人,但本质上的状态是一致的。

可奇怪的是,东村的派对几乎见不到中国艺术家,也许派对太多,哲子去的那些派对,恰好没有中国人?那些晚上,哲子来到东村,置身在100%的"他者"的社会中,骤然间失去了背景和历史,哲子进入了某种想象的生活,或者说,哲子有一种双脚离地的腾空感,好像地球的引力消失了,她漂浮在半空中,许多的可能性却常常被不相干的枝蔓阻挡,身体和心情都很放松却也分外无力。

遇见劳伦斯的那次聚会是在巴西画家瑟基洛在布鲁克林的寓所，聚会十点开始，哲子做完采访还来得及去在东村外百老汇的小剧场看戏，那些小剧场也是放在废弃的仓库里，如同布鲁克林的小画廊，有着一股艰辛动荡和悲壮的气息。哲子越来越迷恋这样的地方，这已经不是为了工作，而是平衡从约会处带回的气馁和受挫感，哲子是在纽约的漂泊中才明白，任何力所不能及——力所不能及的生活，力所不能及的关系，力所不能及的场所——都是对于自尊的打击，和成名建筑师在豪华中城的约会，令哲子的内心充满了挫败感。

哲子在东村看完戏，从那里坐地铁，夜晚有些路段快车变成慢车，中间再转一次车，到布鲁克林瑟基洛家时已过十一点。瑟基洛家一室一厅的公寓房已挤满客人，她不认识主人，那位先到一步的ABC（在美国出生的中国人）朋友，一个早年学过艺术的牙医，为哲子做了介绍，这类聚会常会混入几个诸如牙医之类的专业人士。

瑟基洛以一种令人注目的方式从人堆里走出来，他皮肤棕色，个子高大，长发束在脑后，留着山羊胡子，帅气英俊，但那只是年轻时的影子，修剪得格外用心十分有型的胡子赋予瑟基洛几分怪诞色彩。巴西画家四十有余，无论如何他那彪悍的身架残存的俊朗气质与他简陋的寓所几乎不相称，似乎他只是在扮演一个穷途末路的艺术家的形象。

哲子走进门就发现与客人同时拥挤在这套公寓房的是几百张画，她几乎以为这次聚会是巴西画家的一次个展，因为他寓所里的家具很少，没有床，墙上挂满了画，挂不下的都堆在角落里，或放在衣橱顶上。那是些色彩黯淡甚至是邋遢的不同尺寸的油画，画面的主要形象是骷髅，大大小小的骷髅几乎被黑灰的底色淹没，她一点儿不奇怪这些画在市场不受欢迎，事实上，你也很难从这一类晦涩的画面上感受蕴含其中的尖锐的锋芒或称为冲击力的那种光芒。瑟基洛没有任何心理障碍地告诉哲子，他搬来纽约十七年，画了一千多张画，但一张都没有卖出去。

他就是纽约成千上万个正在挣扎的画家之一，恰恰是他失败的现状令哲子产生兴趣并有深深地认同，在她自视是个失败者的时候。巴西人微笑着看着中国女人的眼睛，毫不掩饰他对女人永不衰退的兴趣，他仔细地问清了哲子的名字并试图发出中国字的音节，接着塞给她酒杯，指着一只塞满几十瓶酒的大冰桶问她要喝哪种酒，听哲子说不喝酒，他做出不能相信的样子，却从一只塑料大水罐里倒出一杯淡橙色的饮料，说，试试这个，你会喜欢！哲子接过他的那杯东西，感觉到所有的人都饶有兴趣地看着她把杯子端到嘴边，他们笑着说着什么，她听不懂，但她已经注意到今天的客人有色人种居多，英语口音极重。哲子立刻就放松了，本能地知道来对了地方，杯里的东西也很可口，香，甜，像某种饮料，却又多了些让口舌一醒的刺激，满满一杯东西她一下子就喝了半杯，这时手里的杯子被轻轻地抽走了。

"小心，里面有很烈的酒，你刚才说过你不喝酒……"哲子转过脸去看说话人，但同时她的脸已经烧灼般地红起来，心跳得又响又快，在一阵一阵的眩晕中她认识了这个叫劳伦斯的画家，他三十开外，是今晚仅有的几个白人之一。他用水杯在龙头上装了一杯水，从冰箱里找出冰块放进杯里，把满满一杯冰水递给她，她一口气喝下一满杯的冰水，但已经脸颊眼睑通红，站立时身体摇摇晃晃有些不稳，瑟基洛似乎很满意哲子的微醺状态，连连说，这就对了，到我的派对就应该喝酒！他又倒了一满杯酒塞在哲子手里，接着去给别人倒酒，当然哲子没有继续喝酒，但也记不得重新握在手心里的酒杯去了哪里，甚至也不记得自己在做什么，继续在喝冰水，或者和什么人在交谈。

她好像是突然又回到喧嚣的聚会场所，面对拥挤着人和画的公寓房，她才发现她连客厅都未进，她一直站在玄关和厨房之间，为了避让新到的客人，又退到厨房。厨房也挤着人，煤气灶上放着一大锅黑乎乎的汤，与之相配的是一大盆夹杂了肉和其他菜蔬的米饭，这两样东西弥漫着一股特殊的有些古怪的香味，却很诱人食欲，哲子这才想起自己还没有吃过晚饭。是的，这晕眩后的清醒伴随着莫名的轻松，多天没有好好吃饭的哲子感受到透彻的饥饿。

这类聚会的吃食一般都很简单，除了酒之外，就是配酒的小吃，不外乎饼干奶酪油橄榄土豆片，但这一次却要丰盛得多，瑟基洛厨房灶上放着的东西显然花费了他不少工夫，毫无疑问它们是他的家乡汤和主食，尽管他没有卖出一张画，对客人却很慷慨，这也是哲子在纽约这个地方很少见识的。有人端着纸碗和纸盘过来很熟练地盛饭舀汤，哲子打算效仿，但这黑乎乎的汤看上去有些怪异，所以她只舀了半碗，端到嘴边还有些犹疑，十分小心地先喝了一小点，没想到出奇地美味。她抬起头看到劳伦斯询问的目光，原来他的目光如摄像镜头已跟拍了她一段时间，他们的目光相遇时，他才发问："怎么样，可以吗？"宛如他是汤的主人，在等待外族人接受他的汤，或者说接受一种文化。

哲子朝他使劲点头："哦，我从来没有喝过样子这么难看味道这么好的汤。"这句评语让劳伦斯笑起来，虽然他看起来不苟言笑。这味道独特有些辛辣的黑乎乎的汤赶走了挡在哲子面前的迷雾，她仔细咀嚼着和汤一起流进嘴里煮得很透的黑色的豆子，一些搅碎的肉末，忽然就有种豁然开朗的感觉，生活并不会更糟，假如离开纽约、挣脱这一段只给你带来痛苦的关系？回上海的念头突然涌来，使哲子恍然间好像已经从纷杂的关系中解脱出来。

劳伦斯给自己盛了半碗汤并盛了小半碗米饭，学着哲子用筷子挑起米饭，当然这并不容易，哲子忍不住纠正他捏住筷子的手指，直到这时，哲子才和他交流起来，他没有去过中国，对上海毫无所知，至少他不是那类对东方文化很热衷的美国人。他沉默寡言，甚至有些郁郁寡欢，他连客厅都没有进去，自始至终站在厨房,手里拿着小瓶的墨西哥啤酒瓶,默不作声看着人们互相寒暄,在客厅门口挤来挤去。有人刚到,也有人在离去,他们多是些深肤色黑眼睛的南美人,大声说笑,浓重的西班牙口音,有些刺耳,用哲子的耳朵听来。哲子骨子里是个种族主义者,就和她周围的中国人一样,歧视有西班牙口音的南美人,但现在,她却在担心劳伦斯是否是个种族主义者,他好像不和中国人往来,他住在纽约却不会用筷子,大概从来不去在下城数不胜数的中国餐馆?

后来站在劳伦斯边上的黑人和哲子聊起来,他是音乐人,头上的卷发编成无数根辫子,却与哲子交谈起老庄哲学,这也是格林威治村的时髦话题,劳伦斯没有加入谈话,他在一旁听着,或者,根本没听,只是在专心地喝他的啤酒。

然后劳伦斯向哲子告别说,他要去参加后面一个派对,那时已经快十二点,哲子很吃惊这么晚他还要去派对,他说周末晚上他从不睡觉,轮流参加不同的派对。他问哲子想不想同去,哲子说她不能熬夜,但他们交换了联系地址,当时他没有带纸,把哲子的地址写在火柴盒上,哲子相信他不太有可能保留那只用空的小纸盒,如果这么晚了还要去另一个派对,如果他在那个派对继续喝啤酒。所以哲子把那片写有他的地址的破纸片小心地收藏到皮夹里,内心深处她对他有一种探索的想望,他身上有股气息在吸引她,是什么呢?她后来仔细地回想,他的消极气质?他的与现实保持着距离的蓝眼睛里的冷漠?她没有意识到他身上的特质正是她的男友的反面。

因为可以随时发 e-mail，哲子反而耽搁了与劳伦斯的联系，那张纸片夹在皮夹里就忘了，就像那天晚上喝着巴西画家的黑豆汤突然意识到自己其实可以随时买机票回去，假如实在坚持不下去，反而就安心下来在纽约拍起片来。所以当她收到劳伦斯的电子信时她有些意外，他告诉她，星期四的切尔西有画廊开幕酒会，何不去那里走走，并给了她画廊的网站。信很简洁，甚至是谨慎的，再没有多余的话。劳伦斯，他要戒备的是什么呢？

她给他发回信，希望他告诉她，她将在哪一间画廊能碰到他，因为切尔西有许多画廊。但是，直到第二个星期，哲子才收到劳伦斯的回信，他告诉她，他一星期开一次电子信箱，所以她的信他刚收到，不过没关系，切尔西每星期都有画廊开幕，但这个星期他去佛罗里达探望正在那里度假的父母，他给了她手机号码，却又告诉她，他很少开手机。

这样晦涩的联系方式很少见，但哲子觉得有趣，甚至有些神秘，联系又中断了一阵，直到她再一次受邀参加瑟基洛的派对。

这已经是两个月以后，春天都快过去了，似乎纽约的春天和上海一样短暂，几乎是转瞬即逝，阳光好不容易把早春的残雪化尽，一个毒日头就让所有的人都脱了春装，风变得黏腻。星期天下午曼哈顿的街上挤满了人，纽约人迫不及待地穿起夏装，露出胳膊和腿，身上脸上一股抑制不住的放纵，仿佛他们整个冬天是蛰伏在洞穴里，现在终于可以见天日了，也很像监狱的放风日，怀着从铁窗里走出时的强烈的释放感。

是的，假如你在日常生活里走着一条循规蹈矩的道路，你就有足够的闲暇和心情，就不太会错失自然赋予生命的必要享受，季节更换时的新鲜感。在这个人人把外衣脱去，陡然有一种轻松感的日子，瑟基洛面临的却是生活的沉重，他在东村的画室维持不下去了，他要为关闭他的画室开一次派对。当然，每天每天，成千成万漂泊在纽约的艺术家会遇到瑟基洛这样的问题。

不同的是，南美人是以寻欢作乐面对困境。这一次的瑟基洛的派对是放在他在东村的画室，这画室本是瑟基洛与另外两个画家合租的，由于其中一个画家境况不好，欲退租离开纽约，而瑟基洛他们一时找不到合租人，却也无力支付更多的租金，不得不选择同时退租。

东村的画室甚至比瑟基洛在布鲁克林的寓所还要小，不同的是，画室的空间是完整的，没有任何阻隔，也没有家具，墙上的作品挂得比较讲究，风格有变化。因为他的两个合租人的作品也一起挂出来，所以这不仅是一个关闭画室的派对，也是画家们把他们在画室做的作品做一次展览。

显然离开这间画室对于瑟基洛是不小的打击，尽管他像上次一样在凉水罐里调出他特制的酒，站在放满瓶酒的冰桶旁给客人们拿酒倒酒，但他仅仅是在尽一个主人的义务，那股昂昂然的兴致可是低落了很多，尤其是那双善于向女人调情的黑眼睛仿佛是被熄灭了灯的黑屋窗口。

是的，瑟基洛甚至没有向哲子劝酒，但是哲子却禁不住地要让自己再醉一次，她和男友处于冷战阶段，他对于她去东村消磨夜晚非常恼火，虽然他的夜晚是和自己的妻子在一起。他还认为她以东村聚会来影射他成功的庸俗，对她认同的那个仓库世界毫无同情，因为他对那个世界比她更了解。他强悍专制，他的个性是和他的野心和他的才华共同凸现的，这一点令她气愤也吸引着她，问题是两具身体之间爆发的热情却更加真实，以及情欲背后对年少时梦想的紧紧抓住的企图，它们使成熟后的理性显得很无力，哲子对他爱恨交加的同时，对自己的失望更甚。

第一次突如其来的醉酒给予哲子的体验，使她很想再享受一次，晕眩之后莫名的快乐，这大概便是微醺的状态，哲子很向往微醺时短暂的真空感觉和之后的随波逐流的软弱的快乐，那一刻她曾经把所有的压抑彻底忘记。可是第二次并不那么容易醉了，哲子似乎喝完整杯酒仍然意识清醒。那时候她还在朝四周张望，她在等劳伦斯，也在等待醉意。那天的她将长发梳成两条辫子，穿了一件白色绸缎中式男衬衣，中式立领敞开着，长至指尖的袖子被卷到手肘上，又宽又长的衣襟盖住了臀部，下面配了一条紧身牛仔中裤和夹脚拖鞋，那是她为东村无名艺术家制造的东方形象，人们称她为 Asia Beauty（亚洲美人），她下午在成名建筑师面前受到压抑的虚荣心在夜晚落魄艺术家的聚会上获得张扬。

那晚客人中有个罗马来的工程师，尤其倾慕哲子装饰出来的东方特性,他剃平头,穿白色T恤,胡子刮得干干净净,笑起来脸上有酒窝,有一股东村聚会难以见到的洁净的活力。他的手指捻着哲子衣服的绸缎面料,赞赏着哲子的东方服装,但哲子对米兰的时装更感兴趣,然后话题转到了罗马。哲子的酒意开始上脸,她忘记了现实,记起的是她在大学读过的古罗马的故事,罗马轶事成了他们调情的载体。劳伦斯来了,但哲子几乎没有看见他,也可以说是视而不见,她被罗马工程师迷住了,也可以说是被关于罗马的话题迷住了。醉意不知不觉间把她包围,虽然不如第一次那般快速,但很持久,渐渐地,她觉得房间里待不下了,她需要室外的氧气,于是她来到阳台。

　　劳伦斯就站在室内通向阳台的门口,手里拿着他的墨西哥啤酒,哲子从那里挤过去时,似乎觉得有人在和她打招呼,但门口站着一堆人,她匆匆扫了一眼,什么都没有看清,便穿过长长的阳台,站到阳台另一端。这是铁阳台,栏杆很低,外边挂着消防铁楼梯,铁制品在砖房楼群中显得富有风格,但渗出冷酷的气质,哲子觉得仿佛要从又冷又光滑的铁阳台里滑翔出去似的。虽然在三楼,但旧工厂的三楼,比普通楼房高了一倍,风力很强,似乎要把她从低矮的栏杆内翻掀出去,无论是滑翔出去还是翻掀出去,哲子有一种强烈的无法把握自己身体的危机感。要是掉出阳台,躺在马路上,人们都无法知道她是谁,只有那两根辫子和衣服能提示她的中国身份。她再一次感受随波逐流的软弱,身体和四肢软绵绵的,她就地坐在阳台的地上,想象着那些血腥的场面,有一股自虐的快感。有人走过来递给她一杯冰水，她接过冰水，抬起头见是劳伦斯，她朝他笑笑，就好像刚才已经打过招呼，也许更像是上次派对的继续。

"今天又喝烈酒了？"他在问。一阵狂风吹来，她没有听清他的话，但风把她从昏蒙中吹醒，她问："劳伦斯，你刚到吗？我还在找你呢？"

他笑了，接过她喝空的杯子，又去拿来一杯冰水递给她，然后在她身边坐下，他指着前面的街告诉她，他的画室就在两条街以外，也是与人合租，他和瑟基洛一样，说到现状并没有任何窘迫。她想起他有个在佛罗里达度假的父母，叹了一口气问道："为何要到纽约来做艺术家，也许留在巴西就不至于没有画室。"她是指瑟基洛，劳伦斯淡然答道："可能，可是如果离开纽约，他是不是还做艺术家呢？其实，要离开很容易，买一张飞机票就走了。"她一惊，那也是某一刻她的想法，他告诉她，他在这一带散步时，经常遇到一个中国女孩，也许是韩国人，她在一个家庭打工，给他们遛四条狗，只记得那个女孩立志要做个电影编剧。

"后来呢？"

"没有后来，因为没有再见到她。"说着他起身说要离去。

"又去那些派对吗？"她跟他一起站起身，他看着她笑了，她的双辫和中式男丝绸衬衣似乎刚刚被他收进眼里，他问："你说过你在拍片子，是不是也把自己放进片子？"正色道，"至少应该拍完这个片子才离开纽约？"她的鼻子一酸，渴望向他倾诉什么，但是终究只是点点头，他离开阳台后，她朝下面看去，看到的是黯淡的路灯光下的社区广场，一些黑人坐在那里，按照一些中国人的说法，这里该是不安全的社区。

但是不管怎么样，绝不能住在这个地区给人家遛狗，绝不能像这些人那般落魄，对的，不能做落魄的艺术家，她这么警告自己，酒意已随风而去。

她给丈夫打电话让他给她寄生活费，他什么都不问，只是告诫她不要欠任何人的钱，但她已经接受建筑师给她的美金，她把那些钱用来买磁带，电池，一些工作中消耗的材料，用来付下个月的房费。她已经明白这个片子一下子完成不了，她必须回中国拍电视剧，赚了钱再回来拍纪录片，但是她不知道自己回去后是否有勇气再回纽约，至少婚外关系是不会再继续了，她拖延着不回去，仍然是割不断这段关系。

她觉得丈夫的宽宏大量后面是不祥的预兆，这是她对自己命运的体会，假如应该产生障碍的地方却意外顺利，结果肯定是走向反面。因此哲子在感激丈夫的同时又觉得仿佛落入了什么陷阱。

下一个礼拜，她收到劳伦斯的邮件，他告诉她切尔西有好几个重要画廊开幕，他给了她一个画廊的地址，他将在那里等她。那间画廊在23街的一栋大楼里面，楼里有好几个同时开幕的画廊，走廊上是川流不息的观众，哲子耐心地跟着标示奇特的门牌找到劳伦斯指定的画廊。那间画廊不大，六十年来各个时期的可乐铁罐和孩子的玩具做成的几件装置作品，色彩鲜艳缤纷得耀眼，就像天真的眼睛看见的世界，却又不完全是，天真里还含着怪诞。哲子没有找到劳伦斯，但她并不急于找他，那晚她带着 DV 机，画廊里不能用摄像机，她便跑到走廊，把镜头对着观众，不久，劳伦斯便走进她的镜头。

她从镜头里发现劳伦斯并不比她存放在脑中的形象年轻，或者说切尔西的画廊观众是更加年轻的一群，虽然打扮嬉皮，但还没有劳伦斯身上几番沉浮后的颓靡气质。劳伦斯带来的气息令哲子心情低落，她想起了瑟基洛，他的派对上的客人，如果不年轻了还在挣扎，那就是落魄，不是吗？这正是在纽约做艺术的风险，它不像读学位，足够的时间和勤奋就能获得，假如瑟基洛到了六十岁仍然没有卖出画，仍然和别人合用一个画室？

但这只是一闪而过的忧虑，劳伦斯已经走到她身边，他告诉她，刚才他把这栋楼里所有的画廊先浏览了一下，觉得不值得浪费时间，应该去旁边那条街，那里的画廊很重要。今晚那里有个纽约最著名的摄影师的开幕酒会，这个摄影师恰恰也是她的男友以崇敬的口吻提起过的。

让哲子有些惊异的是，今天的劳伦斯并非那般沉默寡言，他纠正哲子的想当然的概念，让她觉得自己无知，她以为前卫的作品，在劳伦斯眼里很商业，他告诉她，切尔西画廊早就相当商业化，但劳伦斯认为"商业并非丧失格调和个性，而是风格上更加成熟，但是，商业化的坏处是限制了你内心的自由，你蔑视的东西渐渐占了上风……"。哲子在想，她内心的自由是否因为男友的成功人生受到了限制？不知不觉中，她在用他的价值观评价她曾经推崇的一切，那些下午他们共度的时光是否正在影响她未来的人生观？

　　劳伦斯笑着告知哲子，事实上，著名摄影师开幕酒会上的啤酒比他的作品更吸引他。可无论如何，那些图像仍然震撼了哲子，那都是真实人体两至三倍的巨幅照片，照片上是该摄影师的下体，以及阴茎的特写。这是个至少有六十五岁的老人，放大了好几倍的老人的阴茎，软塌地垂挂，不，是躲藏在两只睾丸之间，像一颗已经废弃但仍然被日晒雨淋藏污纳垢的鸟巢，不再有生命愿意栖息，而发出腐朽的气息，丑陋得令人窒息。然而，紧挨着巨大的萎缩的阴茎，是老人和他同龄老伴做爱的照片，哲子不由得闭了闭眼睛，甚至无法判断自己的内心是厌恶还是感动，或者，两者兼而有之？

　　奇怪的恰恰是这一点，在厌恶的同时有感动，哲子想和劳伦斯讨论，但却觉得难以启齿，语词不够，勇气不够，她的文化让她无法坦然面对一件正在腐朽的性器官，并与另一个可以说是陌生的异性讨论与此有关的一切，也许这些都不是原因，仅仅是有些话题刚说出口便被话语本身误会。是啊，正是在这时，哲子感受到艺术作品的好处，它所蕴含的意味，是没有任何语言可以表达，可以对应。

　　对此，劳伦斯也未做评价，这个展览观众很多，开幕酒会上的空啤酒瓶被整齐地堆积成一座小山坡，就像一件装置作品。劳伦斯似乎忘记他是来喝啤酒的，他仔细地看完每件作品，然后说道:"最近这些年这位大师的作品要让人们喜欢越来越不容易,他知道他要什么,虽然我们不一定知道。"他指指大厅里挤满的观众,似乎这是一个话题的引言,有些大而化之,哲子等着他细说缘由,但是他带着哲子离开展厅,朝20街去。那里的画廊几乎占据整条街,街上是三五成群的从画廊里溢出来的年轻观众,手里拿着啤酒瓶,劳伦斯笑了:"哦,这里有的是啤酒。"好像他必须先喝上啤酒,才有兴致把刚才的话题继续下去。

这里的画廊前身是间规模较大的工厂,原来的车间变成不同的展厅,有一间在做音乐演出,挤满了年轻人。另一间是video展示,其中有几件作品需要观众互动,很像电脑游戏,这个展厅的观众更接近游乐园客人,有许多中学生,甚至有不少儿童,他们不断碰到劳伦斯的熟人。劳伦斯把哲子介绍给他们,说她从中国来,到纽约拍纪录片,其中有几个是瑟基洛派对上的客人,他们看见哲子稍稍发了一会儿愣,这天的哲子穿卡其短裤全棉汗衫,长发披肩,背着摄像机,与派对出现的形象判若两人,也许他们连这种差异都未必发现,全世界漂泊者来来往往的纽约,谁关注谁呢?出于礼貌或好奇,他们对哲子的城市、哲子的工作问长问短,然后,在另一间展厅再遇到,他们已经忘记她是谁了,哲子有一种刻骨的寂寞。

她只有牢牢地跟着劳伦斯,就像小时候在"大世界"这样的游乐场牢牢地跟着父亲,这个城市就像个游乐场,如果没有紧密相连的人与你共享生命中的一些片刻,进来或出去,都变得没有意义。那时候画廊的人流量进入高峰,越来越多的人进来,不要说谈话,想要谈话的念头都变得疲惫,哲子终于忍不住问劳伦斯,是不是该走了。

他们走到画廊外,顺着街道继续朝前走,过马路等绿灯时,哲子才突然想起来似的问道:"接下来去哪里呢?"那时已经十点,但是对于哲子,对于在纽约没有家的人,十点仍是个迷惘的钟点。劳伦斯说:"去酒吧喝酒!""然后呢?""继续喝,你不断付钱,不断喝酒,酒喝得越多,钱付得越快,然后早晨就到了,当然还有音乐,我想,总会有些音乐吧!"劳伦斯笑了,笑得有几分醉意,但这个晚上,他似乎才喝了一瓶啤酒。

"你愿意跟我一起去吗?"见哲子沉默,劳伦斯问道,那时他们正在过马路。

"酒吧远不远呢?"哲子沉吟着,她对于酒并没有生理上的需求。

"不远,再过两三条横马路就到了,想不想去呢?"他再一次问道。

哲子没有回答,直到过第二条横马路时,哲子突然停下来,她对他说:"我想我还是回家的好!"仿佛这个回答是在劳伦斯的意料之中,他朝她摆摆手,说了一句"回家路上小心",便在路口与她道别了。

回家去的路上,总是伴随着无法排遣的寂寞,她一路上在后悔自己的选择,似乎,和劳伦斯之间有什么没有完成。可是她同时知道她并没有勇气去那个开门到早晨,将一屋子醉人送走的酒吧，她不是害怕酒吧，而是害怕与劳伦斯会走向某一地的深处。或者，那更像进入先前去过的巨大的遗留着旧工厂面目的画廊，一个只有进口却找不到出口的地方，人挤人，但都是陌生人，携带着陌生语言陌生背景，之后离开，去向更陌生的去处，她只能紧紧跟随一个相对熟悉的人，其熟悉程度只限于知道他的名字、职业，在片刻的微笑以及伴随而来的深不可测的沉默之中。

归根结底，这将是一个无法预知后果的旅行，假如她在路口不是与他道别，而是继续跟随他。

之后，他们一直没有机会再见面，因为两人的时间表不一致，劳伦斯有空的时候，她没有空，她有时间的时候，劳伦斯有了安排。他们以一星期通一次邮件的频率维持着联系，他的信渐渐地长起来，但也是一种谨慎地增长，似乎劳伦斯在控制某种节奏，假如说交往也是有节奏的。哲子有时会向他描述她看到的好戏，但从来不描述她看过的画展，向劳伦斯描述画展不是班门弄斧吗？

在一次激烈的争执后，她与男友互不理睬三天，第四天早晨哲子睁开眼睛看着窗外阴沉的天空，突然觉得在纽约再也坚持不下去了，她坐在床上给中国城的旅游公司打电话订回上海的机票，然后退房租，整行李，告别。忙乱了几天，回上海前一天，哲子收到劳伦斯的信，他问："最近又看了什么新戏？也许应该让你带着，去那些我陌生的剧场，就像我带你去画廊。"

哲子轻轻叹了一气，这也曾是她的期盼。

她给劳伦斯电话，告诉他她明天就要回上海的家了。劳伦斯问："家里发生什么事了？"

"没有事，只是，我突然很想家。"

"大概你有个热闹的大家庭，父母和兄弟姐妹，可我记得你的国家都是独生子女。"

她一愣，他把她的"家"误以为她父母的家，这就是说，他一直认为她未婚，她应该告诉他她已有自己的家，但在纽约最后一天，她怎么都没有勇气告诉他她已婚的现实，或者说，她从来就没有打算告诉劳伦斯她的真实人生。

事实上，她对他的人生又有多少了解？

"没有时间去剧场了，但是，至少应该一起喝杯咖啡。"她说，似乎，她和劳伦斯之间有些什么没有完成，她想了想，想不起是什么。

他们讨论了一会儿见面的时间，但是很不凑巧，他们的时间表仍然不一致。放下电话时她想起来了，是关于那个著名摄影师的话题没有继续，不仅仅是一个话题，他们之间好些话题都只是开了个头。

她回上海后，劳伦斯写信提起他们的时间表，开玩笑道，我们应该是很理想的roommate（室友，即同租一套公寓），总是在时间上错开，见不上面。他还告诉她，他的画室租约已到，他租了个集装箱放画和绘画工具，正在寻找新的画室，此刻，他在纽约图书馆消磨本应该在画室的时间。

她的眼睛在湿润，她身在上海，却再一次从肌肤上感触纽约漂泊的寒冷，她写信告诉劳伦斯，有时候觉得，我对纽约的爱远远超过我对自己的城市，但，SO WHAT？（又怎么样呢？她用了大写。）假如你没有勇气为你的爱付出代价。

　　这封信没有发出，而是被她 delete（删除）了，这些议论就像她的人生给予劳伦斯的印象有些面目不清，她不想再平白地给他增添一些误会，毕竟，萍水相逢。

　　　　　　　　　　（初刊于《收获》二〇〇六年第二期）

烈　饮

　　因机械故障，乘客们被要求下飞机等待换机，哲子便焦虑了，焦虑时她就想吃东西。登机口的等待区附近有食摊，她要了一份最 heavy（高热量）的肉肠配奶酪土豆外加一杯冰可乐。食物盒拿在手里香味扑鼻，心里会有不安，但她无法克制地想放纵一下自己。

　　这是一趟芝加哥飞蒙特利尔的航班，哲子先要搭乘小飞机从大学城到芝加哥转机。大学城没有机场，机场是在旁边的小城，四十分钟车距。为赶芝加哥中午这趟航班，清晨得从小城飞出。她从大学城赶往机场，五点就要出发，基本上没有合过眼。她担心缺乏睡眠会诱发焦虑症，然而，她的焦虑常常源于焦虑自己的焦虑症。

　　哲子才打开食物盒，那边已经通知乘客上另一架飞机。坐在等候区的乘客们纷纷起身排起队伍，哲子顿时急了，纸盒纸杯各占一手，脚边是拖轮箱，又没有第三只手。有人在身边问，要不要帮你？哲子转脸看去便笑开来，她的邻座，白人男子，刚才她放行李时，他曾主动站起身，帮她把拖轮箱举起来，塞进行李架。

接受了邻座帮忙拉行李箱，哲子马上又后悔。她突然想到其实可以最后一个登机，这样就有时间坐在等待区吃完她的食物，而不是像现在这样，拿着食物盒和可乐小心翼翼走在登机队伍里，担心着哪个莽撞鬼猛地撞上来，把他的衣服弄脏，更有可能是自己不小心把自己这身好衣服弄上污渍。这种时候愈发觉得衣服虽体面却非常不舒服，往往如此，就像健康食物是乏味的。这衣服的设计便是窄肩卡腰袖子细长，穿在身已经有束缚感，当手里端东西时，更令肢体产生紧张。此时，如果身边有个垃圾桶，哲子会把手里的东西扔进去，心里却恨自己对这类微小不适的强烈反应。是的，焦虑症患者，她称呼自己。

哲子是去蒙特利尔参加文学节，她为这趟旅途悉心准备衣物。她穿了一间黑色西式外套，意大利生产，好些年前在纽约的打折季购买。她曾经像收集艺术品一样收集意大利时装。那时的她追赶时尚，虽然已婚，潜意识仍然在等待奇迹，不如说等待让她重新感受生命活力的激情。激情出现过，转瞬即逝。彼此已婚，不可能勇往直前，其实已预先留了退路。即便如此，仍然有伤害，其结果被焦虑症困扰。她心里却明白所谓焦虑症非一日之寒。那之后她小心翼翼面对生活，开始考虑要孩子。

这位邻座虽是中年，却身材清瘦，一身套装十分有型，不留胡子，腮帮青色阴影性感，这使她心情莫名愉悦。她看惯了大学城穿运动装的学生，教授则不修边幅；当地居民，或者说中西部的男人到中年便有发胖趋势，还喜欢留络腮胡。在航班上，她才会见到注重仪表的美国男人，他们通常是为公司出差。

她突然觉得自己穿得这么正式有点可笑，又不是上班族。从别人的目光，或者是自己多心，她和邻座并肩站引人注目，人们会把他们看成一对儿，他们都身材高挑，互相映衬凸现一种做作的完美，仿佛西服格外笔挺，皮鞋格外铮亮。

要是千珠和康妮在现场，会是什么反应？哲子想象着。千珠不喜欢穿套装的男人，她虽是女同志，却不拒绝和哲子一起讨论男性。康妮不轻易 judge（评判）任何表象，她喜爱男子博学，称智慧的对话让她有性快感。康妮不化妆也不穿时装，她的高度精神化，千珠崇拜，却给哲子压力。

康妮是大学电影学系主任，同系副教授陈千珠是哲子的好友，五年前哲子的一个纪录短片参加小电影节得了奖，在千珠引荐下，康妮请来哲子做了一个学期的访问学者。

那次访学是她回归婚姻的缓冲地带，期间因为情绪不稳定，在千珠劝告下，哲子去看心理医生，便被诊断为焦虑症。她没有遵医嘱服药，而是听从母亲劝告，回国，接着怀孕生子。母亲不知"焦虑症"一说，她只是站在长辈立场，告诫哲子人应该什么年龄做什么事，那年哲子三十六岁，再不考虑生养孩子，让自己脚踏实地过日子，恐怕她以后的人生是和精神科医生打交道。

哲子生养孩子那几年，与千珠和康妮几无联系。这四年里，她一心照料孩子期间，睡眠成了问题。最初，婴儿一晚上要喂两次奶，她起夜后就难入睡。然后，失眠引起头痛，发作时止痛药也无效，一边还要和正在长大的男孩搏斗：把奋力挣扎手脚不停的男孩按在浴缸里洗澡，或者揿在椅子上给他喂饭，都是体力活。这种时候丈夫在哪里？也许在上班，也许在出差，也许在看球赛。

丈夫赚钱养家，母亲要她关心丈夫的健康，说家中男人不能倒。她当然关心丈夫，不仅为家庭利益，而是真的心疼丈夫的早出晚归。她觉得夫妇之间就像手足，朝夕相处会厌倦、话不投机、各种不满，但关心和担忧也无比真切。

因此，为丈夫健康考虑，她能做的便是保住丈夫的睡眠时间，他们分房睡。她从来不让他起夜，早起送孩子上托儿所，夜晚和周末带孩子这类事，她也尽量不去麻烦他。他很感激她的体贴，养家无怨言。她深感，有了孩子之后，他们之间的相连更紧密。可自从分房睡，她和丈夫不再做爱。问题就在这里，当你把身边人当作亲人，性欲也跟着消失。她的同龄已婚友人也会说，早就没有感觉了。

他们相亲认识。哲子大学毕业后曾经渴望和校园恋人结婚，可恋人却去国外留学，两人因此分手。这一个打击，她好几年都缓不过来。她当时在一份社会杂志做编辑，朋友不少，却没有认真交往的男友。母亲瞒着她去人民公园相亲角，然后由亲戚安排相亲。

丈夫是理工男，在校园时对文科女生曾有憧憬。相亲时，知道哲子是文科生先就有了好感。他们交往顺利，彼此第一眼就觉得舒服，在性方面竟也没有让对方失望，两人都认为这就是缘分，约会半年就结婚了。

他们没有立刻要孩子，杂志工作清闲，哲子买了DV机拍纪录片，也因此有机会被邀请访学。丈夫那时也经常需要出差，这正好让他们平稳度过新婚后需要磨合却往往也是婚姻破裂的阶段。

她丈夫和丈夫的朋友都认为哲子好相处，她性情随和，虽在外面忙些不切实际的事，但只要回到家就随遇而安。丈夫在外应酬无论多晚，她都不会干预，有孩子后便辞职，也不再拍片子，全职在家照管孩子。

家里的经济由丈夫掌管，哲子从不过问银行卡里有多少钱。她在财务事上糊涂，也可以说是洒脱，正好说明她与世俗的精明计较隔绝，这让丈夫觉得放松，虽然有时心不在焉，好像不在角色状态。

哲子内在的分裂丈夫是感受不到的，他还在创业，每天冲锋陷阵似的，家庭是他栖息的地方。她也需要家，无法忍受孤独，努力维护丈夫需要的平宁。丈夫的原生家庭，父母每天都在争吵，所以他害怕话锋尖锐的女生，撒娇撒野都让他避之不及，宁愿无趣，也不要无事生非，他的理想婚姻便是平静和睦，这，恰恰是哲子可以给到的。

这四年里哲子床头柜上放着安眠药和止痛片，两种药交替吃。她的神经衰弱症状在她丈夫看来就是文科生的毛病，他同情她，却也并没有太放心上。

他出差期间她的焦虑症就爆发了，即使加倍服安眠药也无法入睡。她像热锅上的蚂蚁在房间里兜圈子，脑中有一把火在烧，半夜招来出租车去医院挂急诊。在去医院的路上，她又非常担心医生会拒绝给她治疗，知道医生能给的无非是舒乐安定之类的安眠药。

果然，值班的年轻医生告知，药房只有普通安眠药，她这样的状况需要强效镇静剂，必须去精神病院挂号看门诊。门诊八点开始，此时才半夜三点，她说她熬不过后面五小时。于是医生给她注射安定针剂，让她在观察室的床上躺一阵。哲子却拒绝躺下，诉说脑子要烧起来，不知道会发生什么！医生说，这里是医院！我们医生都在！你怕什么呢？

她得感谢那个年轻医生，他的话让她镇静下来。她躺上医院的观察床昏迷般地突然沉睡过去，就那么十几分钟，再醒来，她有了睡意，凌晨回到家顺利入睡。

那几天，为了给她好睡眠，母亲来帮她带孩子睡觉，当晚竟不知她去过医院。她没有把半夜求医的事告诉母亲，也没有告诉丈夫。

她没有去精神病院，而是听从这位年轻医生的建议，去中医院吃汤药。草药似乎比安眠药更见效，服药期间昏昏沉沉，把她缺失的觉给补上了。那些日子她常常会想这位年轻医生，觉得自己快爱上他了，只因为他说，这里是医院，我们医生都在！你怕什么呢？

她写信给千珠，诉说自己困兽般的日子，希望有一个短期访问可以出逃几天。千珠正带领学生讨论中国纪录片，在康妮的认可下，请哲子来班上做演讲并参与学生的纪录片工作坊，为期一周。那时千珠已经向蒙特利尔文学节的组织者推荐哲子参加文学节。哲子带孩子这几年，没法做纪录片，便写些随笔和短篇，出了两本书。她没有文学进取心，不过是通过写作抒发负面情绪。哲子是以作家和电影人双重身份参加文学节。

电影系短期访问七天加上文学节的五天，哲子可以离家十二天，这是她第一次离开孩子。婆婆和母亲轮流去她家照顾孩子，她们上了年纪吃不消男孩的淘气，所以十二天已经很长。

她在行李箱里放入不同风格的衣服。大学几天入乡随俗，那里的教授都很朴素，她为大学准备的是T恤和牛仔裤，却给文学节仔细搭配了几套有风格的时装，把平时没有机会穿的奇装异服塞进了箱子。她要抓紧文学节的五天时间。抓紧时间做什么？她也不清楚。至少那里作家云集，她想象都是些有意思的人，短短五天，总会有片刻心动，却足以把她从庸常中拯救出来。

坐进第二架飞机，仍然需要等。她专注在食物上，一时忘记焦虑。经过先前的动荡，哲子此时可以安心坐在自己的位子上，享用迟到太久的早餐，心情陡然放松。

她很享受这份快餐，奶酪厚厚地裹住油炸土豆块，配上冰可乐，久违了！她像青少年一样惦记美国快餐，在国内，她会一个人去麦当劳解馋，点一份巨无霸汉堡配大杯冰可乐。可是，千珠和康妮是健身达人，素食主义者，她们去健身房跳操做瑜伽，在有机商店购买昂贵的蔬菜和面包，从来不碰碳酸饮料。大学几天，她俩轮流请她吃饭，食物贵而清淡。

现在，她可以毫无顾忌满足自己低俗的口腹之欲，她无法每时每刻都正确地生活着，不吃快餐，每天跑步，控制药物依赖，对婚姻忠贞，等等等等。患焦虑症，她好像更有理由放任自己。

她眼角余光瞥见身边男子在看自己，带着微笑，像面对贪吃的孩子，这是哲子自己生发出来的想象。自恋的人总是自作多情，她很快又会嘲笑自己的想象。此刻她嘴里有食物不能说话，便忍住和邻座交流，并且尽量保持斯文的吃相。

所以，她看起来专注于自己的食物，其实眼角余光在瞄邻座。她从他打量的目光里，能读出他的羡慕，吃这种食物竟能保持苗条，哲子不止一次听过这样的评论。她承认自己爱吃垃圾食品，但是，他们不知道，为了消化这些食物，有时她得走两万步。

哲子并不觉得自己苗条，是衣服让她显瘦，意大利时装就有这样的魔幻效果。自从剖宫产以后，她的腰身从1.8尺伸展到2.2尺，她那时陷入产后的忙乱中，没有及时瘦身，这是又一个不正确生活的例子，让她再一次对自己失望。

她的婚姻是失恋的结果。她告诉信奉不婚主义的千珠，人们往往经过恋爱才会结婚，但不是和所恋对象成家。恋爱的结果是分手，然后才进入日常，不太甘心结婚，却心甘情愿生养孩子。然而，她自己的故事稍微复杂一些，失恋后结婚，结婚后又恋爱，失恋后去生养孩子。

昨天晚上给自己准备行装时，身上这件外套令她心情有些动荡。她猛然又触到纽约的心情，她曾经以为一辈子不能释怀，未料有了孩子便忘了，这四年里竟没有片羽浮现。不要说一辈子，连四年都很长。昨晚想起来，眼睛虽然有些潮湿，可心里却在庆幸，她终于摆脱了，像摆脱梦魇一样摆脱了对一段关系的执念。

她终于吃完，把食物盒仔细放进垃圾袋，擦干净嘴，现在可以让自己转过脸对邻座微笑，并再次向他道谢。

他们开始交谈，很快交换了名片。果然，他是为公司出差，他叫Will，公司销售部经理，在蒙特利尔有客户。她的名片是为这次文学节制作的，写上的头衔是"作家"和"电影人"，不经意间给自己罩上了光环。果然他表达了敬意。名片仿佛比口头自我介绍更有说服力似的，他们彼此都心里放下戒备，更轻松了。

他告知他经常去蒙城出差，次日开完会就坐当晚航班回芝加哥。然后他仔细询问她当晚的安排。

这就是艳遇的节奏了！她心里在judge他：想来是猎艳老

手,有这份经常出差的工作。

但她还是告诉他了,文学节没有安排当晚活动,除了报到之外,自己是第一次去加拿大,对当晚在蒙城做什么还没有想法。

他问她是否知道蒙城是一座法国化的城市,被称为北美巴黎。她笑着直点头,她当然已在网上了解了信息。他说,所以你可以在城里吃到非常正宗的法国餐。要是愿意,今晚我可以带你去我认为相当不错的法国餐馆,我会教你点这家餐馆最拿手的菜。他在建议,他们可以一起用晚餐。

她来美国几次,才搞清楚"一起用餐"不是"请吃饭","一起用餐"是各吃各的,不用为对方付账。她非常接受这种方式,很爽快就答应了。后面五天安排很满,到达的当晚是空白,突然有了内容,让她暗喜。

他们花了不少时间讨论如何见面。问题是,她没有手机,她在美国短期访问几天,没有开通漫游。她也没有记下入住蒙城酒店的地址,因为,主办方会派人来接机。

他们互相留了电子邮箱,她到达酒店后,可以把联系方式写给他,他就能打电话到她酒店。不过,她已经察觉他的失望,当她告诉他没带手机时。不方便是这种即时约会最大的障碍。无论如何,这个叫Will的男人不太有趣,目的性太强,为什么不能穿插聊些其他话题?她认为,即使讨论如何见面的细节,你也能感知此人是否有一颗有趣的灵魂。

与千珠和康妮相处几天,有趣的灵魂是她们聊天逗乐的关键词。哲子看出，千珠和康妮是彼此的有趣灵魂，可是她们无法结合，康妮爱男人，千珠爱女人。

你怎能指望一次偶遇就碰上有趣的灵魂？再说，不过是聊以打发在陌生城市的无聊夜晚，一个临时地陪罢了，她这么自嘲。不是想着抓紧时间吗？无论如何，在陌生城市第一时间有人陪伴，应该看成意外馈赠。

她想到一个主意，待会儿可以让接机的工作人员告诉Will她将入住的酒店地址，这样，Will就可以到酒店大堂来领她，就像领一个迷路的人。

然而，来接机的是一位脸容严肃的老妇人，因为飞机延误，她在机场多待了两个多小时，此时有些急切地走向停车场。匆忙中，哲子与Will挥挥手便紧随她去了。

路上，老妇人告诉哲子，她是退休教师、文学节的志愿者，每年为文学节接送作家。此时已经黄昏，她得赶回家为家人做晚餐。这时哲子才庆幸没有把Will介绍给女教师，让严肃的女教师把酒店地址给一个路上认识的男子，她将怎么看待这位号称作家的女子？她是否会后悔把业余时间奉献给一个有道德瑕疵的作家？

文学节的广告牌矗立在酒店门口，傍晚的酒店大堂拥挤热闹，各地作家正陆续到来。哲子花了不少时间报到，拿房间卡号要排队，之后又去排队领演讲费。她三次演讲费不仅cover（足以支付）她来回加拿大的飞机票，五天的生活费用也足够了。

哲子又花了一些时间找千珠的朋友 Chris。一位颈上挂工作牌叫 Alice 的亚裔女生主动招呼她,她告诉哲子,Chris 不在酒店现场,但明天开幕式他会出现。Alice 又立刻被其他人找去,告别时特地关照哲子,酒店就在 down town 附近,离中国城也不远,出门吃饭很方便。

哲子回酒店房间安顿,为了找密码上网又花了一些时间。待她进到自己的电子信箱,看到 Will 已经留言一个多小时。他留给她电话,和他住的酒店地址,说就在 down town 附近。他可能七点半左右去一家法国餐馆晚餐,也留了餐馆地址,可此时已过七点半。客房里有蒙城地图,密密麻麻的英文字,要找到 Will 的餐馆不太可能。再说,找过去,他可能已经用完餐离开了。

酒店房间是文学节付费,房间内打长途要另外去前台算费用,她觉得麻烦,便去大堂打付费电话。Will 的电话才响了一声就进入录音档,她愣了一下,她应该留言给他酒店名字和房间号码,可是却忘记酒店名字的拼写。她去前台拿名片,回到电话机旁,有人在用电话。她便去房间给 Will 发 e-mail。

这样一来,她不能离开房间了,便给千珠和康妮写邮件。千珠的电话很快就进来,哲子担心 Will 电话进来,和千珠匆匆聊了几句,便挂电话查来电。

等了一阵,没有等到 Will 电话,她才意识到,他可能还未回酒店。下楼见付费电话机仍然被人占用,此时已近八点,她开始犹豫是否还需要联系 Will,"一起用晚餐"的计划已经泡汤。她本来还指望用餐后让 Will 带领她去城中心的街道逛逛,没想到蒙特利尔的寒冷堪比美国中西部。现在是早春,路上积雪比她的大学城还厚,想来也跟大学城一样,街上无行人,餐馆和酒吧却很多。

她意识到,这个夜晚假如不想浪费,应该自己去探索城市。

哲子洗了澡,为去法式餐馆特意换上黑色羊毛套头衫,配一条时髦的裤管绣花的黑色瘦腿西裤,外套灰色羊绒大衣,小巧的双肩皮包。

她拿了地图独自上街,酒店周边街道没有商店,路灯黯淡,感受不到想象中的法兰西风情。她过了几个街口,才看到亮灯的商业街,在第一眼见到的中餐馆就坐进去了。她不是想着去法式餐馆吗?可一路走来,地上积雪,寒风刺骨,她需要一碗热乎乎的牛肉汤面。

她坐在略显简陋的中餐馆等面时有些沮丧,如果之前没有遇到 Will,现在应该是心平气和的。可见期待多么害人,哪怕是微小的期待。

她突然想起遥远的一幕:在一间小餐馆,她在等即将出国的男友,他来和她告别,她准备把他们的关系做个了结,因此,这可能是最后一次见面。这间小餐馆简陋而偏僻,离大学两个站,他们常在这里约会。那时他们已经毕业,回到这里见面,是她提出,她是否暗存希望留住他呢?

她点了一桌菜,要了啤酒。以前,他俩喝一瓶啤酒,这晚她独自喝了两瓶酒。当他没有准时出现时,她就知道他不会来了。她不愿意电话他,这点自尊她必须拥有。她直坐到小店打烊,桌上的菜大半未动。

他没有给她机会主动结束这段恋情,这是她无法原谅的。他无声无息离去,令她觉得之前的相恋太虚幻。她没有为此流泪,是空虚得流不出泪。失恋的阴霾好些年才散去,如果,焦虑症是一种病,病根该是那时埋下的。

哲子回到酒店,在大堂又遇见 Alice。她邀哲子一起去酒店的酒吧,说,今天报到的作家们都在那里。她们匆匆聊了几句,Alice 用不熟练的汉语告诉哲子,她是个出生在蒙特利尔的华人,热爱写诗,也是志愿者。

酒吧热气腾腾,柜台前人们在排队买酒。不同的朋友圈团团簇簇,挤满酒吧空间。Alice 说,文学节的大部分来宾是本国作家,所以他们互相认识。

占据酒吧中心的一个朋友圈在召唤 Alice,她拉着哲子挤到他们中间。桌上有好几杯鸡尾酒,是同一种泛着红色荼泽的"长岛冰茶",他们说这间酒吧的"长岛冰茶"非常地道。Alice 把酒递给哲子,说她还要去机场接人不能喝酒,话未完,她的手机响起来,Alice 接起电话急匆匆地离开了,却又转回来问哲子,你能喝酒吗?哲子笑着点头说,我不仅能喝酒,还能喝烈酒。Alice 开心地喊了一声 great,又走开了。

就这样,哲子陷在一群英语说得飞快的西方人中间,或者说国际人，他们的肤色有白有黑。他们被某个话题吸引，争先恐后表达观点，为某人妙语发出响亮的笑声，笑声又吸引其他人加入进来。

哲子有些慌乱，每当进入英语圈子时就有这种感觉，可此刻还有被冷落的尴尬。在美国大学城，她是受邀访学，千珠一路陪伴，去派对或其他任何场合，都被当作重要客人照顾。此刻，她觉得自己多余，连听众都不算，因为有限的英语根本跟不上他们的话题。他们并非没有理睬哲子，都对她"Hi"过了。他们是作家，自我，有个性，还有智力上的优越感，不愿意敷衍任何人；出于平等理念，他们也没有觉得少数民族作家需要特别照顾，比如她。

如果不想让自己尴尬，哲子必须找个人聊天。身边有位年轻人，肤色略深，哲子总觉得肤色深的人更像是同类，她到了国外便有了所谓"少数民族"的 sense（感觉）。乘他不说话时，她问他来自哪里，他告诉她，他和他们中的部分作家来自多伦多。

深肤色的年轻人很快又转回他的朋友圈，似乎生怕失去某一段有趣的对话。到底是什么话题让他们这么兴致勃勃？她仔细听去，模模糊糊捕捉到，好像是关于某位作家的作品在他们之间产生了歧义。她是多么喜欢这一类讨论，与日常无关，与现实无关，它会产生类似于幻觉的效应，让你从地面升起几米。如果在大学城，遇到这类讨论，千珠为她做翻译。千珠不仅是翻译，千珠和康妮所营造的精神空间，可以让哲子暂时离开地面。

哲子又开始焦虑,挑剔的目光在内心打量自己。她觉得今晚此时连衣服都没有穿对,比起身边不修边幅甚至有点邋遢的作家们,她的这身衣着太刻意太修饰太有期待感,人们是否以为,她是来这里猎艳?事实上,她从来就没有从这类场合获得过快乐和满足,一直如此,人一多她就紧张,既渴望被注视,却又发现自己浑身都是缺点,而害怕被注视。

焦虑引起的紧张令她嘴发干,便一口接一口喝着手中这杯"长岛冰茶",眼看酒杯见底。哲子以前很少喝鸡尾酒,认为鸡尾酒跟软饮料差不多。她自认酒量好,有一阵嗜酒,葡萄酒不过瘾,直接喝威士忌。这都是发生在几年前逗留美国期间。自从回国打算生孩子,她就戒酒了。

这款鸡尾酒,色泽通透红润,几与柠檬红茶乱真,这可是一杯没有一滴茶的烈酒,入口微甜,有丝丝柠檬酸,带一点苦,刚觉得像红茶,吞咽一刻暗藏的辛辣给予喉管刺激快感。渐渐的,身体轻盈起来,心情无端地轻快,她想喝威士忌了。

买酒的队伍并没有缩短,一直会有人去添酒。像她一样,这里每个人都不想虚度这个夜晚。又有几个人过来加入群聊,哲子乘机开溜去排队买酒。

她发现吧台前坐着几位酒客,都是孤立的,彼此没有交谈。这状态很吸引她,她在想象自己坐那儿独自喝威士忌的形象,很酷!不是吗?如果不抓紧在这个拥挤着作家的酒吧给自己买酒,她以后恐怕很少再有机会坐在吧台前独自喝烈酒。这么想着,心情更急切了。

这时,哲子发现有个男子在看她,他是吧台前独自喝酒的人中的一位。她站的角度正好与他面对面,虽然隔了一条队伍的距离。

她立刻转开目光,再转回时,他仍然在看她。他眸子细长有点花哨,猛一看像亚裔,但头发和眸子浅色。

她忍不住又转回脸,他仍然神情自若望着她,就像观望一个景。她没有躲开目光,接受挑战一般迎住他的凝神。他微微眯缝双眼,眼里有笑意,她的心脏跳出了响声。她曾经期待心跳加速,这一刻,却面红耳赤。不,是酒让她上脸,这杯称为"冰茶"的鸡尾酒,是由好几种基酒调制的,包括烈性的伏特加,此时正开始发挥后坐力……她感到些微的晕眩,心在激荡。她打算待会儿买了酒,去和这位含笑看她的男子碰杯……

她被伸到面前的酒杯一惊,一个陌生男人站在她面前似要和她碰杯。我是 Chris,他说,我猜你就是 Judy 的朋友。Judy?她一愣。然后,才想起 Judy 是千珠的英文名。

Chris 是位肤色微黑五十岁左右的南美裔男子,眸子很黑,在五官中霸气地吸人眼球,灰色卷发乱蓬蓬已经稀疏,穿一件灰色连帽运动 T 恤,就像她熟悉的大学城的教授。

千珠告诉过她,Chris 不仅是文学节的组织者之一,也是赞助人之一,他还是诗人,出过好几本诗集。如果在另外一个场合,比如在飞机上,哲子都不会注意到他。她想起飞机上的西装男,叫 Will 的销售经理,他留给她的莫名沮丧。她开始置疑自己的品位,竟然对一位拿公文包穿上班装的男人暗含期待?

Chris 自带气场,善于制造轻松自在的氛围,他像遇见老熟人一般和哲子攀谈起来,他说接到 Alice 电话,特地过来看哲子,说他已经看过她的纪录短片。他用了 fantastic 这个词,意思是很精彩。也许是客气话,哲子却很受用,尤其今晚此刻。

他打量哲子通红的脸颊和眼睑,问道,你看起来喝了不少酒,还要买酒?哲子笑说,没怎么喝,不过是一杯"长岛冰茶"。

不过是一杯"长岛冰茶"?他重复她的话,哈哈大笑,一边说,你是告诉我,你酒量了得?

哲子直点头,和他一起笑……突然身体像被旋转似的晃起来,晃得她站不住,伸手去抓 Chris。

Chris 把她送回酒店客房。房间里只有一张单人沙发,她请客人坐沙发,自己坐床边。她太晕了,顾不上礼节,半卧到床上去了。她后来回想,事情的发展并非是酒,而是单人房的格局。

Chris 用哲子带来的电热杯给她煮了一杯真正的红茶。她喝了茶,晕眩感也像被稀释。她把为千珠带来的电影资料交给 Chris,这是中国更年轻的纪录片导演的片子,千珠希望 Chris 转交给蒙特利尔电影节。

于是他们聊起纪录片话题,她一聊这个话题立刻亢奋起来,酒精带来的晕眩转化成热能，英语也变得流利了。

Chris告诉哲子，比起作家身份，他对哲子的电影人身份更感兴趣，早些年他曾经有过电影公司，后来破产了。说到破产，Chris哈哈大笑，仿佛这是件有趣的事。他说他的大部分时间仍然放在公司经营上，也许有一天又会去投资电影，希望那时有人会阻止他。

他的幽默感染了她，她也哈哈大笑了。她被自己高音量的笑声一惊，戛然而止，心里在暗暗吃惊自己酒量退步至此。喔，此时她才想起，缺失的是，昨晚的睡眠。

Chris告诉她说，这间酒吧的"长岛冰茶"很有名，喝倒过不少新客人。哲子莫名地要强起来，说她能喝烈酒，不要说威士忌，伏特加都喝过，从来不喝软饮料一般的鸡尾酒，没想到遇到一款戴着茶面具的混合烈酒，清甜的味道太有欺骗性，竟把它当作饮料一气喝下……

Chris直笑，她有点不悦，觉得并不好笑。她受骗了，被谁骗了？被一杯号称"长岛冰茶"的烈酒骗了？被自己……无因的反抗骗了？不是早就戒酒？有了孩子必须过自律的生活……当她想到孩子时，突然流下眼泪，愧疚和绝望，对自己的人生丧失信心。这个夜晚，她一直在和自己的"丧"挣扎，她的青春之丧、中年之丧，匍匐在她身体的某个暗角，此时汹涌而来。

Chris并不怎么吃惊，他把她的泪水看成醉酒后的泪水，年年有文学节，年年有作家在酒吧喝醉哭泣。他知道怎么安慰醉酒人，他拿了纸巾盒坐到她身边搂住她，事情就发生了。

不管是当时还是后来回想，她都明白是她主动。

她紧紧抱住他，这拥抱如此迫切和不由分说，让他吃惊并终生难忘。这已经不是情欲，而是生死攸关的求救信号。

这个夜晚，她熄灯后才发现电话的留言灯亮着。她按下留言键，是 Will 的留言。他说，我收到你的留言，给你打过电话，可惜我们互相错过。希望你的晚餐让你满意，享受你在蒙特利尔的日子！

她一时怔忡。刚经过一个百感交集的夜晚，Will 已经离得太远，而这个夜晚却是从错过 Will 开始。

再见，Will！她很快就会忘记他的面容。但是，和一个穿套装的男子充满隐喻的相遇，是她生命中的一道划痕。

（初刊于《作家》二〇一九年第五期）

迷　途

　　这个冬天，她们选择去越南。

　　关于越南，自从马格丽特·杜拉斯的《情人》问世，其"交趾支那"场景便成了唯一符号：一个狭长的炎热地带，既没有春天，也没有季节的更替嬗变。在殖民时代的烈日下，炎热贫困绝望交织着情欲放纵堕落……这一切，通过一个法国女人富有魔力的书写，成了许多女人性幻想的场景，湄公河，沙沥，轮渡，堤岸，伊甸影院，这已经不是一个个地点，而是性感的语词。

　　事实上，早在《情人》之前，就有了越南，假如她们仍然记得这个城市曾经发生过的声势浩大的抗美援越游行，如同巨大扑克牌排列的领袖肖像牌曾经增添了一位留山羊胡子被称为"胡志明伯伯"的老人，他看起来更像个乡村教师而不是革命领袖。

　　同时期流行过一本名"南方来信"的小书，书里的英雄叫阮文追，不识字的小女生从无线电里听到这个故事，依稀记得男主角在将要走出家门成为抗美烈士时，最后一次给新婚妻子提洗澡水。这个情节令童年的她们产生了悸动，回想起来，这是个另类于所有中国本地英雄故事的情节，本地英雄不近女色，没有婚姻。

同时期还流行政治漫画，双手在滴血的有一管生粉刺的大鼻子的美国总统约翰逊，以及戴着钢盔的美军握着卡宾枪，他们背靠背站在丛林里，心惊胆战，东张西望，谁都知道仇恨的地雷就在他们脚边。而她们第一次结伴旅行时，在昆明大街上看到了两个穿军装的退伍军人拄着拐杖，他们各自少了一条腿，裤管在大腿部扎成米袋一样的口。那已经是1986年，中越边境的自卫反击战之后，漫画上的地雷也炸飞了中国士兵的腿。第一次面对活着的战争残躯，站在昆明街口，她们心跳如鼓。

之后有个名字如雷贯耳，福朗西斯·福特·科波拉，因为他的《现代启示录》，漫画上的美国佬在他的电影里被赋予了灵魂，这是她们这代女性看到的最震撼的战争电影。接着《七月四日》，汤姆·克鲁斯坐在轮椅里，阴沉痛楚的双眸。《野战排》《猎鹿人》《归家》，原来，越战令一代美国人致残。

"我已经老了，有一天，在一处公共场所的大厅里，有一个男人向我走来……"然后某一天，《情人》横空出世，以风格强烈或者说罕见的性感叙述将她们重新带往越南，在泥浆翻滚的湄公河边，在轮渡上，戴宽檐帽的法国少女邂逅中国男子。在堤岸公寓，他们做爱，百叶窗外是堤岸的嘈杂街市，熙熙攘攘的行人人影,规则地被百叶窗横条木划成一条条的。"这床与那城市,只隔着这透光的百叶窗。"一部关于欲念的女性小说,却覆盖了所有关于越南的时代主题。

从那时开始,越南的炎热潮湿便成了欲念的象征,因为"情人",她们又追寻德那芙的"印度支那",陈英雄的"青木瓜",她们互相说,关于越南,我几乎不与男人交流。

所以,尽管她们对越南的想象和身处的时代一样多变,但最后,当她们走向她时,想象的世界已被杜拉斯的越南覆盖,关于"南方来信""现代启示录""昆明街头的残废军人"都忘了,被遮蔽了,被一个更为真实的欲念遮蔽,因为欲念就在她们各自的身体里。说穿了,她们是为这些场景去的越南,为杜拉斯的湄公河、沙沥、轮渡、堤岸、伊甸影院去越南。她们是去女作家的越南,女人的越南。

关于越南,她们谈论了一些年,然后就有了越南旅行的计划,打算同行的三位女子,身居上海、北京和新加坡,她们说好三人从各自城市出发,在越南首都河内的某个旅馆会合。

她们三人的丈夫都是巨蟹座,从讨论星座开始她们之间共同语言似乎越来越多,她们三人可以组成一锅营养健全的杂米粥,自称燕麦荞麦和红豆,简称为燕、荞、红。

她们的聚谈便是"煮",她们通过"煮粥"获取全新的营养。

但是关于巨蟹座的话题随着时光流逝而渐渐消失,这和她们在各自家庭担任的角色有关。如果说家庭是一部车子,夫妻必有一方是驾车人，当然，驾车的这一方总是更劳累，更烦躁，更早走向更年期；而坐在副驾座上的配偶，或者指挥，或者抱怨，或者干脆缺席。于是，必然的，车子前排的这两个人要么争吵不已，要么干脆互不理睬，似乎，不太有可能出现比之更美好的图景。

命里注定她们三人都是驾驶员，这给了她们星座之外的共同话题，关于长途车的艰辛不言自明，而她们面对的路途就是日常中的现实，这现实还饱含了更为隐秘的苦衷，甚至她们自己也是在语意含混的交流中渐渐清晰。这就是说，当日常生活的运作进入惯性滑动，莫可名状的空虚恐慌甚至忧郁在内心发酵，仿佛人生进入了第二轮思春期，虽然配偶仍在身边，但彼此已视而不见，她们互相问，有没有新的可能？

就像《欲望都市》的四个女子，聚谈的主题是性爱和男人，在期待"大爱"出现的失望中，卷入降格以求的"小爱"中。不同的是，她们已是某人妻子，一些似是而非的婚外关系只能陡添烦恼，值得庆幸的是，这些关系还不足以颠覆家庭。

到了这个阶段，她们宁愿不谈现实，现实令人疲倦，她们谈现实之外的人生，现实之外有人生吗？

她们就是怀着这样的疑虑在谈话中构建起现实之外的人生。就这样，她们谈起了越南，当你经常谈论，过多谈论，越南就不再是越南了，越南成了符号，或者说，象征。

女人是行动派，谈说之间，女人动起来了，女人有了越南行的计划。去越南正是谈越南的结果。

当然，去越南不是去超市，总有意想不到的麻烦：工作女性要拿假，住家主妇要安排孩子，签证要申请，机票要预定，各地航班不同，有些城市不与另一些城市连接，比如上海不通河内，上海只连接西贡，旅行社的接待员不懂西贡为何地，只知胡志明市。自从南方和北方统一后，西贡就成了胡志明市，那是1975年越战结束以后的事情，那时年轻女接待刚出生，还没有听说过西贡。为旅行社打工的女孩没有时间读文学，而热衷旅行的知识女性将发现，甚至旅行指南这类书都不是去书店就能买到的。如果去越南是一个微小的梦想，那么，随之出现的麻烦成了与梦想配套的现实。

但女人不怕麻烦，女人有克服麻烦的天赋，女人可以轻易地在梦想和现实之间跨越。虽然在最后两个月的实际操作中，有一个女人退出，她是三人中最年轻的燕。燕没有大游行和政治漫画的记忆，不喜欢越战电影，关于杜拉斯，她只看过梁家辉演的《情人》，对湄公河的地理位置不甚清楚，却是个星座专家，关于人性的部分盲区她有自己的认知轨道。她说，我无法分辨东南亚的不同国家，我只对你们说的越南印象深刻，那个……性感的越南，她很像我们共同的情人。

燕的实际状况是，她婚后才遇上"理想爱情"而与丈夫分居，为追随"爱"从上海搬去北京。之后，"理想"产生缺损，她搬回自己的出生地，在回归婚姻中有了女儿，她相夫教女并随着做乐队指挥的丈夫再一次搬到北京。燕是个出色的音乐教师，八岁的女儿是她最得意的学生，拿到的演奏奖项比父母相加还多。关于那场为"爱"所做的迁徙,燕即使偶尔回想仍感到疲惫。

现在为了家庭生活再一次迁往北京的燕,却因心动极端过速一星期三次急诊送医院,她原是越南游最积极的推动者,现在却被医生警告,说现在不是能不能旅行的问题,而是,要保命需及早做出动手术决定的问题。燕患的是因心脏结构异常引起的室上速,所谓结构异常可能只是在心脏血管中多了一根细如发丝的微血管,但它引起的心动过速如没有特效药及时控制,将有生命危险,所以医生对于目前已有心衰症状的燕居然敢出国旅行而感到吃惊,他讥讽他的病人,"无知者无畏"。

燕对病情讲述得过于平淡,不仅未引起她这两位医盲朋友的重视,似乎还落下临阵脱逃的嫌疑,虽然她们没有把责备的话说出口。同时,在新加坡上班的荞在不间断的努力和牢骚中成功地拿到了半个月的假期,荞突然担心在河内与红失之交臂,临时买高价票到上海会合红。

荞是新加坡的专栏名家,外表文弱温和,内心却豪放,行事不计后果,这个戴着知识女性面具的女侠,是从办公室去的机场,行囊里有一本厚达七百页的杜拉斯传记,粉丝级的痴迷和专业。且听她怎么安慰不能同行的燕,她说,没关系,等你身体好了,我们再去一次越南。

还没有成行,便说"再去",这就是女人,女人是孩子气的,女人会相信书本和电影,女人把虚构作品当作旅行指南,在这一点上,女人比男人幸运。

然而天不有不测风云，上路前遇到的一系列故障，令迷信的红认为，"这趟旅途一定有非同寻常的事发生"。

先是出发时，红开房门把行李箱拖出门，回转身关门竟瞥见客厅餐桌下有一堆灰黑色的东西，仔细一看，竟是一只野猫。在一阵歇斯底里尖声惊叫后，野猫消失，是逃出门外还是躲藏进家里某处呢？失魂落魄的红却把自己关到家门外，拨了一通电话到丈夫公司。可丈夫公务缠身，此时正在会议中，他敷衍地答应下午回家一趟赶走那只该死的野猫。

红不得不怀着令她惊恐不已的悬念，拖着行李箱逃离般地坐上出租车去接荞，而在从荞家去机场的路上，司机下错高架桥出口，把车子开进虹桥地区而非虹桥机场。在红的指责和荞的指引下，司机寻寻觅觅好不容易找到进机场的路，却发现那是生活区，而不是奔向候机厅的康庄大道。在几近绝望的七兜八转后，她们终于来到机场大厅门口，然后众多候机客看到机场大厅两个女人踉跄狂奔，荞一边跑一边问，是今天的航班吗，今天是24日吗？

"今天难道不是24日？"红惊问，腿脚一软跌倒在地。

待红荞两位找到自己的航班柜台，关闭的牌子正欲挂出。

她们气喘吁吁登上飞机，却因为机械故障在封闭的机舱内等了两小时，其后果是她俩在广州机场的转机便相当局促，以致她们必须以非正常方式进入国际机场。一位身着粉红工作服的航空公司人员把荞、红和另三位转机乘客带到运送行李的转盘边，身材瘦小的工作人员竟爬到转盘上，逆着转动的盘圈爬到隔墙的那一面,然后让她们仿效他爬过去。

对于有失尊严的姿态红表示拒绝,她人高马大,能想象自己"爬"的蠢样。"这是最近的转机路程,否则要坐吧士兜一大圈,就来不及了!""粉红小厮"(气愤中红迅速给了他一个外号)焦急催促。

身旁的转机客已经在墙那边。"算了,看在越南的面上。"瘦弱的荞轻而易举地爬过去了,剩下红一人,似乎也不再有选择,尽管手脚笨拙,红到底还是爬到了墙的另一面,此时此刻离越南相对近的那一面。

虽然抢回了时间,红对被迫爬转盘的经历耿耿于怀,留美生活十多年,让她习惯对任何事都用"法理"判断,在她看来转机时间不够当然该由航空公司负责,怎能牺牲乘客利益追回时间。红一路抨击抱怨,愤愤不平,其中也有对乘客包括荞的轻易妥协,最终是对自己苟且于环境的不满。小厮面露怯色走成小碎步紧随她俩左右,一边絮叨身为打工者的难处,荞满怀同情成了倾听者,而红已捷足先登机,站在舷梯上向荞招手,满脸不耐烦。

"我们的越南行会有事发生。"她们又一次进入机舱,系好安全带,红深深吸了口气,说道。

"好事还是坏事?"荞兴致盎然。

"福祸相依!不能用好坏界定!"红俨然一巫婆口吻。

荞不以为然地笑了。

"一定有意想不到的故事发生,在越南,假如能顺利进这个国家，"红不容置疑地断言，"你不相信？我睹两张音乐剧票子！"已在百老汇下线的《猫》剧在上海卖到一千元一张票，而红宛如老练的赌徒，伸出两根手指，飞机开始缓缓前移。

似乎，红的话音未落，越南就到了。从广州去河内的路程显得如此之短，短到红刚刚来得及讲述完属于她的人生问题：偏头痛，开始紊乱的生理周期，旧情复燃的苗头——正是昨天晚上，红的手机收到某人电话。

"我犹豫了几秒钟，还是没接电话，两年前那些争吵让我觉得不堪回首。"红耸耸肩，"不过，我应该告诉女性杂志读者，外遇可以挽救婚姻，我正是有了比较，才明白我那老公还不至于把我气到崩溃。"

荞直笑，总觉得这人生通过红的嘴复述就有了情景喜剧的滑稽感。

如果说，红和留在北京的燕曾经红杏出墙，希望在第三段关系中拯救日益沉沦的人生，那么荞只是个经常发表警示格言的观望派，她年轻时经历了新婚丧夫的巨大创痛，是个看起来乐天的悲观主义者，她心无旁骛经营着第二段婚姻，宁愿选择不完美的关系，也不要童话般的开端而以悲剧结束。

"对了，我想起来了，我从网上预定的旅馆，今天早晨得到回应，已经客满。"荞突然提出更亟待解决的难题，或者说，她宁愿讨论眼下更具体的现实，红不得不停止相对来说是空洞的嗟叹，她俩开始忙着翻腾荞从新加坡图书馆借的著名知性旅游指南《寂寞星辰》一书，飞机却在这时降落。

走出河内机场已是深夜十一点，与一群皮肤黝黑的本地居民登上小巴士，在司机询问的目光里，她俩就着巴士内黯淡的灯光，继续把《寂寞星辰》的纸页翻得哗哗响。司机等不到回答，已坐回驾驶座把车子开得左右晃动，飞快奔向某个目的地，之后车子停停开开，不断地送走，不如说驱逐掉一批批客人，如果以这么一种匆促的似乎是倒垃圾的方式减去车上乘客。

摇摇晃晃中她们匆忙选定一家名叫"一流"（Classic Hotel）的旅馆，其实是荞的选择，"一流""优质"这类词最能吸引追求完美的处女座的荞。她把有旅馆地址的那页书翻给司机，他只是约略一瞄，二话不说继续飞车。这时车里只剩荞和红，车子拐进台硌路的巷子，两边小楼房寂然无光，唯有小巷顶端一片粉红色灯辉勾勒出格子窗框和挂着水晶吊灯的大堂，这一切有如舞台布景，虚幻、旖旎得暧昧，荞和红互相嘀咕，是妓院吗？想象中的妓院好像是这样的，旖旎得暧昧，还有些虚幻气氛，她们兴奋了。

接着她们便看到笼罩在灯光里的"王子旅馆"（Prince Hotel）的招牌，喊司机停车，但司机听而不闻，车子沿着小巷继续前行，转了两个弯，仍然是台硌路的巷子，两边小楼继续沉寂，在一座黑漆漆的楼房前，司机示意她们到了。

这是个毫无意义的到达，面对锁在夜色里的"一流旅馆"，她们拖着行李箱回到"王子"，付了定金拿了钥匙，走进房间便发现旅馆内部陈设破败，再一次证明招牌亮丽多半是谎言，但她们已经没有选择,凌晨一点,她们只能把希望寄托于明天,箱子都不想打开了。

谢天谢地,红再没有抱怨,只是上床前磕了一片药,对于她至今仍然只磕安眠药,荞感到庆幸。

早晨六点她们被旅馆的拉线广播吵醒,几乎以为回到中国的七十年代,虽然讲的是越南话,但是任何语言从拉线广播出来都变得含混。当年她们也未见得听清楚用汉语播放的广播内容,内容并不重要,重要的是拉线广播这个形式,它曾经是你所处空间最强烈的存在,无论清醒还是睡梦,它百分之一百占有了你倾听的世界。

红和荞面面相觑,记忆中这个竟然遗忘的巨大存在令她们神情恍惚还有些兴奋,红提起阮姓英雄,她记不得他的全名,但记得英雄为新婚妻子提洗澡水这个细节。荞说越南英雄叫阮文追,但她记不得关于洗澡的细节。

红说怎么可以忘记这个细节,关于性的启蒙好像就是从这个细节开始。对着荞不以为然的微笑,红由此及彼议论着性在人生中的绝对意义,婚姻到底遏制了性还是健全了性?她在早晨六点钟半闭眼睛,试图给婚姻的性下定义。

"难道我们今天还要重找旅馆?"红的话题已转到眼面前的去向,当她睁开眼睛见荞在锁行李箱。

"回到Classic,"荞不甘心困顿于"王子","'一流'是可以争取的,'王子'便无法企及了,所以反而成了空话。"荞善于过滤被似是而非现象掩盖的真理，眼前是被尘土模糊的旅馆窗玻璃，窗帘架锈住了窗帘，一间无人问津的客房。"你我作为女人，终究要回到 classical（古典的、正统的）。"写了多年专栏的荞由此及彼总结道。

"在那段关系中，我和他除了 sex 什么都不存在，不是伴侣更不是朋友，我们之间连正常的人际交往方式都无法建立，我们无法谈话，谈话就是吵架的延续！"红七兜八转将谈话引向她热衷的话题，那时她们已经坐在旅馆的餐厅里，只安放两张餐桌的家庭旅馆小餐厅，四墙挂着廉价的绘画印刷品，餐桌压着玻璃板，但她们却吃到了松软又有咬劲的法式面包、煎蛋、烟熏肉，越南咖啡正通过小小的过滤器滴落在她们面前的陶瓷杯里，正应一句广告语，"滴滴香浓"。后胡志明时代早餐。

很精彩的开始，拉线广播，法式面包，荞迫不及待在她的笔记本匆匆写上一句，作为将要展开的专栏文章的引子，一边回答红：

"反过来，谈得来不一定能上床，男女关系只能帮助你看到人生更多的缺陷。"荞说着，一边记在本子上，这就是有个写专栏的朋友的弊端，所有的隐秘已在早餐桌上被写进文章。好在红几乎不看报纸，她多年前作为陪读夫人伴随丈夫读学位去海外，也给自己拿了个教育学的学位，在当地中学工作近十年，又随被公司派驻回来的丈夫回到上海。红没有再工作，她需要在家陪两个孩子适应新的生活，这一陪陪了五年，孩子们相继进了中学，红重新悬空。

白天她们才会发现，从 Prince 到 Classic 虽然才几百米，小旅馆一间连一间，原来她们恰好行走在河内老城的旅馆区。人行道不超过一米，小店小铺的货物架和行人争空间，小街街角杂货店门口乱七八糟扔着许多塑料小凳，摩托车铺街满道喧嚣地拥过来；骑士半数是女子，飞车时，头盔下乌黑长发飘逸，越服"袄黛"衬出她们纤细的腰身，娇柔和飒爽互相映衬，红和荞站在街边顿时矮了三分。

当天夜晚，红和荞拿着《寂寞星辰》找到一家被标着一颗星以家庭化著称的法式餐厅，"家庭化"是自助游旅行指南最有感召力的标志。

露台上，凉风习习，铺着白色桌布的长餐台烛光闪烁，她们想起了杜拉斯，是邻桌国籍不明的亚裔男子给了她们"情人"再生的幻觉，他脸部的侧影，端坐桌旁的姿态，包括咀嚼，在在都是优雅的具象。

荞用手机拨通北京燕的电话。"他完全符合我们想象中的越南艳遇！"红接过电话，向燕描绘优雅男的迷人风姿，他的脸庞轮廓、侧脸线条，甚至咀嚼，在红的叙述中，有着一种放大的强烈，因而产生了虚构的力量，这让荞更着迷于红的描绘而不是眼前景象。

"我一辈子没有见过称得上优雅的男人。"红的描绘让燕叹气，生生后悔没有同行。

那晚，不知名的优雅男抢了法式菜的风头，两个与他相距两米左右距离的中国女人竟食不知味，她们轮流说电话，与北京的燕谈论说不厌的话题,关于不断修改的好男人指标,关于近在咫尺又遥不可及的艳遇。亚热带一月的晚风凉意渐浓,白桌布上半杯红酒、一朵烛焰便足以乱性,旅途上的女人是迷途羔羊。

那个被描绘的对象已在她们讲电话时悄然离去,他在她们的谈论中被忘却,或者说,被超越了。

她们从餐馆出来,沿着还剑湖南岸朝着市政剧院去。这一带与老城三十六行喧闹的市井气氛迥异,即便经历了胡志明时代,郑殿一带仍然保留了当年法国繁华街区的商业气息,还剑湖东南角的邮政局、国家银行等,巴黎的市政设施丝毫不差地被复制。国宾馆是当年法国驻东京的总督府,黄带绿色镶边,锻铁护栏,往南索菲特大酒店纯白色建筑前绵延几百米的台阶,草坪宽阔起伏如同湖泊绿浪翻滚,不远处的市政剧院院大楼更使法国建筑这首乐曲进入高潮。

"你怎么相信这里曾是北越的首都?"红惊问。

"难怪有法国人将河内称为'异乡的家园',"荞感叹,"这么一比才发现上海的法租界是小巫见大巫了。"

"所以刚才那个'优雅男'在上海也是看不到的。"

"他比梁家辉更接近我心目中那个'中国情人'"。荞憧憬着,其神情已飞速退回女生时代。

"但也更加不真实。"红摇头不以为然。

"用不着探索真实性,你说这一切真实吗?"荞指着眼前的法国人留下的索菲特酒店,雪白的精雕细琢的法式建筑被华灯镶出一道灼灼闪烁的金边如同宫殿。"听说这座著名酒店在八十年代老鼠肆虐,连安全出口都没有。我们看到的都是风景明信片,旅行地就是给我们享受不真实的特权。"

说到真实性,那么老城三十六行区再真实不过了,这里的夜晚仍是人声鼎沸,摩托车是减少了,但小贩在和行人争道;小街街角杂货店门口的塑料小凳已坐满旅游者,有些旅人干脆坐在人行道街沿,人手一瓶杂货店的啤酒。街道甚窄,对角线上的人互动热烈,彼此挤眉弄眼。

"没想到街头比酒吧更酷!"到处寻找刺激的红不再想他处,她已经在和旁边卖烤鱿鱼的越南妹讨价还价。

"老早我们坐在弄堂口乘凉,也喜欢望野眼,走过的行人个个被打量,无聊得很开心,"在新加坡生活了十五年的荞,对任何能让她联想过往时代细节的场景都会感念不已,并且给予发散性思维,"所以说河内人更有平民的快乐,因为户外生活最草根。"

于是她们手握啤酒,嘴里嚼着烤鱿鱼干,塑料小凳就是当年乘凉凳子,适合怀旧。定下神来她们才发现旁边停着的摩托车上斜倚着一位越南辣嫂,她皮肤黝黑,乳房异常丰满,与异国男子们谈笑风生。

"我看是 E 罩杯了?"荞评估着对方乳房尺寸,笑瞥一眼红,红体型丰满,D 罩杯。"胜你一筹。"

"胜我一筹不在 E,是在肚脐,吊带衫下露出一截肚皮紧致得与她年龄不相称。"红打量辣嫂,煞是羡慕。

却见辣嫂手托乳房有声有色,小凳并排三位年轻白人抬头痴望并"哧哧"地笑,仔细听去,红一阵阵惊诧,她向荞做着同声翻译。

"我的乳房很重哦,我的身体常常不堪重负,不得不用我的手去托住它们。"男人们哈哈大笑又立刻噤声,当他们发现两个亚裔女子在做听众。

"基本上是 R 级电影的对白。"荞连叹带评论。

先前的优雅男已是上一部电影的角色,是记忆的镜头,假如这一部片子风格更狂野。

"那次派对上,我和她一样,有些疯癫。"红抬抬下巴指辣嫂,她拉着荞坐到旁边。半瓶啤酒令红脸色潮红,往事从发热的体内涌出。"可能喝了些红酒,可能要回国了,不如说已经预感到回国将面对的婚姻危机,我一直在笑,神经质得失态。他那天是派对的主人,第二天便打电话给我,说他对我有冲动……"

"太直接了吧?"荞惊问,又点头,"不过嘛,很真实……"

"那么说,是被真实打动,与他第一次约会便上床了。"

"还说自己性冷。"

"冷了很多年,被他一点就燃!和他的关系里,发现本人的动物本性,性原来也是可以单独存在的。"红想了想,"即使现在是这么个局面我也不后悔。"像是在和荞争论,而荞恰恰是最不争论的。"这种关系一点不美好,可是真实,就像你说的!"

红拿着喝空的啤酒瓶，有些坐不住了，正在讲述的往事仍然给她挑动。

夜风开始刺骨，毕竟是冬季，转眼间街角人流稀落。

"观音！观音！"神像柜台售货员手掌上托着一颗如长生果大小的半身雕像向经过柜台的两位中国女子兜售。

以观音的标准，这颗雕像面容过于俊俏妩媚，且一对乳房很扎眼。

"说她观音还不如说她更像玛丽亚……"荞拿过迷你雕像，摸摸耸起的部位。

"那倒是的，玛丽亚要给耶稣喂奶。"红认真指出。

荞直乐："嘿嘿，'关于乳房'的话题已经延续到卖神像的地方。"

这是去夏龙湾的途中。她们被巴士带到旅游品商场。

"在看什么？"

剑眉吊梢眼的青年男子，精瘦黝黑有一股村野气息，令她们联想早年宣传画上的越南游击队员。他是导游，英语流利，虽然口音很重，人们叫他阿芒。

"你觉得她是观音还是玛丽亚？"红笑问阿芒。

年轻导游看一眼雕像。"观音吧？"他反问。

荞摇头，"sexy"一词脱口而出，导游的嘴角即刻浮起笑意，他却朝红眯起一只眼放起电来。

红转身对着荞耸耸肩，领头朝远处的咖啡摊去。

摊位上的咖啡更香也更苦，荞很享受，红顾虑晚上的睡眠喝了两口就放下了。

"这个摊位的咖啡很有名！"阿芒突然又出现在她们身后。

"不错，对我来说太浓了。"红客气答。

"导游好像蛮殷勤。"荞在一边用上海话说。

"只怕太殷勤……"

话未完，导游端起红的咖啡杯喝了一口，红朝荞瞪了一眼，荞似笑非笑。

"还好啊，不是太浓。"导游放下杯子问红道，"要不要我去跟老板娘说，给你重新做一杯更淡的咖啡？"

"不用！谢谢，非常感谢！"红连声道谢，转身又朝荞耸肩。

她们又去其他摊位转了一圈，荞一路忍俊不禁："怎么突然客气得过分。"

红冷笑："没看到人家误会了？"

"怎么啦？"

"你随口说了个'sexy'，这种英语语词你说起来没有感觉，对于这位导游就比较敏感，让他误会……"

荞笑问："误会什么？"

"以为我们挑逗他，"红皱皱眉，"否则，他怎么突然放肆起来，居然喝我杯子。"

"出来不就是来放肆的？"荞笑问。

红一惊，便笑了："好啊，你倒是放肆给我看看。"

巴士堵住去路，她俩抬头噤声，阿芒正站在车门口一双吊梢眼含笑望住她俩。

这部旅游巴士重新上路后的气氛迥异于整个上午几近沉闷的气氛，这和导游阿芒突然活跃的状态有关，他上车后要求每个旅客唱一首自己国家的民歌，他自己带头唱，是首情歌，不外乎"爱""思念""远去"之类。当他吟唱时，目光渐渐凝聚到中国女子这边，那双眼稍上吊的游击队员的狭长眼睛，当它们倾注热情时也是富于进攻性的。车厢里的目光跟着凝聚过来，直至拢到红身上，红如坐针毡，再次怪罪荞，"是你闯下的祸"。

荞笑着打量一眼女伴，原本中性的牛仔衬衫穿在红身上更凸显其熟女风韵。"D罩杯的女人，年轻男人迷恋，他们还在'喝奶'期。"荞笑答。

坐在前排的亚裔女孩回头道：

"这部车上最英俊的男人在第一排。"

红和荞一愣，互睒一眼，一起伸长脖子朝前看去，才发现车上几乎全是异族的后脑勺，除了前排女孩，一时无法辨认谁是英俊男。

红朝荞耸耸肩，耳语道："看起来这是趟欲望之旅，某女已胸有成竹……"

"说不定是你的情敌。"荞捂着嘴笑。

"到了我这样的年龄，还会对英俊男发梦吗？"红自嘲一笑。

她的笑眼和那双吊梢眼相撞，红转开脸。

在甲板上，她们与英俊男不期而遇。车船一程，客人们彼此已不那么陌生，荞与刚结识的孟加拉男保尼交谈热烈，红帮着翻译。保尼三十刚出头，前额却开始谢顶，深棕色的肤色，双眸深陷，对于一个在牛津拿英国文学硕士的学者来说，其体格似乎过于强壮，但目光不失睿智。保尼如今加入非政府组织工作，更愿意和中国女子谈她们国家的经济改革，而不是文学。名叫弗兰克的法国中年男子走过来打断他们的谈话，他扯过身边戴着墨镜穿着无袖T恤肌肉惹眼的深肤色年轻男子，为他摘去眼镜，笑问红和荞：

"能辨认他的血统吗？"

她们看到一双眼梢插入双鬓的黑眼睛，却配着高的鼻梁，卷曲的黑发，笑出一口广告白牙。臂上的肌肉令人目眩。

"我的父亲是中国人，但我从未见过他，我母亲是阿尔及利亚人，我出生在法国，刚去过中国，我很喜欢北京和上海。"混血男一口气说道。

"他叫戴维，我们刚从中国回来。"弗兰克补充道，戴维伸出手臂揽住了弗兰克的肩膀。他们互相深情对视。

红和荞面面相觑："他正是我喜欢的type（类型）！"刚才坐前排的华人女孩凯瑞走过来，不容置疑地发表评论。

"可惜，他是同性恋。"红语锋不乏讥讽。

"Anyway，他超有型！东方美目配棕色皮肤！"凯瑞答。

凯瑞来自台北，高挑，时髦，牛仔短裤和SISLEY的T恤配披肩直发,她本人就是个型女。

"漂亮,傲慢,与幸福失之交臂的正是这类女孩。"红对荞鼻子哼哼,不掩饰她对凯瑞的不以为然。

"活生生就是年轻时候的你。"荞回答她。

"我有她那么漂亮吗?"红冷笑问,"眉眼就像用小号羊毫笔描画出来,这么标致才会这么挑剔。"

"你和她比,有过之而无不及,我是说那时候的你。"荞笑答。

"你的意思是漂亮和讨厌成正比?"

"也不是讨厌啦,就是让人头痛。"

"给过我忠告吗?"

"忠言逆耳,你要是听得进就不是你了。"荞呵呵一笑,红郁闷。"个性强的女人自有吸引人处。"荞安慰般添上一句。

红耸耸肩不置可否。

"瞧瞧,来了不是,"荞学着红耸肩的样子,"这不就是你的经典反应。"

红叹气了:"看起来我的命不好,是性格不好!"

"不要抱怨,大小姐,这世上有多少女人在做牛做马,被生存压得透不过气。"

"是啊,世上只要有人饿死,就不要侈谈痛苦。"

红扬起上挑的眉峰,锋芒即刻毕露,却也令红衰退的美貌平添光泽。荞微微一笑,想起年轻时的红,那时候的她不苟言笑,微簇眉尖,似乎与自己的美貌保持着距离,自从成为海归家属，红就像换了一个人，喜怒形于色，有些时候直率得咄咄逼人，她性情变化走的好像不是常规路线。

她们已回到船上餐厅用午餐，一边仍嘀嘀咕咕继续刚才的话题，平时为人温和的荞乘机半真不假刺一下多少有些骄横的红。

无疑的，餐桌上六人已分成两派，至少从座位上是这么泾渭分明，她们三个中国人坐一排，虽然凯瑞脸朝窗外完全自闭于旁边的同胞。桌对面三人来自德国，一对情侣和其中一位的家人，情侣自顾亲热，年长家人视若无睹，犹如路人。

用餐时，导游阿芒又走过来问长问短，荞说："我们托红的福，船上两天阿芒对我们一定服务周到。"

"阿芒不够格调，"凯瑞非常不屑地摇摇头，似乎是突兀地加入谈话，就像刚才在巴士上，"这条船上只有这个叫戴维的男人称得上美男，我喜欢美男！"

红笑笑没有搭腔，她起身离开餐桌，来到甲板上，船在平静如镜的水中滑动，夏龙湾特有的石灰岩岛屿，如山峰一座接一座矗立在远处的海水中，在强烈的光线下正渐次朦胧，卷入轻烟笼罩，气温明显上升，红早晨上身的牛仔衬衫已经嫌热。

荞走到她的身边，红说："工作狂人，有没有带笔，送你两句长短句。"

不等荞拿出笔，红已念念有词："谁不唯美，谁不迷恋美男，黑目棕肤两臂肌肉耀眼，纵然与女人无缘，伊也倾倒。"

阿芒走过来问她们是否想去看看刚刚分配好的房间。

"我热,正想进房换T恤……"红对荞道,扔下长短句,便跟着阿芒走,回头见荞正忙着记笔记,便退回去拉她同行,"你跟我一起去房间,这个阿芒让我怕……"

"怕什么?"

"怕被性骚扰。"

"嗨,先别管他,我正接你的龙头,"荞甩甩手里的纸,"听听顺不顺口,谁不艳羡河内老城辣嫂,腰纤乳丰,一路走来摇曳生姿……"

"太顺口了,简直像出自同一人的口。"红赞叹,抬头见阿芒站在甲板的楼梯口,炯炯剑目。

难道你能抱怨导游有一双剑目?红只能自嘲。

要进船舱,阿芒把她们让在前。"旅客是单数,我给你们两间房,你们三个中国女生,有个人可以单独拥有一间房。"他走在红的后面说道。

"不要告诉她们,就给我了。"红高兴地回答。

荞没有明白他们的对话,询问地看红,红未给予反应。

在狭窄的船舱走廊,他们只能走成单排,荞走到头里,红在中间,她能感觉阿芒的鼻息很有分量地落在她的后颈项。

客房是标准间,两张单人床,配有卫生间,狭小得可称"迷你",但卫生间里的如厕淋浴设备一应俱全,包括洗沐用品。

荞再次感叹越南旅游业的国际化,站在其身后的红却不发一言,她身后的阿芒几乎贴住了她的背。

"对不起！"见红转过脸，阿芒退后一步站到卫生间门外，船晃动了一下，她触碰到阿芒的手，那手冰凉。

"这间房给你了！"阿芒离去时对红说，吊梢眼在幽暗的舱房门口闪闪发亮。

荞随阿芒离去，红换衣服，顺便在客房的洗手间洗漱一番，只等心绪如常，回到甲板在楼梯上遇见船上最抢眼的法国同性恋人，年长的弗兰克风度翩翩，与青年俊男戴维登对，红上前与他们并肩，复又活跃，有说有笑。

当荞和凯瑞上甲板，看见红自如地斜倚在躺椅上，正和与她并排躺在旁边的戴维聊天，弗兰克在和另一对同性恋说话。

红见到凯瑞过来立刻抬起身，拍拍旁边的空处，示意她一起坐，当凯瑞和戴维谈话时，红便退出，那边荞和保尼又谈起文学，正需要红做翻译。保尼曾经写过诗，崇拜聂鲁达，他让红告诉荞，虽然他还没有未婚妻，但已经有个愿望，在未来的婚礼上，他要送一句聂鲁达的诗句给新娘："我要带给你一切，如同春天带给樱桃树那么多。"

荞并不掩饰她受了感动。

红笑对荞说："看起来，保尼是你的 type（类型）。"

荞笑着转脸对着船外的风景，那一刻的姿态妩媚，红被此景触动。她离开主甲板下到二楼经过餐厅，见阿芒一人靠着桌子喝着罐装可乐。独自坐在餐厅喝罐装可乐的阿芒递送出一缕落寞，出现在餐厅门口的红让阿芒绽出笑容，却过来两名警察，阿芒敛起笑容起身迎向他们，离去。

下午，阿芒带领船上旅客参观岩洞，在越过一条狭窄黑暗的洞穴过道时，阿芒停下，等着落在最后的红和荞。在过道里，他们又走成单人行，荞在前面，红在中间，她重新感受阿芒的鼻息吹拂到她的后颈项，在洞穴深处，红下意识伸出手想要抓住或者说挡住什么，手却碰触到阿芒的私处，那里鼓胀。

红走出洞口立刻戴上太阳眼镜，被深色镜片挡住的脸看不到表情，荞走过来轻声道："保尼好像不见了！"

红和荞在新的洞口外等着落在人后的阿芒，她们询问保尼去向，才知，是警察的例行检查让保尼离开了船，他没有带护照，不能在船上过夜。

"这可不像拉线广播那么好玩吧。"红看看沉默的荞。

"这件事也影响了阿芒的情绪吗，看他脸都苍白了。"荞却把话题扯到阿芒。

晚餐后，餐厅变成了酒吧，中间一张餐桌上放满各种酒，多的是红酒，情绪一直偏低的凯瑞买了一瓶用法国技术在越南酿制的红酒，一杯酒便让凯瑞发起牢骚，她和男友同居三年没有走向婚姻却走向分手。红回答说，如果要结婚，就不能同居，同居和结婚的弊端一样，在关于揭去了恋爱的纱幔这方面，凯瑞问："也许到了你们的年龄，索性就不想结婚的事，到处旅行也很潇洒？"

红和荞互相看一眼，荞晓得红更愿意隐瞒自己的年龄和婚姻。可是红却答："那倒不一定，婚姻和旅行不冲突。"

凯瑞惊异地打量红和荞："你们的状态让我以为是单身，"

脸上便有不以为然,"但是,如果我做了妻子和母亲,我只和家里人出来旅行。"

"说这样的话为时尚早。"红微笑的嘴角撇出一缕讥讽,她起身坐到离众餐桌稍有距离、摆满各种瓶装酒的销售台旁,脸转向窗外。对面船只的灯光照亮黑沉沉的海水,这是舞台的近景,远处层层叠叠的岛屿则像静止的天幕上的剪影,那种最老套的舞台天幕。

阿芒不知何时出现,他坐到红身边,他的头发湿淋淋的,船在微微摇晃,她触碰到他的手,那手冰凉,红一惊,阿芒说:"洗澡水是冷的。"

"喝酒会热些!"红似要给阿芒买酒。

阿芒说:"已经不冷了,坐在你边上就热了。"

红可以装作没有听见。那一刻,从她的视角,能看到凯瑞继续喝酒,继续说话,而荞永远是好脾气的倾听者,与她们相邻的桌子坐着两对同性恋,法国的这一对,和北欧的那一对。

她后来又回到她们三人帮的那桌,那时餐厅已走掉一半客人,阿芒也早已离开,他是被船上干部模样的人叫走了,红问荞:"刚才长短句接龙到哪里!"

荞说:"我整理出来了。"

"什么长短句?"凯瑞问。

长短句写在纸上有一种格式美感,凯瑞浏览后淡然一笑:"在讽刺我吧!"又出声读了一遍,她问荞要来笔,在她的纸上写将起来,一边念道,"谁不想偶尔放肆,红杏出墙,在夏龙湾的甲板,萍水相逢,春光乍泄?"

"作为反击,应该说很到位!"红自嘲的。

荞则感叹:"又是一个才女!"

红问凯瑞:"现在的女孩又漂亮又有才,男人觉得自卑吗?"

"才不呢,他们可以视而不见!"凯瑞冷笑。

"是故意视而不见吧!"红问。

荞笑了,红问:"笑什么?"凯瑞跟着笑,红耸耸肩,也笑了。

"有什么高兴事?"弗兰克和戴维经过她们的桌子,问道。

"在甲板上喝酒看美景是高兴事。"红答他,"只能喝酒看景了,红杏出墙并不容易。"红转过脸用母语对凯瑞说,两人第一次相视而笑,荞仔细折叠起写着长短句的纸欲放进包里。

弗兰克从荞手里拿过纸来,横看又竖看:"是诗歌吗,写什么呢?"

三女一起朝他笑一起摇着头,旁边的戴维被此景逗笑,他笑着一个人朝甲板去。

弗兰克瞥一眼戴维背影道:"今天是戴维的生日!"

这句话连荞都听懂了,她们惊喜的反应,在旅途,任何情绪都被夸张。

"我们要给戴维唱生日歌!"红告诉弗兰克。

"能不能不惊动别人?"弗兰克弯下身一瞥周围轻声道,瞬时拉近了与中国女子的距离。

"明白，我们只对戴维一人唱。"红默契地用气声答。红示意弗兰克在她身边坐下，她用母语对凯瑞说："我们把他拖住，你去甲板找那个混血儿，这是一场争夺战，我们要帮你把他夺回到直男的队伍。"

凯瑞一愣，较真道："要是他是个顽固的弯男呢?"

荞好像刚刚明白她们在说什么："你还没有和他单独相处过，至少要试一试!"

"你们谈吧。"见她们互相说得起劲，弗兰克起身欲离去。

"弗兰克，你今晚没有特别的事要忙是吗?"红问他，同时向凯瑞使眼色。

"是，在船上最大的事就是没有事需要忙。"弗兰克笑问，"有什么事要我帮忙?"

"我们有些问题要请教!"红再朝凯瑞和荞使眼色，荞推着凯瑞，几乎是把她推走的。

"我先要去买包烟。"凯瑞很多余地向两位女同胞解释道，她朝餐厅柜台去，待红和荞再抬头看她，窈窕身影已消失。

凯瑞折回船舱时，红和荞正在聆听弗兰克述说他的故事。

红和荞看见凯瑞沉着脸。

"不顺利?"荞问。

凯瑞摇头。

"这么快就放弃了?"红转脸问道。

"他说不能闻烟味。"凯瑞给自己斟了大半杯酒,一瓶酒已去半瓶。

"那又怎么样,你把烟掐灭就是了。"

"问题不在烟,而是……"

凯瑞的话被站起身的弗兰克打断,弗兰克道:"你们先聊,我去找戴维过来,你们答应过要给他唱生日歌的,对吗?"

"当然!现在就唱吗?"红问。

弗兰克笑着摆摆手朝甲板去,有一种急切,似乎他心爱的男孩正在远去。而三女已飞快聚向她们自己的方位。

"你说问题不在烟,那么问题在哪里?"荞寻根究底问道,她拿出工作时的严谨态度。

"问题在我们,"未料到红回答荞,"以为自己好心,却把难题给了凯瑞……"

"我问一句,他答一句,对我的态度,远没有对你们这般热情。"凯瑞答。

见红和荞询问的目光,凯瑞解释道:

"我的意思是,他知道你们对他无所求。"

"难道他看出你对他有所求?"红问得直率,荞一脸好笑,却不好意思笑出来。

"他知道你们已婚。"

"他怎么知道?"红追问。

"我好像在白天告诉过他。"

"哼,没想到这么快就被你卖了。"红哼着鼻子。

"对不起!"凯瑞的锐气突然尽失。

"没关系,开玩笑,"红笑得舒展,"有你在旁边对比着,想装年轻也装不出来了!"

"倒是有点自知之明!"荞嘲笑道。

"他都不愿意与我对视,我看着他时,他把目光移开。"凯瑞郁闷地喝尽杯中酒,她似乎很热衷扮演失意角色。

"好像,他对弗兰克要比弗兰克对他更专注。"荞说,夜晚的她却在喝茶。

"其实。他就是弗兰克豢养的爱物?"凯瑞强调着"豢养"这个词。

"所以我对过分俊美的男人从来就有戒备!完美的表象后面有着什么令人吃惊的真实等着我们呢?"红夸张的口吻令她自己失笑,时刻惦记着专栏的荞拿出笔记本,红抓住荞的手肘不让她写,"明天吧,明天的早餐台上有更精彩的……"

当弗兰克带着戴维坐回到她们的桌子,红便去柜台拿来干净酒杯,顺便买了一瓶越南南部高原大勒酿造的红酒,她为桌上每个人各斟了半杯酒。

凯瑞终究掩饰了自己的不爽,随着红和荞举杯,而弗兰克的杯子举得最高,空气陡然有了生日聚会的那份热烈。

接着当她们微微躬身,把头凑拢,用气声对着戴维唱生日歌时,这窃窃歌声便有了异样的感染力,眼看戴维的眼圈红了。在弗兰克的请求下,她们又用中文唱了一遍生日歌,戴维狭长的眼睛亮闪闪,似乎,感动令他更沉默。

这之后的夜晚,她们和弗兰克继续着刚才的话题,事实上,凯瑞和戴维并没有加入谈话,他们面对面坐着,脸侧向同一个窗口。红和荞与弗兰克谈论了巴黎和杜拉斯,弗兰克告诉她们,他在巴黎市区和郊区有几处房产,不存在谋生问题,作为巴黎市民,对于杜拉斯略知一二,却远不及荞了解的程度。说到杜拉斯,荞的语调立刻有了激情,她用翻译家王道乾的华丽文体吟诵杜拉斯的呓语:"与你那时的面貌相比,我更爱你现在备受摧残的脸容。"弗兰克的蓝眼睛正当其时闪烁出火花,凯瑞转回脸,她被年长男子更富魅力的眸子吸引,现在她的目光追随着弗兰克,而戴维微侧脸颊,对着窗外的水遐想。那是红很久未遭遇的场景,一种丧失现实感的,或者说,更为虚幻的气体正在遮盖现实,她悄悄起身去了甲板。

后来荞也出来了,她告诉红,法国人已回房间,凯瑞被一对似乎是同事关系的韩国男子邀请去他们的桌子继续喝酒。

她们回到房间时船上已停电,红离开餐厅时把剩下的半瓶酒拿给凯瑞,她同时决定把单身房让给她:"我想今晚的凯瑞更需要独处。"红意味深长。

"我想她今晚认清了另一个现实。"荞说道。

"对美男失望!"两人异口同声,为此互相击掌。

红摸黑洗沐时,荞坐在床上看着窗外,夜色如最浓烈的色彩涂抹着海水和远处的座座岛屿,夜色也是最魔幻的色彩,它令现实变得朦胧而有美感。

荞说:"十八岁时,我和他曾在海边过夜,那时的身体圣洁得不敢触摸，直到结婚才有性。"荞口中的"他"是那个永远不会到达三十岁的前夫。

"禁欲的坏处是我们口是心非了很多年。"

"发现没有，这条船上有五对同性恋，却只有一对异性恋。"荞已经转换话题，红坐过来与她并排，背靠墙板坐在她的床上，她们的脸对着窗外。

不远处的岸边停泊着另一艘游轮，灯光勾勒出游轮的轮廓，轮廓灿烂如梦，这梦幻般的灯影同时投射在水面，水无法平静，荡漾出涟漪，那涟漪反射着灯光，一闪一闪。"就像光的鳞片。"红说道，"这是西村寿行所形容的。"

"西村寿行？听起来像日本人？"荞问。

"是个写推理小说的日本畅销作家，记得那个著名的电影《追捕》吗？就是他写的。"

"太记得了……"荞激动感应。

"让我记住他的名字，不是电影，却是一篇短短的随笔。"红说，赋闲这些年，她读了许多书，几乎成了荞的领读人。

荞询问地看着她，等着红说下去，对于荞，听红讲故事比阅读原著还要吸引人，只有红具有讲述的魔力。

"这篇随笔就叫《光的鳞片》，作家年少时做过渔夫，有个夜晚，一艘豪华客轮从他的渔船旁驶过，他这么描写：'男的女的都从上面望着我，都是些盛装的男人，盛装的女人，女人白净的面庞深深地印在我的脑海里，客轮同时也被灯火的波纹包围着，那是一种让人不敢逼视的美。'"

"'不敢逼视',呵,呵,日本人喜欢这类形容。"荞评说。

"少年渔夫就是在这一刻感受到极度的悲哀,"红深吸一口气,"西村寿行是这么描写的:'海的彼岸有繁华的都市,客轮朝着那座都市驶去,人们也朝那个方向去'。"红以一种自言自语的节奏复述,"'我体味到一种极度的悲哀。从我这个面色熏黑、没有文化的渔夫儿子身边掠过的那些白净的女人的脸,是一种无缘的存在。'"

红凝视着不远处的游轮,双眸闪烁着游轮的灯光。

"后来作家去了东京,"沉默片刻,红继续,"虽然做了几十年的东京人,但是那种'无缘的存在'一直跟随着他,他觉得这种'无缘感'和二十年前本质上是一样的。"红微微一笑,"读这篇短文也让我想流泪……"

沉默。

"我们不是也在追寻,包括每一次旅行?是否就在追踪那艘从身边驶过却与我无缘的客轮?"后来,荞在她的笔记本上这么写道。

"当时那种想流泪的感觉,也算是一种悲观的共鸣吧?"红问。

"悲观是写作的动力。"荞答。

"我并不想做作家!"

"你不写是暴殄天物!"

红被这句话逗笑,荞也笑。

"好容易有个对你路子的孟加拉男却又被赶下船。"红突然掉转话题。

"奇怪的是，今晚阿芒很早就消失了！"荞笑答，又把话题兜开。

"船上有警察。"红说。

"警察担心阿芒被女性旅客带走吗？"荞笑问。

"担心的该是女性游客，要是他说出'请把我带走'？"红答。

荞"呵呵"直笑点着头。

"请把我带走"是荞的一篇专栏文章的题目，讲述了发生在第三世界旅游地的年轻导游渴求富裕女游客把他们带出自己家乡的故事，荞在文章中引用了一位女性主义者的概念："那些女游客突然间在异国的性关系中处于强势地位，是行为的主动者，也许这段关系，不无交易，然而至少，她是购买这一方，女人像男人一般，到落后异地，去消费一个阶级、种族、文明，一切都比她低等的男人。"荞在她的文章中借此引申出另一个疑问："这类故事最后的结局是，女人仍然是感情用事的，当她把他带走时，常常忘记这只是交易，女人是否又从嫖客变成痴情人？"

现在红又从荞的观点引申，提出她的疑问："最强势的人也是最无情的，女人无法真正强势，因为女人最终要付出情感，否则她为什么要带走他？"

"假设一下，要是阿芒提出'请把我带走'，你会怎么回答？"荞反问。

"这种事怎么可以假设?"红抗议,却又道,"至少,这个叫阿芒的导游,不会让我想要带走他。"她想了一下,鼻子哼哼,"呵,要越过阶级、种族、地位的差异,谈何容易,哪怕一个晚上!"

"假如阿芒像戴维那样英俊?"

"那么,凯瑞会经受这类考验!"红答,荞笑了,红一步跨回自己的铺位,钻到被子里,"你不知道我对俊男免疫?"她摇摇头,希望把某个片刻摇出记忆外,她的手曾触碰到阿芒鼓胀的某处,她现在怀疑是否有过这个片刻,在这一个被黑夜描画得更为清晰的夜晚,是自己对湿润产生幻觉?

次日早晨,船在婆吉岛停伯,她们发出欢呼,原来保尼出现在岸边。犹如久别重逢,荞和保尼拥抱,红给燕拨电话,此景她宁愿站在远处作为旁观者来描述,可惜手机没有信号。

当荞和保尼在甲板上互相拍照,并做着简单的交流,这一次红拒绝给他们翻译。红一个人坐到船头,阿芒过来了,他对红说:"我经常带中国团,交了不少中国朋友。"

"恨不恨美国人呢?"红突兀地转换话题。

"不恨!"

"真的吗?"

"我们现在想的是如何挣钱。"阿芒似乎明白红内心的潜台词,"战争是很久前的事了。"

红点头:"看起来我们两国人民比较有共同话题。"

两人一起笑。

靠着甲板栏杆远眺的凯瑞,脸微微偏转来,红几乎能从凯瑞的视角看到自己和阿芒交谈甚欢的情景。这时阿芒伸出双手,他的手肤色更黑,张开手掌,掌上有老茧,阿芒告诉红,他的父亲是果农,旅游淡季,他回河内郊区在父亲承包的果园干活,导游只是他的第二职业,或者说,他是个用业余时间读英语考出导游执照的年轻果农。阿芒又说起他的在战争中残废的大伯,战后,大伯这个农田强劳力成了累赘,他那一家至今挣扎在贫困线上。

然而这个话题如此不和谐于眼前的场景,人们,包括她自己,不正躺在甲板上晒着太阳?夏龙湾的溶岩石峰在烈日下好像在蒸发,缥缈得宛若天上的云,正从湖面飘往天上,或从天上飘落湖面,如此绝美景象如果在电影里展现,便将带出与之相反的人间残酷。此时生发出这个联想的却是荞,她正与保尼靠在甲板的栏杆上分享眼前这一个《印度支那》里出现过的美景,在电影里,血战和性爱发生在美如仙境的夏龙湾谜一般的水和石峰的背后,德纳芙饰演的法国女庄园主同时失去了情人和养女,以及她的印度支那。

周旋在旅客中的阿芒是否有过那种"无缘感",红想象着,突然就心生悲哀无比空虚,她起身朝着甲板上的人群去,那里弗兰克、戴维和另外几对同性恋人正举着酒杯碰杯,不寻常的场景——头顶骄阳的鸡尾酒会。

当周围的世界开始熟悉起来时,时间便加速度地流逝,分手简直突如其来。午餐时,他们已回到海防市,刚刚上岸,他们这船客人便一分为二,大部分游客被另一导游带走,剩下她们三个随阿芒回河内。保尼似乎无法接受这样突兀的别离,他又奔回来欲加入她们的行列,却被阿芒推开:"你要去的地方跟她们不一样。"还在懵懂中的保尼已被新导游拉走。而随着人流走远的弗兰克回过头似乎刚刚发现分离的现实,他奔回来,一一拥抱吻别这三位中国女子。

这一幕成了蜂拥的码头边最突兀的画面,人人都簇紧眉尖,被炽热的阳光、拥挤的人群、喧嚣纷乱和各种原因引起的耽搁搅得心浮气躁,即便是恋人离去也表现不出温柔。

回程巴士的热烈气氛立刻扫荡了道别时留下的怅惘,虽然车上除了她们三个加阿芒,其他旅客都是陌生的,但坐在巴士最后一排的澳洲大学生情绪之 high,简直要把车厢掀翻掉。这一排人女生是主力军,嗓门早已盖住男生,他们正反复唱着"向你道别啦,我亲爱的驾车人,眼睁睁看着你远去!"这首告别歌被他们唱得狂放欢快,满车人一起笑,"哈哈哈"的发着痴,包括红和荞。

只有凯瑞置身度外,她坐在车子右侧的单人椅上,与红、荞同排但隔着走廊,就像隔着大洋,今天的凯瑞以更加任性的方式去坚守她的孤独,她执着地保持将脸侧向窗外的角度。

喧闹声中阿芒离开他的副驾座位置走到后面,欲把一张折成条状的纸给她们。在递出纸条的瞬间,阿芒有一秒钟的犹疑,在"左右"之间,荞探过身子,手快地接过纸条展开,上面是阿芒的 e-mail 地址和电话,荞顺手传给红,一边道:"你把我们的联系地址写给他。"

红像送接力棒般把纸条立刻又传给凯瑞,一边道:"凯瑞写吧,我没带笔。"凯瑞回眸看了看纸,既没有接纸也没有接话,荞把她的笔塞给红,红从口袋里摸出一张名片,看了看,便笑了,她把这张名片直接递给阿芒。于是又引来澳洲女生疯疯癫癫的起哄,荞在一旁像看情景喜剧般发出笑声,而凯瑞仍然维持侧脸看窗外,脸无表情,犹如在另一维空间。

"凯瑞怎么啦,今天就没有笑过?"待阿芒回到座位后,荞悄声问红。

"我说过才貌双全的女生比较难搞!"红也用气声答。

"不就是你年轻时的腔调?"荞反问。

"所以我比较为她操心。"

"我以为你讨厌她。"

"不是没有,"红答,"就好比讨厌过去的自己。"她说着探身向凯瑞把还捏在手里的纸条再次递给她,"凯瑞,这是阿芒的联系地址,请你代为保存,给我就像扔在垃圾箱,我从来保管不住东西。"

凯瑞摇摇头。"我才懒得保管。"语气几近反感。

红便把纸条还给荞:

"给我有什么用!我又不写英语 e-mail,你为什么不能保管?"荞拒绝。

"我懒得写什么 e-mail，那就干脆丢了。"红提高声调，把纸一揉，扔进自己的包里。

凯瑞有些吃惊地回眸，下意识地朝地上看去，欲言又止。

"哪壶不开提哪壶！她本来就看不起阿芒，你却要她保管阿芒地址？"

红一笑，欲言又止。

还有三小时她们要坐上夜行巴士继续前行，去越南中部的顺化，凯瑞去街上购物，她打算与她们同行中部，红和荞去街角做河内最后的逗留，在傍晚六点她们便喝起了啤酒。荞用手机给燕拨电话，拨通后却交给红，由红述说船上的故事，关于弗兰克和戴维，戴维和凯瑞，以及有着一双游击队员鹰眼的导游，红总结说："似乎一切才刚刚开始，开始得很精彩，结束得也很快，因为没有时间了。"

北京的燕决定接受医生建议，住院接受射频消融手术。她在电话里向她们解释，所谓手术是通过穿刺股静脉或动脉，把电极导管插到心脏里去，在异常结构处释放高频电流，令局部组织坏死。因为不开胸，风险自然比传统心脏手术小许多，但也不是没有风险，寻找异常结构是否顺利难以预料，仍然存在病人在手术台丧命的概率，医生坦率承认。

燕一番冗长的医术性的叙述终于让红和荞感受到生存本身所要面对的巨大风险，之前的那些话题，在这场风险前陡然失去了意义，握着电话的红处于失语状态，现在却是燕在安慰她们：

"死生由天,我相信命运,哪里没有风险,就说你们的旅途……"

"噢,不要说穿!"红制止道,"我已赌上两张音乐剧票,我们这边的风险是,有人未来人生将阵脚大乱。"

荞吃惊地看住红:"我们俩时时刻刻在一起,我怎么不知道?"

"等着听你们的故事。"燕发出期待的笑声,就好像她正朝咖啡馆去而不是医院的手术床。

夜晚八点,天还未完全黑,当她们把行李箱拖到旅馆大堂门口等着去顺化的夜行巴士时,竟看到弗兰克和戴维从对马路过来,一阵惊喜的拥抱,才分手三小时,却像一次长别。她们把这对恋人请进旅馆大堂宛如请进家里的客厅,正坐在大堂电脑前收发 e-mail 的凯瑞抬头看见戴维有些意外,但她只"嗨"了一声便继续忙她的事,冷淡得有些无礼。

他们坐在大堂沙发上重新进入聊天气场,两女努力显得殷勤,虽然等巴士这件事让她们有些分心,红对戴维说:"你说过你要给我你的旅行博客。"荞觉得好笑,她知道红上网只收发 e-mail,几乎不关心他人博客,尤其不会去看法国人的博客,索要戴维的博客分明是为了掩饰凯瑞的无礼,或者说,是对自己年轻时候不通人情的傲慢的补偿。

旅行社的巴士终于姗姗来迟,慢吞吞地摇晃着停在旅馆门前,在心里守候着巴士而焦虑的荞几乎是一个箭步冲到旅馆外,红紧随其后,一阵忙乱,摆放行李,找座位,与法国人再次告别。司机已经发动车子,她俩才发现凯瑞没有上车,隔着旅馆大堂落地玻璃窗看见凯瑞仍然端坐在大堂电脑前,戴维也在电脑前,与她并肩同坐。莽回进旅馆招呼凯瑞,又一个人返回车上。

"凯瑞改主意了,她说不去中部,要在河内多住两天,与某个朋友会合,然后一起坐飞机直接去西贡。"她告诉红,摇头感叹,"变化之快不可理喻!"

红只是抬抬她那很具锋芒感的眉峰,并未表示太多的惊讶。

"碰到戴维让她改变了主意?我以为她应该对戴维死心了。"巴士启动往中部去,喜欢寻根究源的莽则在自寻烦恼解道难题。

"今晚我们有的是时间八卦,凯瑞要打喷嚏了。"红说笑着没有立刻表态。

"好像刚收到 e-mail,说有人让她留在河内。"莽继续着自己的思路。

红似笑非笑:"那么,是很特殊的朋友了。"

"她给我留下电话,要我们去西贡前给她发信息,她会帮我们租旅馆。"莽说。

"那就不要麻烦她了!"红起身脱下外套,折叠,仔细放置在头顶行李架上,回头四顾凌乱闷热的车厢,踟蹰片刻才坐下,立刻又起身关上车窗,坐下后,又起身,打开窗口上方的冷气空调开关,调整着冷气输送口的角度。终于摆弄完毕,红这才坐定,吸了一口气,荞以为她要开始某个话题,比如关于凯瑞的乖戾多变,却未料到听得红在说:"说真的,我也蛮不想继续上路,为什么我们不能在河内过几天悠闲日子?"

"现在才有想法,是不是太晚了?"荞问。

"Anyway,"红学着凯瑞的说话腔调,"凯瑞是有魄力的,她终究选了一条有风险的路。"

"怎么讲?"

"她为这个人改变了自己的旅行计划。"

"可能是同居男友追过来。"荞继续猜测。

"可能是另外什么人。"红诡谲地一笑。

"什么人?"红的表情令荞心生疑窦。

"现在还不能说,只是我的猜测。"

荞睁圆眼睛看住她。

"昨晚我没有睡好,凯瑞房间的动静我是听到一些的。"

"快告诉我……"荞的眼珠都快掉出来了。

"不能乱说的,有一些动静而已,剩下的只是我的猜测。"

"你存心让我肚肠痒,就讲讲你的猜测!"荞精神振奋,似乎一越而过气象凌乱气味浑浊的夜行巴士。

"可见女人都是 gossip(飞短流长)的,"红感叹,"哪怕是你这样的知识女人!"

"到底发生了什么令凯瑞改变?"

"改变什么?"红明知故问似的。

"改变行程。"

"那不算什么,改变人生才可怕。"

"难道改变行程不是已经在逐步改变人生吗?"荞问,自答,"这可是一篇现成的专栏题目。"顿了顿,似在脑中温习一遍,"快把你知道的秘密一起分享。"荞催促。

"我现在说出来你会觉得荒唐,我自己也觉得荒唐,"红似乎难以置信地摇摇头,"不过当时的感觉就是这么清晰,让我们再等等,等回到西贡,就真相大白。"

荞惊奇地看着红:"有这么神秘?我不相信!"

"你看,还没有说出来你就不相信,所以我不要说,说出来就扫兴。"

"别故弄玄虚了!"

红笑笑不搭腔,然后道:"我们的中部行会很平淡,要发生的事都在夏龙湾发生了。"

"夏龙湾发生过什么呢?"荞惊问。

红和荞来到西贡,也就是胡志明市,已是一星期后,西贡应是越南游的高潮部分,假如说她们当初是为杜拉斯的"情人"而来的越南。

对于背包客,越南是自助旅游的天堂,在旅行社花二十七美金买一张可自由上下的 open tour bus 的票子,便可以从河内一路游到西贡,像细带子一般狭长的越南,这长度便是巴士从北到南一路加起来总行程四十八小时。

从河内出发往南第一站已是中部的顺化,这一站行程有十八小时。顺化是旧皇城，阮朝古都和皇陵都建立在这里，在顺化以北一百公里，沿着 Ben Hai 两岸八公里，曾是南北越的三八线，越战时，这里是著名的非军事区，血腥战役的发生地。

在 Vinh Muoc 北部有一条著名的地道，五年间，从 1966 到 1971 年，曾有十七个婴儿在这条 2 000 米长的地道网中出生，这个传奇要比那些古迹更吸引这两位越战发生时正在小学求学的中国女人。然而，到了顺化再坐长途车到一百公里之外的 Vinh Muoc 那块被烧焦的土地，红和荞怎么也打不起精神，因为路途的疲累以及战争的阴影。是的，顺化仍然充满了战争的痕迹，皇宫城墙外边便是一个露天的战争博物馆，坦克车、装甲车、迫击炮，一些年轻的白人旅行者，也许就是越战老兵的后代趴在那些今天看起来有点像电影道具的武器装备上，拍了一张又一张的照片，本地的孩子则爬上爬下，将它们当作游乐园的娱乐设施。

"也许我们应该专门为战争来一次越南。"红说，那时她们紧挨坦克坐在石头底座上，"凭吊我们愚昧而快乐的童年。"

这"愚昧而快乐的童年"的说法竟让荞湿了眼睛。

然而，她们终究不复探索真理的年轻女学生，对自己说以后专门为战争来一次也是一种遁词，现在，她们更像是在和自己的年龄赛跑，渴望把未知的路途留给一种遭遇。

就像红预言的，中部行是平淡的，或者说，更像一般意义上的旅游，短短的七天去了四个城市，除了旧皇城顺化、相邻的古镇会安、海滨城市芽庄和西贡附近的高原胜地大勒。

感觉上大半时间她们是在车上度过的，没有发生任何奇遇，紧密的时间表除了让红的偏头痛频繁发作外，荞则见缝插针匆匆写就一星期一篇的专栏文章。

在高原胜地大勒的最后一夜，荞给凯瑞发手机短信，却未收到回信，荞很失望，她本来希望凯瑞能帮她们预定旅馆。红说："这在我的意料之中，请把凯瑞忘记，关于预定旅馆这件事并不重要。"

事实也是如此，西贡是更加繁华的城市，打开《寂寞星辰》，旅馆数不胜数。"凯瑞留了这么大的悬念给我们，无论如何要想办法见到她。"荞很不甘。

红笑笑，每每说到凯瑞的变故，她便噤声，这使荞觉得，红的反应和凯瑞的变故一样不可思议。

不过在巴士开往西贡的途中，荞收到了凯瑞的短信，她告知人已在湄公河三角洲一带，也许会去沙沥，她已在西贡为她们定好旅馆，并附上了旅馆地址。

昏昏欲睡的红即刻坐直身体，荞更是振奋："我们明天就去湄公河，和凯瑞会合！"

"要是她并不想和我们在一起？"红质疑。

此时，车鸣人声轰然入侵，就像电视换了个频道，画面骤然强烈纷乱，声音更是震耳欲聋，犹如失手把音量调到最高度，车上所有的乘客都从瞌睡中惊醒，车子正进入胡志明市。比河内远为宽阔的街道车阵潮涌，越南特有的摩托车更是壮观，密集铺满整条大街，拆去消音器的马达尖利高亢，她们俩朝车窗扑去。"耶,西贡,我们来了!"她们欢呼。

巴士进入市中心,络绎不绝的旅游者中,引人注目的是一对对的准情侣,年老高大的白人旁伴着娇小细弱的越南妹。

"繁华,堕落,很殖民遗风呢。"荞评论。

"正是我想象的西贡呀!"红叹息。

凯瑞为她们预定的旅馆竟也在令人兴奋的闹市街,这里小旅馆密集,但旅馆正门都在马路的侧巷里。进入巷子才发现这里更繁华,一间连一间的小咖啡馆,门前都有小天井,天井里有葡萄架,架下是铺着白桌布的餐台,咖啡馆在就餐时间兼做西餐业务,厨房就安在门对面巷子另一侧,煎牛排的香味,咖啡的香味,涂抹面包的奶酪香味,香而不嘈杂。

她俩拖着行李箱走过两三家咖啡馆便是下榻的旅馆。"放下行李就去吃东西。"红宣布。

"先去旅行社订去湄公河的票子,我们在西贡只有三天时间。"荞提醒。

"只有三天,还不留在西贡?"红问。

"三天在西贡也嫌不够!"荞回答。

"所以为什么还要离开西贡去什么湄公河,我们刚到。"

荞想了想:"不就是为了杜拉斯吗?"

"有什么关系?她又没有留下遗嘱让我们非去不可,而且还有堤岸……"

"还有卡迪纳街!"

"卡迪纳街有什么?"红有些困惑。

"伊甸影院!"

红仍然不解。

"杜拉斯母亲弹琴谋生的地方,她童年的重要场景,杜拉斯为此拍过一部电影,就叫《伊甸影院》。"

"作家都是这么自恋吗?"红总要唱唱反调。

次日,荞和红已经行走在西贡的堤岸,娇小瘦弱的荞穿上露肩棉麻裙,夹脚凉鞋,头戴遮阳草帽,俨然一热带少女,一向比她出风头的红只能甘拜下风,她的T恤短裤自惭形秽于西贡的艳丽风情。

红的手里拿着纸片,前一晚她上网找有关信息,很凑巧地读到《纽约时报》上一篇名为《杜拉斯的西贡》的美国作家的文章,作者把杜拉斯当年留足的地方都走了一遍,堤岸、沙沥、湄公河,以及"中国情人"的大屋和死后的墓地,在其捐助的庙宇甚至有"情人"和他妻子的照片。

红是在深夜近十二点时读到这篇报道的,那时旅馆老板回家前要锁大门并关闭所有的电脑,红赶在关门前走笔如飞把有关信息抄在纸上,所以虽然文章长达三页,匆忙记下的也就一小片纸。那是一系列的地址。

早上八点,两人已坐上人力车直奔第一区的堤岸,寻觅"这床与那城市,只隔着这透光的百叶窗"的公寓,《情人》中最性感的场景。

按照红在纸片上的记载,这公寓是在今"凤凰酒店"的地址，才几分钟人力车夫就把他们从旅馆所在的第五行政区运到第一区的堤岸，西贡的中国城。事实上，五区和一区连接，她们下车的地方是堤岸的开端部分，马路空阔，商店稀落，行人稀少。

"我简直难以相信公寓是在这条路上，我想象中该是马路很窄，商铺密集，人口嘈杂。"从人力车上下来打量周围环境，荞十分失望。

然后她们马上发现，虽然这一带已接近酒店的路牌号码，但确切的号码却找不到，事实上在确切的号码和接近的号码之间缺少了十几个号码。问题是，这一带并没有酒店，更没有那带百叶窗的公寓楼，眼面前一条小巷子倒是躲着许多人家，潦草搭建的简陋平房把小巷挤得铺铺满满，它们给予荞热烈的想象力兜头一盆冷水。

荞因为焦虑而唠叨起来，红不声不响拿着地址仔细对着号头，平时多少有些玩世不恭的红捧着那张破烂纸片竟显得十分执着，虽然她对杜拉斯远不如荞那般痴迷。

她们只能继续前行，寻找可以说上话的中国餐馆。她们横穿了好几条马路才进入餐馆密集的区域，在一家中国餐馆她们被告知，凤凰酒店仍在几条横马路之外，这条称为陈兴大道的马路分A、B街，凤凰酒店在B街，而B街在南越政权时是另一条街名。

她们至少又步行了三刻钟，终于真正进入堤岸腹地，但中午前，即便是堤岸仍然有些清寂。被美国作者想象为"为任何通奸者保持匿名的酒店"的凤凰酒店就站立在面前,她们更沮丧了,这是一栋水泥外墙的大楼,远不是杜拉斯约会的公寓格局。

站在街头眺望,看不到有百叶窗的旧公寓楼。酒店对面大楼挂着一块华文招牌"堤岸都市人事社",它带出了早年堤岸独立城市的历史遗痕。时间已近午后,唯有阳光和八十年前一样炽热,一月的西贡气温已高达三十度以上,她们只想尽快从这片令人疲累的街区逃出来。

她们招来出租车,去纸片上另一个地址,有"中国情人"募捐的中国庙宇的 Huag Vung 街,至少在这座庙里可以看到已届古稀的"中国情人"和他妻子的照片,纽约时报文章煞有介事描写那位妻子有一张"不被爱的脸",美国作者调查出"情人"的名字叫黄水梨。

"'黄水梨'这个名字是不是很煞风景?"红问荞。

"我对这位作者提供的信息完全失去信心。"荞答,"我有预感,在那条 Huag Vung 街也看不到什么。"

"还是不要看到好,看到了不是更扫兴?"红笑着皱眉,"假如照片上是个糟老头?"

荞双手捧住脸颊像患上牙痛般"咝咝咝"地抽着冷气,以痛苦状拒绝红的诋毁。

出租车已把她们载上 Huag Vung 街,其实这条街就在陈兴大道旁,如同荞预感的,等着她们的仍是 nothing,同样的号码却是一家煤球店。这条街有好几座中国庙宇,庙里有华人,虽能说华文却无法与她们沟通，谁也不懂她们在说什么，杜拉斯是谁？情人又是谁？

不甘心就此结束寻觅，她们又找到情人老家的 Nguyen Hue 街，这条街在西贡最繁华的第五区，按照文章描写，"老家"是今日警局所辖的缉毒所，这条街倒是有警察局，但既没有缉毒所，也不见老屋痕迹，她们无法用手势告诉警察或市民，有关缉毒所和它的前史。

当她们耐心地继而绝望地向那些警察或市民询问时，她们渐渐觉得这询问本身便是荒谬的，如同梦呓，从被问者同情的目光中，她们看到的是两个表达不清去哪里的迷路的糊涂女人。或者，更像梦游人。

下午的太阳更加炽热，她们满头大汗，头晕目眩，走到卡迪纳街角见到餐厅，像见到清凉的水池一般，一头便头扎了进去。

"你是否地址抄错，情人的家该在沙沥，而不是西贡，还有庙宇……"一盆 spaghetti（意大利面）一杯冰咖啡下肚后，情绪便缓过来了，头脑也清醒了，荞如梦初醒问道。

红一愣，拿出小纸片反复阅读。"那么沙沥不在西贡？"她小心发问，她的纸片上沙沥、西贡和街名一片混杂。

"当然，沙沥在湄公河三角洲，离开西贡有几小时。"

"那么沙沥的街名怎么会在西贡看到？"

荞愣住，这是她无法回答的问题。

"算了，忘记堤岸吧，现在我们是在卡迪纳街啊！"荞已经从背包里拿出一沓从地摊上买来的二十年代的西贡卡迪那街的黑白照片，与餐厅落地窗外的卡迪纳街对照着。

"殖民地式直角状路口，Continent酒店外的罗望子树，街口的丽池酒店，"荞嘀咕着好像在清点遗迹，突然就来了精神，她告诉红，"丽池酒店在越战时期，曾经充当美军联络中心，这一带在战时记者云集，酒吧被铁丝网围住，吧里有人肉交易，no money no honey（无钱便无爱）。"荞夸张地念念有词，然后正色道："这是战争时期卡迪纳街的价值观。"

红一声冷笑："仅仅是战时吗？有没有觉得今天的上海也是笑贫不笑娼？"

荞点点头："所以我一直犹豫是不是回去。"

"昨天晚上居然收到他的 e-mail，此人已经移居上海，谈了一番收购旧洋楼的生意经，我还以为他把信发错对象。"红冷冷道来，毫无过渡，荞却笑起来，红有戏剧化描述天赋，也是她自嘲方式，荞想，是这场外遇将她磨砺得锐利。

"我想他是故意对你炫耀。"

"所以才可悲，明明是专业人士，怎么到了上海就变成生意人？拿赚钱事当聊天话题，粗俗当有趣。"

"也许本来就不是同路人，即便同过床。"后面一句话荞没有说出口。

但红就像听到一样："我这是一失足成千古恨呢！"

"不见得，说不定他有千古恨，以为可以征服一切的人，却被你甩了！"

"我昨晚才把他的所有联系方式从电脑上删去!"

"不算晚!"荞意味深长。

"索性把自己的e-mail地址都换了,群发给所有人,除了他,所以以后关于生意经的信息是跑不进来了。"

荞笑起来。"女人辣手起来也够狠的。"直点头。

"从此,玩也只跟我们女人自己玩了。"红得出新结论。

"我明年才有假期回上海探亲!"荞却叹息起来。

"噢!"红一愣,然后道,"怪不得觉得现在的上海味道不对,你也不在,我又为什么回来?"

无论在哪一座城市,只要坐进餐馆之类的地方,红和荞的老话题便能无限延续,然而时间飞逝已近黄昏,荞终于惦念起她的伊甸影院,她展开胡志明市地图:"我想,伊甸影院应该在附近。"荞心中另有一张杜拉斯的"交趾支那"地图。

从清凉的西餐厅重新融入街头的溽热,她俩就像两具被耗尽电能的电动玩具,已挪不动步子,站在影院对面Continent酒店门口,朝那间曾经风云旖旎的建筑物呆望一阵,阳光刺眼,看出去的景物十分恍惚:影院已成为商厦的一部分,只能从外墙看到传统西方电影院的特征,门楣上方水泥墙上细致的浮雕顶端中央耸起的尖塔。

她们在伊甸影院门口叫了出租车直奔旅馆。

荞洗澡的时候,红去楼下大堂上了一下网,证实情人大屋和那间庙宇是在沙沥,而凤凰酒店则是作者逗留西贡时下塌的酒店。

"那么，我为什么会把《纽约时报》美国作者留宿的地方当作当年情人们做爱的地方？"红无法想象自己错误的根源，意兴阑珊地把自己抛到床上，身体合卧，四肢伸展成大字。

"太荒诞了！在西贡找沙沥的屋子。"荞居然笑起来，她一边用毛巾擦着湿淋淋的头发，一边找出地图查阅，"不过蹊跷的是，这两条沙沥的街名居然能在西贡找到，而且是在堤岸，你觉得这里有什么寓意？"荞从地图上抬起头问道。

红没回答，只有轻微的鼾声，她睡着了。荞睡意顿浓，紧随入梦。

她们重回街上，夜色已浓，她们去堤岸的大排档吃晚饭，终于真正感受其嘈杂喧闹，然而关于杜拉斯爱地的追寻和有关"情人"的话题却被现实生活更迫切的悬念覆盖。那晚在西贡最拥挤的滨城市场，荞竟瞥见凯瑞，她拉着红在人海里挤了半小时去追寻，但凯瑞犹如沙漠里的海市蜃楼，闪现了一下便消失了。

"你看清楚了吗，就她一个人吗？"红有些唠叨地问了几次。

"我只认得她，这么多人挤来挤去，她就是和什么人在一起，那种情况下也无法辨认。"

红耸耸肩："我们还有两天时间，如果她一个人在城里，她应该会来找我们。"

荞没有搭腔，她打开手机，给凯瑞发短信：

"凯瑞,你回西贡了吗?请联系我们,离开越南前我们一定要在马杰斯特酒店一聚,我请客。"

"为什么你请客?"红问。

"你不是赌两张音乐剧票,我想,你赢了!"

这一次红困惑。

"我此刻才突然明白,她那里发生了一件想要瞒住我们的故事。"

"?"

"你不是说过在船上的那个晚上,你没有睡好,听到了凯瑞房间的动静?"

"我想知道凯瑞如何回答你。"红扬起眉峰。

直到次日才等到凯瑞的回信,只有一行字:"告诉我见面时间。"

"关于马杰斯特有什么典故,除了她也是一座殖民风酒店?"凯瑞问,今天的凯瑞穿了一件在本地购置的斜襟立领粉红灰和粉蓝灰为主色花的越式短袖衣,配一条牛仔中裤,一双越式夹脚木屐令凯瑞平添西贡风情,带几分不羁的脱略。一星期的旅途生涯,竟让凯瑞旧貌变新颜,矜持换热辣,好像脱下紧身衣,曾被封锁的热能从她的肢体五官汩汩流出。

这是荞的感觉,而红正埋头仔细阅读菜单,奇怪的是,她只有读菜单时是最投入的。荞不便展示心中诸多困惑惊讶,尽量以她惯有的心平气和回答凯瑞的问题:

"典故倒是不清楚，这里位置好，露台上可以俯瞰西贡河，也许我们可以坐到露台上用餐？"她询问凯瑞。

"谢谢你请我，到西贡一星期，我这是第一次坐进这么豪华的酒店。"

诚恳的语气，倒让正在读菜单的红吃了一惊，她抬起头遇上凯瑞的目光，两人对视，几分挑战，几分相知。

这是星期一的夜晚，马杰斯特酒店的法国餐厅只有几桌客人，那些铺着雪白桌布摆着刀叉和餐巾静静迎候客人的空餐桌就像闭幕的微型舞台，焦虑神秘，是幕布拉开灯光转亮前不绝如缕的等待。

"我甚至无法确认这场旅行是好梦还是噩梦！"凯瑞以她突兀的方式说道，餐桌上真正的谈话好像刚刚开始。那时主菜也快结束，她们三人点了一式一样的牛排，只是荞那一份是"全熟"，因而肉质最老，握在右手的刀就没有停止过劳作，盘里还剩三分之一，嘴里还有嚼不动的肉渣却不便吐出来。

一瓶红酒已喝去大半，荞不喜酒，心思又被筋筋攀攀互相扯住的老牛排占去大半，除了碰杯时象征性地喝了一口，再也顾不上喝酒。红也是忌酒的人，因为偏头痛，所以这酒大半进了凯瑞的口，其实早在夏龙湾的船上人们就发现凯瑞嗜酒。

"反正我们以后很少有机会见面，说出来也无妨，难道你们没有发现凯瑞这个名字有点虚假，这能算名字吗？"凯瑞问，"像个假名不是？我为出门旅行专门印了名片。"她把她曾经发给她们的名片拿出来在手上扇着，不无讥讽。

"这次出门,我就是要反自己的道而行之。"凯瑞重新放好名片说道。

"你做到了吗?"红问。

"你们不是看到了?"

"看到什么?"

眼看红又开始针锋相对,让荞觉得有点对不住客人似的,她拿过凯瑞的杯子给她斟酒,处于亢奋状态的凯瑞沉浸在自己的思绪里:"我本来心心念念想着去会安,却被一封 e-mail 留在河内,你们绝对想不到我凯瑞会因为这个人留下来……"

这两个比她年长十岁的女子只是互相瞥了一眼,好似暗暗确认某种存在。

事实上故事以这样的方式开头,让荞无比激动,虽然她掩盖住了。"有什么关系,旅途上萍水相逢。"荞善于安慰。

红拿起酒杯示意凯瑞碰杯:"不用紧张,明天以后我们就各奔东西。"

"你很厉害,姜是老的辣,"凯瑞对红举杯,一笑,"你把球发给我了,你自己半路退场。"

"要是不好玩,把球留在界限里。"红向凯瑞举举杯。

"关于旅途,我们应该给它一句话,'来不带来,去不带去'。"荞说,一刀一刀耐心地割着她的牛排。

红微微吃惊地瞥一眼荞,不知她何时进入知情者行列。

"去不带去,真有这么洒脱吗?"凯瑞发出疑问,手里的刀子滑过盘子落到地上,在寂静的西餐厅动静很大。

她们三人一起看着动作迅捷的服务生冲上来为凯瑞换上干净刀叉。

"是红把我的名片给了别人。"凯瑞对荞说。

"噢?"荞去看红,急性子的红此时却安之若素,"你可没有告诉我。"荞对红说。

"谢谢,你们没有大惊小怪让我很安慰。"凯瑞说。

"所以,我们出发去顺化的那个晚上你收到 e-mail?"荞终于发问,"后来那对法国同性恋进来。"她随之指出。

"也许他们的出现也刺激了我,再次看到戴维,我突然就想起我在纽约的朋友说过的,所有我们眼中的美男在今天的时代都成了 gay……"

荞的目光变得急切,但她克制着,保持沉默。

而凯瑞的目光转向红:

"我知道我接受阿芒的邀请和他一起去沙巴,的确有自甘堕落的意味。"

"何以见得接受阿芒的邀请便是自甘堕落?接受美男就不是了?"沉默良久的红问得尖锐。

"游船的夜晚停电……"凯瑞举起酒瓶端详着上面的商标,"他来敲我的房门问我要不要蜡烛,我后来明白他是来找你,"她放下酒瓶看住红,"那间房他以为你住着。"

荞半张着嘴,就像看一出戏剧急转直下,只等真相大白。

"噢,还有这段曲折?"红嘲笑的,是自嘲。

"到了现在,Who cares?(谁在乎?)"凯瑞像红一般耸耸肩，她们互相对视，锋芒转为笑意。荞放下刀叉，示意服务生收去恼人的牛排盘。

凯瑞从包里翻腾出一包烟，端了自己的酒杯说去露台抽口烟，服务生过来收空盆，餐厅只剩她们这一桌了。

"太刺激了！我也要喝酒了！"荞说着拿起酒瓶一看是空的，还要叫酒，被红制止。

"他们等着打烊呢！"红指指墙边站成一排制服雪白的服务生，"去酒吧喝吧，如果要听故事必须喝够酒，虽然有些不道德，说好了，我买酒。"

"我搞错了，原来，是阿芒把她留在河内……"荞沉吟道，"游船的夜晚，阿芒去找她，不，是去找你，于是他们之间发生故事？"荞自言自语，摇摇头，"噢，我需要时间消化……"

"并不复杂，只因为与她发生故事对象是阿芒……"

"就是因为阿芒，才让我想不通啊！"荞发出的感叹简直像悲鸣。

后来，她们俩一起去露台陪凯瑞抽了第二根烟，或者说，象征性地分享了一下夜空下的西贡河，被夜幕遮挡的西贡河没有任何特色。也许，当身边的情节更为强烈的时候，无关的场景便退远了，无论是西贡河，马杰斯特酒店，或者将要去的酒吧，都成了模糊的背景。

"谁不想做女狼，在月圆之夜呼啸？"右手夹烟左手端酒杯的凯瑞微微抬头喷着烟雾，突然吟诵道。

两位年长女伴先是一愣,继而笑起来。

"真是士别三日,当刮目相看。"红深深感叹。

"好一匹马杰斯特露台上的女狼!"荞的口吻说不出是欣赏还是讽刺。

"等等,后面两句也出来了,"凯瑞夹烟的手指定格在嘴旁,"谁不想做女狼,在月圆之夜呼啸?谁不想在马杰斯特酒店一醉方休,今宵酒醒何处?"声调渐高,抑扬有节奏,红不禁莞尔,荞已经拿出笔在餐巾上匆匆纪录。

"是的,谁不想做武则天,想说就说,想做就做?"红紧接道。

女人们放声大笑。

"这样是不是更酷,想说就说,想唱就唱,想爱就爱?"凯瑞问。

女人们来回吟诵最后一句,笑声愈益舒畅。

"好一派女狼胡言!"红笑得眼泪都出来。

"是女狼壮语!"荞更正。

在说笑声中,她们看见一艘游轮缓缓而来,在西贡河上,在她们的露台下,华灯钻石般镶嵌在游轮上,勾勒出船的轮廓,灿烂如梦幻,西贡河瞬时盛满了"光的鳞片",成了幻梦的背景。她们发出惊喜的叹息声,接着又陷入了沉默,眼看着晶亮耀眼的游轮朝她们接近,即刻,或者说,几乎是同时,便已经远去……

她们离开酒店,去旅馆街的酒吧接着喝酒,现在凯瑞改喝墨西哥啤酒，红和荞要了"血红玛丽"。

"你们这代人最时尚的就是'血红玛丽'了，"凯瑞嘲笑地摇摇头，"哼，烛光音乐鸡尾酒，老土了。"

"说点时髦的听听。"荞问。

"现在最时髦的是环保，不再消费，去边远村庄做扫盲志愿者！"

"噢，是绿党？"荞问。

"我母亲是，她还能追求什么呢，除了在选举时做啦啦队，平时做做慈善，还能做什么？"

三人又一起大笑。

"好吧，言归正传，阿芒呢？他在西贡还是回了河内？"红正色问。

"他当然在河内做他的导游，我们一起去了沙巴，回来便各奔东西。"似乎受到"武则天"的鼓励，凯瑞无所谓地，或者说试图无所谓地讲述了一个略显含混却又是如此清晰的故事。

她和阿芒一起去了沙巴，他们相处了三天，在另一个也是景点的地方，回河内后便分手了，凯瑞似乎并没有遇上诸如"请把我带走"之类的情节，因为那三天里凯瑞的情绪喜怒无常，时不时要后悔一下。

"后悔什么？"红又犀利发问。

"一切，路上发生的一切，过去的一切。"

"路上的故事不就是为了颠覆自己的过去吗？"红问。

凯瑞没有回答。

然后，她以一种令人意想不到的直率描述：

"夏龙湾的晚上停电，阿芒拿着蜡烛来敲门，问我要不要光，我让他进房，他像带着个火炉进来而不是一支蜡烛，房间突然很热，他在害怕，我也害怕，我们互相害怕对方。船舱的客房原本是那么小，风起来了，船在晃，把我们晃到一起，他的身体很烫，手却是冰凉的，这种分裂打动了我……"

她们仍然坐在酒吧，凯瑞的位子空着，她的啤酒未喝完就走了，她急着赶回旅馆，却没有告诉她们她住在哪里，好像她仍然有些故事没有说出来，然而，讲出来的那一部分已经足够她们消化，就在这时，荞的手机响了两下，是短信进来，燕的短信。

"这么晚，她还不睡？"她们异口同声，已经十一点半，平时燕九点就熄灯睡了，她们这才突然想起她住在医院。

"今天手术台上三小时，感觉很坏，觉得自己随时要走人了，心里很寂寞，这时才发现，没有一段感情可以在紧要关头支撑我，温暖我，不管是丈夫，还是那个曾让我搬离自己城市的人，这种时候，想到他们，只觉得是与我无关的人。现在我躺在病房怎么也睡不着，手术台上的坏感觉还留在心里，我在想，我经历过的那些感情原来都是过眼云烟，没有分量？情轻薄因为人轻浮？我在问自己！"

红和荞轮流读燕的短信，无言。给燕拨电话，关机。

她们回到旅馆也仍然未做讨论。次日，荞天未亮便起床，赶早晨的飞机回新加坡，这天下午，她要去办公室赶编版面。

红的航班比她晚四小时,荞离去时,服过安眠药的红没有醒。

她们回到各自的城市便如不同方向的列车在不同轨道运行,旅行期间各人都累积下不少事务要处理,之后几乎没有机会再联系。两个星期以后,红收到荞寄来的报纸,她们在旅途中胡诌而聊以自娱的长短句被放进她的专栏,题目就叫"谁不爱长短句——纪念越南之行"。荞忠实原创,不做删减:

谁不唯美,谁不迷恋美男,黑眸棕肤两臂肌肉耀眼,纵然与女人无缘,伊也倾倒?

谁不艳羡河内老城辣嫂,腰纤乳丰,一路走来摇曳生姿?

谁不想偶尔放肆,红杏出墙,在夏龙湾的甲板,萍水相逢,春光乍泄?

谁不想潇洒,谁不想做艺术家?谁不想乘 open tour bus,唱"不要问我从哪里来",想上就上,想下就下,一路流浪?

谁不想做女狼,在月圆之夜呼啸?谁不想在马杰斯特酒店一醉方休,今宵酒醒何处?

谁不想做武则天,想说就说,想唱就唱,想爱就爱!

最后一句壮语,或者说胡言,仍然让红笑得眼睛湿润,在她的记忆屏幕上,越南行竟然定格在马杰斯特酒店的露台上,凯瑞的指间夹着香烟,一手端酒杯,吟诵着"女狼壮语"。那时,一艘游轮缓缓而来,在西贡河上,在她们的露台下,华灯钻石般镶嵌在游轮上,西贡河盛满"光的鳞片",瞬时成了幻梦的背景。然而,对于她们,对于身处某酒店露台的自己,如梦如幻的游轮,满河的光的鳞片,在朝她们接近的同时便已经远去。

(初刊于《收获》二〇〇八年第五期)

瞬 间 之 旅

一

楚红从巴士上下来，高原风清冽凉滑，一股股涌来，她抬抬头，让风把自己的长发吹起来，心情也跟着动荡，就像走在秋天的日子里，皮肤很光滑，心和风一样清爽。

秋天的联想令她有些微的激动，在新加坡一住五年，年初到年尾的阳光一样灼热，便不再有季节交错时的感怀，她成了一只冷气动物，在各种冷气空间伸展触觉。的士巴士和地铁都有冷气，office的冷气更像寒流，她甚至必须穿上厚外套御寒，回到家第一个动作是开冷气，当然，周末去不同的shopping center，那里也是"冷意盎然"。

渐渐地，她明白，获得冷意，是这个城市的人的深切渴望。每年圣诞节，昂贵的购物楼东林大厦门口飘着的虚幻的雪，是这种渴望最鲜明的浓缩，那是她看到过的最华美的雪。

因为虚幻,这雪才如此美丽非凡?

不过,赤道紫外线仍然在她的皮肤上留下痕迹,生活中有各种片刻、各种可能性令冷气和冷气衔接时产生空缺,或者说生活本身不可能让你如此称心如意。她脸上的雀斑愈益增多,每天早晨,对着镜箱涂抹防晒霜,对可能到来的极其短暂的日晒做好防备,好像,人生可以触摸的就是这些小烦恼了,是因为远离自己的城市,内心的嘈杂声也跟着远去?

可是这一刻,乡愁,或者说类似于乡愁那样的情绪突然使她的眼睛热热的。她在清风里甩甩头发,可以称之为情绪的那些东西即刻随风而去了。她喜欢保持某种清爽,或者,称为情感的真空状更确切,没有爱憎,没有眷恋,没有期待和回顾,真空就是一尘不染,一无所有,真空也是空虚。但,在一片虚空中生命陡然轻盈起来。

巴士在高原上盘旋一个多小时,楚红下了车,仍感到眩晕,她没有立刻去找旅馆,就地坐到自己的行李箱上,坐在巴士终点站黑黝黝的小屋子外,一边等待眩晕的消失,一边打量着眼前这个高原小镇。

坐落在马来西亚彭亨州的金马仑高原,有大片农场,以茶园果园草莓园和玫瑰花台闻名,加上她的一千五百米的海拔高度带来的凉爽气候,英国殖民者留下的仿都铎王朝时代风格的建筑,以及成片成片高尔夫球场,金马仑成了新马两地著名的避暑胜地。然而吸引楚红上金马仑的,乃是残留在高原上的土著民村寨。赤身裸体身上披着羽毛、手上拿着弓箭的土著听起来是一个现代神话，他们的生态当然早已变化，周围是设施一流的现代有产者的度假村，难道土著村寨竟成了旅游胜地一景？楚红带着向往和疑惑的矛盾心情坐上上高原的巴士。

楚红的外形已接近热带女生，漂染过的棕色长发，苗条却结实的身材，黝黑有骨感的脸颊，紧身吊带背心和牛仔裤，配一双式样简洁却价格昂贵的凉鞋；全身无一饰物，只在胳膊上文了一只蝎子，那种有剧毒的蝎子，这只逗留在胳膊上的标准尺寸的黑色毒蝎，凝聚了已成为过去式的青春期的反叛。她的时尚里带着些微锋芒，这也多少表达了她的难以确定的人生路线。

她刚刚度过三十岁生日。她请部门几位年轻同事去"夜上海"，用精致的上海菜款待自己，不如说是款待他们，她不仅预定了位子也预定了招牌菜，她也已经预先知道那几道上海风味的菜肴和点心将给她的年轻同事带来的有节制的惊喜：腌笃鲜八宝鸭水晶虾仁百叶结红烧肉清蒸刀鱼咸菜豆瓣酥丝瓜毛豆塔棵菜笋片生煎馒头葱油饼酒酿圆子，餐桌铺铺满满。她对生日事只字不提，餐桌上的话题也只和吃喝玩乐有关，说笑声里，楚红的记事本上又多了几个餐馆名和假日的旅游地，能够交流的也就是这些了。她和他们没有年龄肤色种族的差异，然她有独自生活在岛上的感触，似乎在这个被称为花园城市的国家的公民其神情更淡漠更倦怠，看不见的隔阂横亘在她和他们之间，犹如水把岛屿隔开，平时她和她的同事们停留在微笑说一声"Hi"的距离，无法走近，之间有水。

现在围着餐桌，距离近了，但仍未超越水，仅仅是，水上的岛屿以圆的形态漂着，正渐渐靠拢，却又被水荡开。正是在餐桌上她发现，他们彼此之间也被水隔开了，是一个又一个孤岛。可惜赛姆没有来，他去休假了。

无论如何，请同事请朋友上饭馆，是在异地他乡走向人群的简便方式，不失为化解寂寞的途径。她是报馆人缘最好的中国人，这当然也和她对一个保守社会价值观的认同有关，她行事低调，言辞含蓄，性情正新加坡化，总之她已经适应这个气温高、法律严厉的国度。工作上她不在乎加班，休息天坐的士去公司只为改一个错字，所以她也是报社职位提升最快的中国人。遥想当年，她也有过和邋遢长发青年私奔西南小城大理而被大学开除的傲人纪录，而它已经像简历表上用圆珠笔书写的履历，时光远去时，油墨也日渐淡去，笔迹模糊影影绰绰。

她的目光跟她自己城市的女孩一样，从来不是透明清澈的，在一个被革命颠覆过的多少是不自然也不自在的城市长大的女孩，如何会有一双明亮的眼睛？散漫迷惘的双眸，烟雾弥漫时微微眯起眼睛，她好像又回去那个不羁的青春的大理，坐在新加坡河畔灯红酒绿现代乐震耳的驳船码头，那里的放纵气氛令她有些忘乎所以，她竟又抽起了烟。莱福士金融区商业楼的西方打工者过来与她搭讪，她的第一反应是矜持的，如果没有激情的冲击，她对异性的挑剔目光，充满她上海双亲教养的影响。她偷偷撳灭了烟，离开了码头。那还是在刚去的第一年，她带着探险的心理在这个循规蹈矩谨小慎微的城市走来走去，之后几年，她不再去驳船码头，而是朝西走，去罗伯森码头，那里钢琴烛光，轻声细语，消费者的年龄和年薪都上去了，布尔乔亚的生活方式，也是保守平庸的方式，更能给她带来安全感，和，清洁感。

她穿牛仔七分裤，白色吊带背心，外套一件牛仔夹克，双肩包是本地最流行的比利时牌子 KIPLING，她曾与乌节路的时尚合拍，精神十足地跟上本地的风尚和仪态，可现在马来西亚人仍然一看就知道她不是新马本地人，总是问，你是台湾人吗？她回答说，我是上海人。上海吗？他们便有些茫然，原来他们不了解上海，就像她在上海时对马来西亚一无所知。

从自己的寓所坐一部巴士就到北面兀兰，过长堤便进入马来西亚的柔佛州。可是，持中国护照去马来西亚先要获得签证，所以，上路容易，拿签证反而难，马国领事馆每天好几百人长龙申请签证。刚来第一年，楚红出高价让旅行社代办一切，跟着旅行团脚步匆匆去了一趟马六甲和吉隆坡，虽然觉得不过瘾，但也没有动力清晨六点排队申请签证做自助旅行。那时候的她跟国内的年轻人一样，只认知西方主流文化，眼里除了美国，再也没有其他国家，拿了长假总是朝西方去。

车子进入马来西亚腹地，高速公路旁的棕榈树林向远方伸展，无边无际的单一的棕榈，充满热带的丛林力量。关于热带丛林，康拉德曾将其视为大地深处的黑暗，赛姆解释说，这个"黑暗"意指位于深处的民族对于具有原始扩张的白人是一无所知的神秘构成的黑暗。正是，一无所知的神秘。她深深地看着赛姆,她也惧怕这样一种黑暗。

只有赛姆可以和她谈谈康拉德的"黑暗的心",他是她隔桌相对的男同事,圣诞夜一个人去马来西亚东部岛域的深海潜水。后来,孤身背包上路成了时尚姿态,一群女生追随他个个上路去向不同的海岸或小镇,楚红却安之若素,任何事情变成潮流,她就避之不及。她和赛姆这么多年面对面,却仍是咫尺天涯,可她并不遗憾,假如没有突变。她享受这种精神上的仰慕,或者说,是情感上的憧憬。

赛姆,修长敏感,在巴黎读了六年音乐,也在巴黎郊外小镇的夜晚写了六年日记,回国后他为华文报刊写专栏,渐渐地成了文字工作者,他来报馆打工,和楚红成了同事。他的钢琴躲在他家那独立洋房的角落,同事们说他是在反抗母亲为他安排的人生,他却告诉她,快三十岁的人只为反抗而活太可怜了,他说厌倦了只面对钢琴的人生,到报馆打工,是给自己放个长假。他把每天对着电脑编辑版面看成放假,他那份洒脱有着骨子里的颓废,让楚红迷恋。

下午,在办公的间隙,他们一起喝咖啡,他们不是去公司的餐厅喝咖啡,而是在自己的办公桌旁,不过是速溶咖啡,但赛姆用电热壶煮开的水冲出的马来西亚老镇咖啡,竟也香味浓郁,氤氲的蒸汽让他俩的工作一角有了柔软的质地。喝咖啡的时候,身心陡然轻松,话题便如自来水,龙头一开便来了,面对面坐了三年,竟有说不完的话。

他们都是萨冈迷,但读的是不一样的版本,赛姆读原版法语，楚红只能读译文，这使她对赛姆的目光有了仰望的意味。赛姆却对中国有如此浩瀚的翻译文字感到惊奇和敬畏，"你好，忧愁""那样一种微笑""你喜欢勃拉姆思吗"，他吟诵着，惊异语文也是可以通过翻译获得崭新的生命力。他是他这一代华人的另类，对华文有着类似于激情一般的感情，令她对自己耳熟能详的母语产生新的视角。

文字是罩在他们空间里的光环，仿佛他们沉沦的人生是在这每天的半小时中获得拯救的，至少对楚红是这样，赛姆的存在使楚红重新找到了在这里工作的意义，想起五年前她来这里只想短暂工作两年，攒了钱去美国读学位，因为赛姆，楚红竟在这个乏味的城市又待了三年。

他们从不在公司之外的场所约会，周末和假期有各自的安排，那是他们回到自我的时光。有了赛姆她才知道，没有赛姆的空间也是不可或缺的，楚红需要为自己的完美做功课，她节食，中午只吃蔬菜沙拉，一星期三次去健身房，同时在为自己小小的理想做着奋斗。她读《时代周刊》，用"时代"上的犀利语词写英语短文，化名给同一栋大楼的英语报馆写"读者来信"，她在为去纽约哥伦比亚大学读 Creative Writing 硕士学位做准备，她向往做个英语作家。在一个发达城市，拿着中等水准的薪水，她却过着比国内远远自律节制甚至称得上是刻苦的生活。是因为有赛姆的存在，她才有成长的动力？

生日那晚，她在饭馆门口和同事们道别，坐进的士，司机问她去哪里，她给司机寓所地址的时候突然充满伤感，如果之后的生日也将以这样的方式继续？她没有回家，而是让司机把她载到"花柏山"。

坐落在花柏山半山腰的酒吧，面水那一边透空，有一种凌飞于水上的感觉，天花板垂下的风扇摇着烛光，将酒吧里的一切摇晃得影影绰绰，酒瓶里的酒、酒杯里的酒、擎酒的人都那么虚幻，隔着马六甲海峡，印尼的巴丹岛和民丹灯火明亮。这时，虚无像烛光升腾出看不见的烟雾，罩住了她所处的空间。正是，一无所知的神秘构成的黑暗，也许，对于她，他人的心也是一片黑暗，因为一无所知。至少，她进入不了赛姆的心。

她想着赛姆，她和他之间宛如被玻璃罩子隔开，伸手触去，是光滑冰凉的触面，知性的质地，热情找不到缺口伸展，就像她穿着短短的热裤，修长的腿漂亮得落寞，那是一双落在异乡土地上的腿，它落不到这块土地肥沃湿润的深处。

"花柏山"是她的最爱去处，可山上的布尔乔亚风气是赛姆拒绝的。也许赛姆正坐在吉隆坡茨厂街油烟呛鼻的街边摊，几乎每个周末赛姆都去国外，他把年假零碎补贴在每个月，平时周末多去马来西亚，如果凑足五天以上，就去其他东南亚国家，他在那些小镇寻找记忆中的"质朴的过往"。这正是她和赛姆的差异，她来自上海，那是个过度虚荣而制造了虚饰的美学的城市，可也正因为来自虚浮世界，她能感受赛姆人生里的真谛。

巴士一转进小镇，竟觉得似曾相识。楚红仔细打量周围，熟悉感就来自这个车站,因为它跟中国任何小镇巴士站一样简陋。简易搭就的小房里设了两个售票窗口,紧挨着卖杂货的货柜和一只自动贩卖饮料机,几只废弃的汽油桶在饮料机旁堆得七上八下,尽管拥挤,却仍有一条铁铸腿木板面的长凳为长途客准备,黑漆漆油亮亮的,跟水泥地一样,有一层黑色光滑的外壳,是尘土汽油汗水锤炼出的壳。这样的小站从不遗弃任何人,背包客或流浪者,就地坐,席地躺,尽可以自便,比起新加坡,她对马来西亚有着更深的认同感,是因为有这样的车站?以后变成回忆,这个小镇巴士站便成为她的故事不褪色的背景,这是她不曾料到的。

坐在巴士站外,可以一眼尽收小镇的景象,顺着山势起伏蜿蜒的窄街,拥挤着游客,低矮的小店,小店的女孩懒懒地斜倚在门框上,举手投足间有一种即刻昏睡而去的停滞,那也是她熟悉的昏昏然,它与匆匆来去的游客形成截然不同的节奏,有点像电影中的停格画面,在瞬间给你节奏上的迷乱,她很享受这种迷乱,就像回到大理。想起大理,心仍有些悸动,那是她青春期滞留过狂热过受伤过的小城。

不过这是个黑色大理,镇上居民清一色黑肤色印度人,双眸黑亮,脸部轮廓立体,黑色给了小镇非同寻常的气质,她对自己说,她以后来,要在这里多住几天。这么一想,便笑了起来,才刚刚来,就想着要重游,是从小到大都改不了的贪心。她拿出相机,这样的小镇,从哪个角度都富于生气,她按下快门,轻微的"咔擦"声给她听觉的快感。这些年走来走去,带不走的景物和关系，能够留下的就是照片了。

她的尼康相机镜头像只巨大的眼睛，令小店门口的女孩畏惧，她躲进去，她在镜头后面笑。相机是父亲送她的礼物，为她当年考入热门的工艺美校，她向往做个平面设计师，其实是上海父亲的心愿，在他看来这是份既能寄托理想也能赚钱的专业。可她在美校陷入恋情，丢了学业，她后来去新加坡更大的动力是为了向曾对她寄予厚望的父亲做个交代。

等她放回相机，周围已经嘈杂起来，她的身后坐了一群旅客，听上去是一群女人为主的西方游客，一把女声旁若无人地说着鼻音很重的纽约英语，她告诉他们，她在等去怡保的巴士，她已在亚洲游荡了三个月，刚从巴厘岛过来。巴厘吗？她的心也跟着一跳，后面有七嘴八舌地呼应，是一群女人的声音，兴奋的语调，语音即刻含混起来，楚红抓不住话中的意思，思绪里都是赛姆的身影，在巴厘岛度假的赛姆正在干什么？在某个无名村落民居前的廊檐下看书吗？他多半是这样。

两个肥胖的印度中年女子嘴里嚼着零食从身边走过，她们轻盈的纱丽轻轻拂过她的脸颊。她在想赛姆对她想做英语作家这个愿望从未质疑，赛姆从来不说你这样的年龄还读什么书之类的话，他说，也许到了六十岁我还会去读一个学位，他的意思年龄是个障碍，可终究不是障碍。通常就是在这些要紧的关节，她感受到他们之间的心心相印。可即便如此，也没有不散的宴席，赛姆打算辞职，在经济低迷时期他竟要辞职去南美，他说过南美是他的梦，他向往去那个探戈之乡去阿根廷，不是去走一圈，而是住下来，融入当地人的日常人生，感受日常中的探戈。他好像一直在为这个梦储钱，现在他终于要将梦想变成现实，代价是，若干年后他回来时可能再也回不到报馆。不过，他也许没有打算过在这种地方做长久，再说，他需要生活费时还可以做钢琴老师。

问题不在这里，问题是人人都在一边为谋生奔忙，一边在为丧失谋生能力的岁月焦虑，裁员恐惧使社会产生大量的忧郁症患者，赛姆为何可以洒脱地辞职去远方流浪？他不合作了，翘课了？可这不正是他一贯的社会角色，是他性格的闪光点？

楚红为何有被刺痛的感觉？

他们没有就这个问题详谈，赛姆在放假，他从巴厘岛打来电话要她帮忙发一篇稿。谈完工作，她问起他的旅途是否顺利，他说他去的都是走过多次的老地方，有点告别的意思，她一愣，他好像也在那边一愣，电话沉寂片刻，他说，他打算辞职，去南美。她发傻一样问道，真的吗？真的吗？他在那里发笑，说，当然是真的，我已经做了很久的准备。她默然。他问，你不是也打算去读书吗？她说，是，不过不像你真的在做准备，话语里有尤怨。他却笑说，这就对了，我们都需要上路的感觉，虽然连目的地都不清楚，但有一点是清楚的，我们都是自己城市的异乡人，我们是不是在通过离去表达自己？他笑问她，她不响。他又说他不会马上走，合约要到十二月，还有三个月，她仍然半张着嘴，头脑暂时空白。

赛姆看不见她脸上的表情，他已改变了话题，他说，巴厘岛已经很商业化了，但是岛上的宗教气氛浓郁，总有一些村落和小镇安宁得令人不敢相信是现世，是这个贪欲的世界的桃花源。她的心一跳，再一次感受赛姆对她的意义。她想，赛姆走了，她还有什么理由留在新加坡？那晚她又去了花柏山，下雨天，上山车很少，她拿出手机给赛姆拨电话，拨到一半又放弃了，她想对赛姆说什么？阻止他吗？她用什么理由去阻止，所有的理由一说出口就陈词滥调。去南美，是他对现实的挑战，你看，他让自己梦想成真。

他将去远方自我放逐，却让她感受在异地他乡的落寞，她又一次对自己说应该找个人结婚，周围的朋友也这么说，她们不是劝她，是在劝自己，她们是健身房的朋友，跟她一样是单身，生活中发生问题时，就说，结婚吧。就好像结婚对象就在shopping center，刷一下卡就能拿到手。她们跟她一样茫然，不知对象在哪里。她们问她为何不考虑赛姆，她和赛姆的亲密关系，公司外的人都知道，新加坡很小，绯闻又很少。只有她明白，和赛姆的咫尺天涯。他们是知己，仅此而已。记得有一天说起旅行，赛姆说以旅行为人生目标的人是最孤独的人。她此刻才明白，她的梦要比赛姆渺茫得多，她希望在这个毫无头绪纷乱如麻的人世间找一个既能给她指方向又能给她情感慰藉的伴侣，而赛姆对此不做期待。

酒吧的烛光只亮了几支，幽暗的同时，对面印尼群岛的灯火更加明亮，总是远处的灯火更加璀璨。突然想起她其实也一直对着赛姆谈另外一个城市，自从去纽约度假，她便把魂丢在纽约,她就是这么对赛姆说的。他不知道,当她向他描摹在别处的未来,也是毫无真实感的未来的时候,心里奔来窜去的是艾略特的诗句:我们是空心人,我们是稻草人,互相依靠脑中塞满稻草。有声无形,有影无声瘫痪了的力量,无动机的姿态。

部门老板要求她年底之前清假,所以还未等到赛姆回来,她也休假了,她想过去巴厘岛找赛姆,但旅行团没有位了,知道没位她反而松了一口气,如果有位,却会令她矛盾和挣扎。她并不具备做赛姆亲密无间的旅途伴侣的想象力。

她下决心起个早去马来西亚大使馆拿签证,至少在赛姆走之前,走一趟他熟悉的路线。赛姆无意间带动着旅行潮流,他对东南亚的钟情,使公司其他年轻的背包客也纷纷掉头转向自己的邻国,赛姆在他的专栏里写道,我无法对新加坡有"我的国家"这样的感觉,可我会说"我的东南亚"。那么,他现在正在和他的东南亚告别?既然喜爱,为什么又要告别呢?

两辆巴士先后开进了车站,她身边身后的旅客纷纷起身,在司机"去怡保"的喊声中,西方女生们热闹地道着别,往北的巴士开走了,剩下的人上了回吉隆坡的巴士。等第二辆车开走,车站陡然安静下来,天也跟着暗下来,仿佛巴士把阳光也载走了。

是乌云飘过来,高原的天空原是瞬息万变,呈现在她眼前的小镇的色彩也变了,灰沉沉敷着阴郁的冷感,雨丝似有若无地飘忽着,小镇并未改变它的节奏,街口的行人闪来躲去避开电单车,面街的店堂黑黝黝的,靠在店门框上昏昏欲睡的店主女儿走开了,留下门廊空寂。

楚红一时怔忡,大理最阴郁的片刻突然浮现:阴沉沉的天空,恋人决绝离去的背影,她坐在街口,绝望衰弱,衰弱的感觉最清晰。她几乎忘了恋人的脸,这场恋爱的细枝末节早已经模糊,但失恋,或者说失败,或者说失去一切的绝望,撑不住绝望的衰弱感,仍然清晰地留在记忆里,连同那种阴郁的色调,青春就在那一刻结束。

她略略失神地站起身转过头背起双肩包,头一抬,一惊,她身后那堆热烈谈论巴厘的人竟还走剩一个人,一个男子,一个看起来混杂了华族和印族血的亚裔青年。

他们互相笑笑,他站起身拿起行囊欲朝她走来,可她已向他摆摆手道了别,她转过身走出小镇巴士站,朝镇中心走去。

纳丹对着她远去的背影发了一阵呆,她的脸虽在笑,却是郁郁寡欢的,他涌起接近她的冲动。旅途上到处是孤身旅行的女子,她们独立坚强利索,也许有些寂寞,但情感的触面明朗,线条大而化之,她们乐于接近他,他却避之不及,那些还未开始便已经知道结果的可能到来的艳遇是他厌倦的,还没到来就厌倦了。

在纳丹怅然若失站在街口发呆的时候,楚红已头也不回走了几百米,她好像知道他在后面凝望着她,她的背部有一种发热的感觉。他竟穿着纱笼,她很少看见男子穿纱笼,在新加坡已见不到穿纱笼的男子了。紫色和猩红的花的纱笼,花一样的男子,只有日本漫画异想天开用花比喻男子,她几乎想摆脱矜持——站下来,转回身,与他相遇。

她站在十字路口,等着红灯转绿灯,在片刻摇晃之后她重新获得平衡,她有过许多个十字路口,有过许多次的摇晃和平衡,平横之后是空虚,但与绝望之沉重相比,空虚是轻,是失重,类似于忧郁症的胸闷感。

他的形象已深深印在脑子里,她并没有重逢的期待,世界很小,金马仑的Tanah Rata镇更小,一个七千人的高原小城,但她相信,一旦有所渴望就一定失望,这是她的宿命。邂逅,风一样倏忽而去,即便有所眷恋也不要试图留住,眷恋了就会失去。她的失恋告诉她的真理是,只要她想握住什么,一定握不住,一定会从手心滑走。现在,她宁愿坐在延伸到街边的咖啡座,怀着淡淡的悲哀去思念,思念那一刻——他和她,十几秒钟的相视一笑。

在深肤色人种的对比下,华族男子显得平庸而寡淡,那是公司外族同事给予她的异地风格,而不是组屋门口洗刷阴沟建筑工地搬砖砌墙的印度和马来劳工。他们是棉布衬衣配领带、长裤和皮鞋颜色协调的专业人士,恰恰是都市灰色服装衬出他们富于魅力的脸部轮廓,蕴藏原始冲动的身体。然而,她竟一直没有机会,或者说,没有愿望要把她的好感告诉他们。只有在旅途的相视一笑里,积聚的好感才得以释放吗?她自嘲。她要了一杯加奶的热咖啡令自己安静下来。

遗憾,她对自己在这个典型的印度人的小镇,不喝印度拉茶，仍然只喝咖啡感到遗憾。每日一杯热咖啡，成了一种心理需求，咖啡因令微血管扩张，血液的流速稍稍加快，她喜欢分辨这样一种细微的生理变化。平常日子，她需要一杯咖啡略略调整自己的交感神经，也就是说，提升神经的兴奋度，换句话说，生活已平静到可以通过咖啡来微观情绪的波动。

她得感谢赛姆，他向她提供了洁净人生的样板。然而此时此刻，血管里的血流速加快，这又岂是一小杯咖啡的能量能够激发？他的混过血的脸部轮廓，热带情调的肤色和眼睛，笑容腼腆，将T恤绷得紧紧的肌肉，而且还穿着纱笼，这正是她的健身房的女朋友们在东南亚旅途憧憬的艳遇。她兀自一笑。

热带外族男子的纱笼，赛姆已在他的专栏里赞叹了，原来对于纱笼的审美也是受了赛姆的影响，他的文章写道，纱笼使热带男子华丽妩媚，首先它满足了部分男子着裙装的幻想，身体的起落间有了情致——每每站起和坐下时手轻提纱笼，令男人也有了风情。而男人当街整理纱笼的动作多么性感——打开裙幅再绑回来，女人在旁怎不心跳加速？

因为这篇文章，赛姆还遭来人们对他性取向的猜忌，他一定钟情过某一个穿纱笼的男子。只有她不以为然，她鄙视非此即彼的思维方式。赛姆告诉过她，他二十岁以后开始崇拜穿纱笼的父亲，一个皮肤黝黑唇上留小胡子长发及腰的老帅哥，年轻时参加过马共，为此坐过牢，三十岁以后才开始唱歌，是七月中元节歌台最红的歌手，四十岁以后爱上抽象画，竟在南太平洋某个小岛建立画室，赛姆家的独立洋房则是靠母亲经营咖啡店挣来的。都说新加坡人乏味刻板，但赛姆的父亲，却趣致叛逆无厘头，赛姆自嘲自己的安静内敛是因了父亲的喧嚣张狂。待他成熟时父亲去世，他在巴黎写日记就是从对父亲的怀念开始的。

事实上他往后的专栏文章里都有一个潜在的令他仰望的男性形象。赛姆形容他的父亲气宇轩昂，因为有中原汉人血统。赛姆遗憾自己遗传了貌不出众的福建籍母亲，他的容貌平凡的母亲执迷于她的英俊丈夫，一生都在追逐他，将时时被其他女人捉去的男人追回来。最后一次南太平洋岛外遇，她竟孤注一掷地把咖啡店和子女交给亲戚，在飞机航程五六小时以外的小岛一住两年，直到把丈夫一起拽回家。她的一生还忙着为他收拾残局——陪他坐牢，帮他还各种债，赌债情债司法债……赛姆笑说，不能想象母亲的生命里没有父亲会是怎样的轻松和空洞？

当然，他也是在成年后才懂得欣赏父亲的叛逆和活力，年幼时却以父亲为耻，当父亲在中元节的歌台上唱着情歌和时代歌时，他在自己的琴房弹奏巴赫，他指尖构筑的世界干净高尚脆弱，他性格里的阴郁色调有着少年心理伤痕。赛姆宿命地总结道，一个卓越的生命总是具有某种伤害性。

有关赛姆父亲母亲的话题，是他和楚红之间最生气勃勃的谈话，不经意间抚平了楚红二十岁失恋留下的疤痕，楚红是在赛姆对往事的回顾中找到了中间立场，学着用理性分辨事实包含的真理和谬误。她终于明白情感化也是危机化，情感是最容易变质的东西，一不小心还会凝聚到狭窄的路径，盲目，偏执，野蛮，具有摧毁性，只要看看自己和恋人热恋时的形象，那可更像一对野兽而不是天使。

所以对于楚红，赛姆的性取向是次要的，即便是同性恋又怎么样呢？重要的是精神的相濡以沫，他是她对之倾诉的心理医生，与之告解的牧师，在与他面对面时，楚红觉得肉体轻盈得失去存在感。

可现在赛姆突然欲抽身离去，她在公司接听赛姆电话时被广漠的铺天盖地的寂寞包围住，以致她这一趟东南亚之行也笼罩了灰色的氛围。而一个陌生男子片刻前富于魅力地对她微笑，已是陈旧的这一类诱惑仍然在瞬间困扰了她。她静静地喝完一杯咖啡，印度老板拿着咖啡壶过来给她续杯，她微微吃惊，一般来说这样的小店是不续咖啡的，她不知道她的沉思的孤寂的身影让外表强悍的男子心里涌起温情。

她笑着婉拒第二杯咖啡，随即结账，并拿出将要去投宿的旅馆地址，老板看到地址便笑了，说这可是个好地方，并问她，是谁把这个旅馆介绍给她？她一下子喜笑颜开，那是在吉隆坡的旅馆，门口摆摊位做一日游导游的老华人，知道她要去金马仑，竟把生意放一边，又是找电话号码又是画路线图，将这一间叫"芭拉假日客栈"介绍给她，"那是山上最古老的一间殖民地建筑"，光是这一句话就让她这个上海人充满向往。

你可以在那里喝到最道地的传统英国茶，现在，印度老板又告诉她，他给她叫来的士，怕她吃亏，车费价格也谈好了。

印度老板帮着印度司机把她的行李安顿在车后厢，并为她关上车门，朝她挥手道别时流露出他的一丝留恋。可楚红匆匆忙忙地朝萍水相逢的中年男子挥挥手，便带着几分急切朝前面的山路看去，"芭拉假日客栈"在山的深处绿树掩映中发出百年岁月的光芒，楚红有些急不可待了。

然而，邂逅带来的故事并未结束，而是刚刚开始，它正在那间客栈等着她，对此，楚红毫无心理准备。

此刻，肤色和眼睛充满热带情调的青年正坐在客栈的客厅喝着最道地的传统英国茶，正是下午四点，喝下午茶的时候。因为只有他这一位客人，丰满的客栈老板娘，说着一口伦敦英语的印度女子才可以悠闲地坐在他对面的沙发里。她和他隔着茶几的距离，正意味深长地看住他的眼睛，她的高耸的乳房也同样热烈地凝视着眼前的猎物。他并未给予反应，这个世界最不缺的就是肉体，到处是物的欲念，这样的目光和乳房随处可见，唾手可得，他疲惫了，麻木了，他的心情还处在刚刚相遇又立刻分离的失落中，处在和肉体无关的渴望中。

这时，女主人站起身朝门口去，黄颜色的的士车正驶进客栈前的停车坪，随着车门"砰"的一声响，青年从窗口望出去，他慢慢地起身，他的眼睛突然闪闪发亮。

楚红站在殖民时代别墅式的屋子的玄关，这里也是客栈的前台，老板娘一边麻利地过来招呼她，一边从柜台下拿出客房登记簿，楚红的目光朝着老板娘身后看去，她眼中的惊诧令老练的印度女人也跟着回过头，她们一起看到他从客厅深处走出来，他对着楚红微笑，他的牙齿在幽暗的光线中像牙膏广告一样白得炫目。

原来你们是一对！老板娘嘀咕了一句，意兴阑珊地重新合上客房登记簿，欲把它放回柜台下，但楚红的手按住登记簿，口齿清晰地告白，我要一间单人房！老板娘耸耸肩，把登记簿打开来。

二

> 当我们在一起耳语时
> 我们干涩的声音
> 毫无起伏，毫无意义
> 像风吹在干草上。

楚红常会在心里复诵某个人的诗句，最近，艾略特《空心人》的句子常在她空旷的心的空间奔来窜去。自从那天在公司接到赛姆从巴厘打来的电话，这些句子就跳了出来，看起来，她的心境完全被虚无的色彩弥漫，却无法用自己的语言表达，翻来覆去，诗句突兀在虚无之上，诗成了现实投射在她心田的阴影。

赛姆的决定使她再一次看清这样一个现实，他们仍然是隔桌相对的同事，即便有过三年的交谈和倾诉，也仍然无法改变存在的本质，各奔东西是必然的，他有继续自己人生的宿命，无论她在精神上多么依赖他，他并不负载拯救她的使命，没有任何形式提醒他有这样的使命。

就在这时，公司通知她"清假"，她欣然从命。她暂时的企望是通过旅行改变心情，"在路上"本身就是一次希望的旅程，也许潜意识里有艳遇的渴望，然而她又十分清楚，太清楚了，"一次邂逅"只是一次麻醉，是无法帮助她走出困境的，而片刻的麻醉之后，是可怕的生理低潮：恶心呕吐，头痛欲裂，食欲消失，接着是长时间的意志消沉，忧郁症的开始……她怎能不对"一次性"充满了警惕？所以，她又是那类不容易"邂逅"的人。

可命运却再一次显示了它的神秘力量。当楚红在金马仑小镇巴士站与纳丹邂逅，以她的个性是不会让这次邂逅成为故事的。尽管纳丹的肤色和眼睛充满热带情调，是个穿纱笼的英俊青年，一个花一样的男子；尽管他们在无法预料、突然到来的十几秒钟的视线相撞时擦出了火花，他们互相微笑，完全是情不自禁，充满了他们并不自知的积聚在身体深处的渴望。

楚红似乎在刹那意识到某种危险，她马上转过身，快步离开巴士站，她意识到纳丹在她身后凝望的眼睛，她没有回头，这掉头而去充分展示了她的理智的力量。也使她在喝每天一杯咖啡时，心灵有了低回的空间。同样，这一刻，纳丹也沉浸在相同的心绪里，也许这一刻给他的印象更为强烈。

他们都没有期待将在接近黄昏的下午，在芭拉假日客栈重逢，之前的惆怅思念竟为这一个重逢做了意想不到的情绪铺垫。

也就是说，没有巴士站的邂逅，他们在客栈的相遇，就没有了失而复得的惊喜，就不会产生对重逢的珍惜之情。

一切都变得自然而然，不给楚红任何道德上的阻力，纳丹从客厅里出来，看见楚红发出惊喜的问候，楚红也用惊喜回答他，他们竟异口同声用了"coincidence"（真巧）这个词，于是目光对目光地一起笑，在老板娘看起来，他们至少不是今天才认识。

老板娘带着楚红去看她的房间，纳丹便帮她把行李送进房，所谓单人房只是房间面积小一些，床仍是 queen 尺寸（即五尺），好像这间房都被这床铺满了。老板娘问楚红是否满意，楚红说，当然，不错，老板娘的嘴角有一抹意义不明的笑，她飞快地睃一眼纳丹，他有些不自在，挪了两步，站到了门外。

楚红并没有注意这些反应，她习惯性地进浴室打量了一眼。退回房间时，老板娘已打开房间另一扇通向客厅的门，楚红脸上的笑意更浓了，好像是英国家庭的客厅搬到这里：壁炉架上有镶在镜框里的旧照片，红砖地配白墙，墙上挂着油画，布艺沙发柚木茶几，客厅的玻璃拉门外是室内阳台，那里安放着书架和藤制桌椅。

老板娘手臂对着客厅一划，对楚红说，这间客厅通向三间单身房，假如没有新的客人，今晚的这间客厅就是你们俩的。楚红却把这句话听成，客厅你们可以享用，所以她并没有特别的反应。纳丹站在老板娘身边，带着几分自嘲地耸耸肩。

待老板娘离去，他指指茶几上的茶具，问楚红，喝一杯茶如何？这里的英国茶很有名。她笑着点点头，说，已听说这里有最传统的英国茶，可惜刚刚喝过咖啡，也许明天早晨喝更合适。她笑着瞥了他一眼，信步朝阳台外走去。

他不由得跟着她过去，她目光里有着俏皮，那是她更年轻时的笑容，她已经很久没有这样笑了。在新加坡这样的城市，性反应会迟钝起来，或者说，这是个典型的性冷感城市。旅行让荷尔蒙纷纷醒来，它们像蝌蚪一样正从她的眼睛和四肢游出来。

走出阳台，是巨大的花园，一个精雕细琢充满热情的花园，楚红几乎没有看见过这样一个堪称完美，用时间用爱用创意雕琢成的植物园，不，是伊甸园，至少在她孤陋寡闻的人生阅历里，未见过如此美丽的花园。屋子的外墙完全被绿色的藤蔓盖满，不知名的各种名贵树木灌木层层叠叠，像交响乐一样，有主题，也有变奏和迂回往复。漆成白色的秋千，在树和花中随着微风轻轻摆动，如果坐在摇晃的秋千上读诗歌是不是太奢侈了？楚红深深地吸了一口气。

从前老虎和豹子就在对面的山上吼着，纳丹说。从前？听起来是童话故事的开头。楚红看着他，你是说这里有老虎和狮子？她在新加坡听惯说惯破碎英语，他的纽约英语让她紧张，再说他紧挨她站着，他漆黑的眼睛浓郁的目光与她咫尺之间，他身上有一股独特的气味，不是洗涤剂和香水味道，可也并非完全无关，香波沐浴露或者香水无法完全从皮肤上清洗掉，留下的味道和体味结合，产生了不同的身体气味，总之，属于他的特殊气味令她产生莫可名状的慌乱。

是啊,你怎么相信有过老虎狮子?他说。她不由得朝周围看看,仿佛担心老虎和狮子就躲在四周的灌木丛里。纳丹摇摇头,眼睛里便有了悲伤,不会来了,它们都走了。听起来像在说自己的情人。自从外边的人进来,它们就远远地离去了,还有那些土著民,跟野兽一起躲进山的最深处。土著民吗?她的眼睛发光,我来金马仑就是来找土著民,她从不离身的双肩包里拿出她从图书馆复印来的照片,土著民赤裸的身体,下体被羽毛遮盖,手里拿着长矛。纳丹微微皱着眉头笑着,这是多少年前的照片了,我父亲小时候在山上顽皮时倒常常与赤身裸体的他们遭遇,他摇着头,现在他们都已经穿起了衣服,你看,人们在这里盖高尔夫球场,造度假别墅,毫无顾忌地砍去了丛林,可丛林是土著民的家呀!他富于感情地说到"家"这个字,令她震动。

从前这栋楼是一座英国人开办的殖民者子弟学校,纳丹指着身后的客栈,声音又温柔起来,校长 Miss 格瑞菲诗努力维持着山间的自然气息,她让她的园丁将这座学校被花园包围,那么多的鸟飞来,上课时,孩子们的诵读声的间隙,是鸟的鸣叫声和对面山上老虎和狮子的吼声。

听起来好日子都在过去,她赞叹着。他却摇摇头,可是,那个时代的人经历了战争,他转过身,充满景仰的目光看着这栋老房子,虽然在山里,学校的名声却一直传到英国,可是日据时代开始了,日本人进来了,所幸,侵略的日子终于结束,校长和她的学校活下来了。

她感叹,每个时代都有自己的灾难。他问她,我们时代的灾难是什么?她想到的都是自己国家的事,也许自己国家太大,悲剧太多,她过去从来没有心灵空间去关心中国之外的悲剧。她不响,不想就这个话题开展交谈。她转过身,朝山里走去,他紧跟着她,然后与她肩并肩。

对,我的父亲是在这一带长大,他是印度人,不等她发问,他告诉她。从前,我的祖父在这里的茶园打工,他终于让我的父亲到大城市,到吉隆坡读书,我的母亲是茶园监工的女儿,是华人,从前的茶园监工都是华人,可他们俩不在一座山长大,他们是吉隆坡国民学校的同学,却是在英国读大学时相爱。后来他们去美国定居,我在纽约出生,所以到了我这一代,金马仑高原生活竟成了遥远的前世生活。

所以,你喜欢用"从前"这个词,她向他指出,他笑了,又显出了先前的腼腆。后来,在朝山下去的路上,他说,我真痛恨旅游这个行业,它正规模性地窥探自然的私密生态。可我就是旅游者,她困惑地看着他。

是呀,我也是,我也是旅游者。他拉住她的手,那时候,他们已走到公路,为了避让一部接一部飞驶下山的私家车,他们不得不走在公路的边缘,旁边就是斜坡,有些地方陡峭,所以他拉着她走成直行,就像拉着小孩提防她摔跤。她像木偶一样被他牵手走在斜坡上,一时间被这一情景的熟悉感震惊,它更像发生在她的想象中,当她和他在小镇巴士站相视一笑又决然掉头而去,她正是在掉头而去的一刹那,发现了自己身体深处的渴望——渴望走上前牵住他的手,走在陌生的高原,或者,世界任何地方。

不过,说起从前,那么从前她就是这么拉着弟弟上学,过大都市的马路,不是小心翼翼,而是不耐烦,家里有个小七八岁的弟弟真麻烦,她得处处留心,生活凭空多了坎坷,不要他摔着不要他碰着不要他伤着,生活里都是"不",都是警示,就是这种感觉。

所以拖着个小弟倒是从来不摔跤,反倒是一个人独行时,会冷不丁绊一跤,后来才明白那时在窜个子,身体缺钙。她长得那般修长并不是好事,心脏不够强健,常要头晕,在情爱关系中,是被动的一方,也许连荷尔蒙也不够充分。然而因为个子不小,常被人高估能量。现在她从后面仔细打量他,猜测他的年龄,他至少比她年轻三五岁,可她的手握在他有力的掌心里,充满的是稳稳踩在斜坡上的安全感,还有他身上隐隐飘来的气味,她希望这样的斜坡在这个傍晚,走也走不完。

我自己通过各种旅游指南,去了世界很多角落,他继续刚才的话题,所以我没有权力指责旅游这个行业,他站下,诚恳地看住她。可是我看见金马仑正被旅游业改变生态,心里仍是不痛快,他笑起来,不过,我真高兴我在我父母亲的金马仑遇到你,我还得感谢旅游指南,它们带你来到这里是吗?他的话让她发笑,他似乎要拥抱她,她的脚步没动,但身体有退远的倾向,他踯躅了一两秒钟,又朝前去。

谁知道他是否有挣扎,但她的手放在他的掌心便有了紧张。这是她和赛姆之间没有过的张力,她和赛姆面对面坐了三年,她竟对赛姆身上的味道毫无记忆。她差不多是以某种遗憾和惆怅的心情面对眼前的局面,她似乎在这个瞬间预感即将到来的命运的安排,或者说,她已经看到正在接近的关于爱的梦境,以及,梦留下的泡沫感。

她抬起头,前面是宽阔的草坪,正是旁边这位纽约来的亚裔青年最不以为然的高尔夫球场,面对球场是一座仿都铎时代的建筑,坡顶,层顶很高,白墙上深色米字线条是它的标志性装饰,在炽烈的阳光下,与对面的绿色草坪相映成最华美的建筑,它也的确是英殖民时代最有特色的建筑,眼下是一座五星级酒店,她拿出照相机。

他慢慢地朝前走了几步,为了给她一个空间。他站在几米之外看着她对镜头,她的手指按在快门上,发出机器轻微的响声。然后,她的镜头转过来,她看到的是一件完美的作品,他站在山坡上正对她微笑,微笑着的花一样的男子,他的身后是一片宽阔的绿,他的白衬衣映着紫和红的花的纱笼,纱笼在风中微微摆动,他身后的绿好像会随着纱笼飘起来,他的洁白的牙齿映在深肤色的脸上,发出炫目的光芒,天正在暗下来,洁白在暮色中成了最强烈的颜色。事实上,他身上所有的颜色都很强烈,充满对比,他在这个空间里成了一件艺术品。

后来,在她的寓所,在她的那些以街道建筑和自然景物为主的摄影作品中,有一张纳丹的照片,纳丹笑得多么温柔。

不管斜坡上有没有过一触即发的局面,以及一触即发的局面带给她的种种想象。至少在平地上他们是安全的,他带她逛小镇的巴刹,收市前的巴刹的热闹,令她无比轻松。巴刹也就是中国的菜场,她已经很久没有逛菜场,单身生活不需要逛菜场,报馆编辑的下班时间是晚上九点以后,她一天中最重要的晚餐就在报馆的餐厅或门口马路上的小贩中心解决。虽然小贩中心有几个摊位,像云吞面福建虾面,都很有名,还上过电视,高峰时间要排长队,但对从上海去的楚红来说,晚餐以此为主食实在是太简陋了,好在她一直在减肥状态,不丰盛也罢。

事实上,九点以后,是给有家庭的同事带来危机的下班时间。但报馆的薪水可观,是一些家庭的主要收入来源,这样一来做报馆人的配偶,对晚上一家齐齐用晚餐这样的家庭生活就不要奢求了。所以东方社会仍是以谋生作为人生主要动力,一位已婚女同事含蓄地发着牢骚。她告诉楚红,现代女子不下厨房是令人遗憾的,晚餐桌是家庭凝聚的重要场景,一个主妇是家庭晚餐桌上的灵魂人物,她因此一直在权衡是否离职。

楚红对此没有感触,她的问题不是能不能按时回到家庭的晚餐桌上,不是能不能履行一个主妇的职责,而是命运是否安排她做主妇。在更年轻的时候她怎会料到,她最好的年华将是在情爱的空白中蹉跎?

事实上单身生活光滑流畅,时光很轻快就流过了,这种局面也是要到蓦然回首才会意识到。坐在办公桌前,放眼望去,青年是三分之二，单身人士又占了三分之二，其中大部分人是真正的单身，没有恋人，没有性生活，只要看看休假时他们孤身上路的状况就知道了。令楚红吃惊的是，这么多单身男女，学历、修养、价值观非常接近，却彼此不来电，反倒是几个同性恋者常有绯闻传出，将同性情爱的心得坦然写在他们的专栏里，不明真相的读者是当作普通男女之情来读。

所以，不去巴刹，是跟身边没有亲密爱人有关，夫妻，或者关系已成熟的男女才会出入巴刹，一起下厨房，这比去任何浪漫场所更有黏着力。现在楚红跟着纳丹在收市前的巴刹挤来挤去，名叫爱情果但味道苦涩的小水果当作零食，一路走一路吃着，心里就有些错觉，仿佛她可以跟身边这个尚还陌生的男子走很长的路，可以从巴刹走到未来。

这个夜晚在 Chang 镇的中国餐馆露天桌吃火锅，点完菜等火锅热起来的时候，他们之间有些沉寂。她看看他的纱笼笑说，现在看起来所有的民族服装都是西方人在穿，比方这纱笼，还有唐装……他打断她，我是东方人，印族和华族的后裔。她的思绪已飞去若干年前，大理洋人街，满街穿唐装的老外，她那时的恋人也是一件唐装一双布鞋，不过是学老外赶时髦，可她竟以为他有个性。他见她不响，再一次重申，我是东方人。

对西方来说，东方竟也成了时髦，她心里嘲笑，一边对他摇着头，你出生在纽约，你的母语是英语，你是人们通常说的香蕉人，黄皮白心。他愣住，很美国化地摇摇头耸耸肩。她出声发笑，他莫名其妙地看看她，也跟着笑了。笑得过分欢快。

她想,他大概就是那一类看起来很健康,心智还很儿童的美国青年,心情就有些寂寞。他看着她的笑容渐隐的双眸,被阴郁罩住的黑眸在他看来很美。

山上任何东西都珍贵起来,十几样蔬菜和豆腐之类分放在小小的碟里,牛羊肉更是薄薄的几片。看起来这些东西吃不饱,她说着拿过菜单想加菜。他却指着旁边的比萨店说,没关系啦,可以去那里叫个比萨。所以说,你归根结底是个只懂得吃比萨的美国人。她取笑他,他嘿嘿笑着,手在她裸露的胳膊上抚摸了一下,那时为了对付火锅,她已把外套脱了。他干燥温暖的手掌给她凉湿的胳膊很深刻的触觉,她却做出连她自己都意外的反应,她站起身问道,想不想抽烟,未等他回答,她已走向近旁的杂货店,刚才她就注意到,柜台里放着圣罗兰烟。

她坐回餐桌,从烟盒抽出细长的烟枝,熟练地从火锅下取火。在大理,有个被叫作"法翠花"的法国女人混在朋友圈子里,每每和恋人吵架,她就到法翠花那里,和她一起抽她的法国圣罗兰。现在,纳丹有些吃惊地看着她突然变得沉默,却又朝他嫣然一笑,把烟掐灭,说,不习惯了,我已经很久不抽烟,新加坡这个国家歧视烟民,你知道……他还在发愣,是对应不上她的瞬息万变的情绪。

他们吃完火锅,已是夜晚九点,夜色深浓得只剩镇上的餐馆的灯光,出租车司机说,这是最后一部愿意把他们送到山上几里之外的客栈的车。纳丹轻声说,有什么关系,没有车我们可以走回去。楚红一笑,赶快钻进车里,谢天谢地,她可不想和他走在黑色的山间，她是不愿意故事轻而易举进入他想望的轨道，不，是对那个正在接近的梦境的抽离。

从抽烟开始，楚红的情绪就在下沉，她现在终于看清，这么些年她一直在自我消沉，她曾经指望通过另一次恋爱将自己从消沉里拯救出来，可是她居然再也没有遇到让她全身心投入的爱情，或者说，她更年轻时想望过的那种"爱情"不再来了。然而她仍然会想念赛姆，她已经在想念他了，她把烟揿灭的时候，她想到的是赛姆，他在旅途上给她发明信片，喝咖啡时总是把桌子收拾得干干净净，他的洁身自好令她自惭。

纳丹在出租车里告诉楚红，他父亲那一支亲戚都在金马仑西面的小镇，明天会有他的伯伯和姑妈两家人来芭拉客栈相聚，然后，他们把他送到吉隆坡，他将从吉隆坡搭乘飞机回美国。她才想起她已关照的士司机明天早晨八点来载她，她包车八小时让出租车把她带去旅游书上标出的土著民的寨子，下午四点坐巴士去霹雳州的小城怡保，她将在怡保住一晚，再朝北去槟城，然后从槟城进入泰国，她不可能为了今晚的相遇改变旅程。

两人的时间表已经有了命运的暗喻，然而当时楚红毫无所知，即便她曾在某个刹那有一些感知。她只是怀着遗憾在出租车的后座与纳丹默默道别，他们在一起度过了愉快的傍晚，仅此而已。在被夜色填满的出租车里，她留恋地给他一瞥，一排路灯光像烟花一样跳进车里，纳丹转过头，给她他的最经典的笑容，正要张嘴说什么，车子已到客栈。

和纳丹的夜晚在这一刻可以结束了,回到房间她想给赛姆打电话,告诉他她为他离去的决定感到失落极了,在旅途上说些过头话没有关系,旅途本是现实的出轨,她不要再指望可以通过办公室的"面对面"活出新的人生。

从车里看出去,客栈的灯光在深山里孤单耀眼,下车时楚红不禁打了个冷战——高原的寒夜,纳丹伸出手揽住楚红的肩膀,她不由自主依偎着他,这一刻心情的脆弱使她几乎转过身与他脸对脸,抛开矜持和戒备,他们将像所有的恋人一样融合在温柔夜色中。

然而她的脚步已先于理性向客栈的灯光迈去,他不得不紧紧跟上她。不经意间他们从客栈边门进入,那里是餐厅,里面坐着一对中年白人男女用餐,餐桌上点着烛光,但整个餐厅是被更强烈的一片光芒照亮,她和纳丹穿过餐厅时才看到,后墙的壁炉正烧着炉火,那是真正的炉火,她对着炉火嘀咕,早知道不如回来这里晚餐。炉火也在他的眼睛里燃烧,他问,我们可以在这里喝一杯,一人一杯葡萄酒怎么样?她笑了。

她一定要去换一条长裙,不要辜负了这个美丽的炉火才是。他笑说他会在客厅看电视等她。那天晚上,没有新的客人,他独自坐在沙发上看电视,她从客厅进自己的房间,通向公用走廊的大门被关上了。这样的格局无论如何是暧昧的。

她进浴室本来是为换长裙冲个澡,谢天谢地,每次旅行都要带一条裙子以备某种场合的需要,但从来就没有真正用到,旅途生活是节俭的简单的不需要长裙的,然而每一次出发,她仍然怀着某种模糊的希望将裙子放进旅行箱。现在从某种角度来说，生活已经如她所愿，她穿上长裙坐在有炉火的餐厅喝一杯葡萄酒，和一个可以令她心跳的男子，他们之间并没有未来。

她坐进浴缸后，突然觉得很累，她在浴缸里躺了一会，与纳丹相处的五个小时竟耗尽了力气，首先他的美国英语令她有心理障碍，她只有对着有口音的英语才会生出自信——在英语是母语的世界里亚裔人的自卑，她和赛姆谈论过这种心理状态。现在，她的头脑、智商、年龄和阅历带来的某种优势，在纳丹的卷舌音稍重的纽约腔面前消失，也许，在他眼里她只是通常西方男子眼中有异域情调的东亚女子。虽然事实上，他也是她眼中最具备旅行艳遇的对象，他的肤色更深，他的纱笼更传统更热带，头脑却是西方的。

她问自己，为何不能将之看成是生活给予的馈赠？以短暂的、瞬间的意义，他们之间并非没有值得回忆的段落，她不是正为即将到来的瞬间做准备吗？穿上长裙化好妆，炉火和杯中红酒辉映着她脸上的红晕，她已经看到他为她迷醉的神情，他漆黑的双眸情深意切。

然而，无论之间有多少可能性，都将在这个晚上结束，这也是她能够预料的，这正是人生的虚妄之处，结束在一个有炉火有美酒的夜晚，和，结束在另一个寒冷黑暗之处，这之间有什么本质的差异呢？她这样自问，却传来纳丹的惊呼，她几乎以为是自己的幻听，关掉还在放热水的龙头，只听得纳丹的激动的短语：Twins……Twins……他喊着，快来看……我的上帝啊!

是他声音里的绝望令她跳出浴缸,她急急忙忙穿上衣服,一边在反应twins这个词,孪生儿?双人房?可笑!对了,电视里出现了双胞胎?可,这有什么好激动!"砰砰砰",他干脆来敲门了,她匆匆打量了一眼镜箱里的自己才开门出去。

她先看见他的一张脸因惊恐、难以置信而夸张成电影里的表情。然后她看到电视里镜头也是电影化的,是好莱坞商业大片里的镜头,纽约世界贸易大厦电光火石,其中一栋楼裸露着巨大的黑洞,像巨型烟囱般滚滚浓烟直冲云天。然后,她看见,一架民航客机朝紧紧相依的另一栋大厦飞去,在绕大厦转弯之际撞向大厦,飞机似乎不费力地穿过大楼腹部,爆炸,大颗火球飞来射去。他口里的Twins,竟是这紧紧相依的南北双子楼,他们正受到飞机的撞击。接着,正在燃烧的世贸大厦就像积木般散架了,坍塌了……

她和他一起尖叫。

这个世界上最强大的国家,这个国家最引以为傲的城市,这个城市最雄伟最具象征意味的摩天双楼相继倒塌,瞬间化为废墟。她发傻一般问他,第三次世界大战开始了吗?他双手抱住头,眼睛发红,疼痛般地抽搐着脸上的肌肉,我不知道,也许,世界末日到了。

她去握住他的手,他像找到支柱一般朝她靠去,他紧紧抱住她,他的身体发烫,他的令她心醉的体味浓郁地拥住她,而屏幕上是不断回放的镜头:即将坍塌的第二栋大厦浓烟滚滚,围困在高层的人爬出窗口,他们探出身体,那般绝望,然后,从百多层高的不同的窗口跳出来,他们的身体在空中像断了线的风筝,轻飘飘的,摇摇摆摆的,从几百米的高空往下落,乱纷纷地往下落。她抱着他的滚烫颤抖的身体流出眼泪,欲念已经蒸发或者说替代,被最深切的需求替代了,在这个崩溃的世界,宛如只剩他们两人那般虚弱,只有爱可以相濡以沫。

电视新闻在继续:

  8时45分,美利坚航空公司11号班机撞向纽约世界贸易中心双塔楼北楼,在该楼的正面撞出一个大洞,浓烟滚滚直冲云天。

  9时3分,联合航空公司175号班机撞毁世界贸易中心双塔楼的南楼,并发生大爆炸。

  9时40分,美利坚航空公司77号班机撞毁五角大楼。

  ……

她不记得何时关上电视,也许开了一个晚上,但下半夜,她已回到自己的房间,他和她在一起,他们一起躺在这张queen尺寸的床上十指相扣,四目相对,好像,这是这个晚上最自然的结局。

早晨到来时,楚红和纳丹已坐在餐厅喝早茶,之前,她似乎小憩了片刻,纳丹已和他的住在新泽西州的父母联系上,他们在电话里很激动,说着家乡话——广东话印度话马来话和英语互相掺杂,但她没有听见。在他打电话时,她打了个盹,梦见自己在下坠,她惊叫着醒过来,醒在上海的家,一声声的悲叹在耳边反反复复:

　　世界就是这样告终
　　世界就是这样告终
　　世界就是这样告终
　　不是嘭的一响,而是嘘的一声。

　　也就是说,她并未真正醒来,她仍在睡梦中,直到她睁开眼睛看见客栈客房高高的天花板上的灰色霉点,这些句子还在她耳边盘旋,然后她想起这好像是艾略特的诗。

　　他们要了这个地区最著名的英国茶,却喝得毫无感觉,他们只是用热茶拼命温暖寒冷的胃,寒冷的早晨,她已经多久没有寒冷的感觉?这个早晨安静得不真实,窗外是美轮美奂的花园,清晨的阳光透明澄澈,花瓣和树叶湿润新鲜,每一片物质都格外饱满,是景物最有立体感的一刻,她后来才发现她竟未摄下和客栈有关的任何照片。

　　他们就坐在昨天那对白人中年男女坐过的那桌,昨晚餐厅点起炉火,这对中年夫妻也许是情侣面对面切割牛排,正是她艳羡的幸福生活画面——也许是虚幻的幸福表象——她对着炉火发了一阵呆,他曾邀她一起喝一杯红酒,她欣然去换长裙,并为快乐飘然而至却抓获不住而感到空虚。然后,灾难出现,面对崩溃的画面,他们能做的就是相拥而泣,在悲伤中坠入爱的深处,她不再反省、判断、患得患失,自身的忧虑退远了,眼前只有人体在空中下坠的画面,那比飞机撞毁大厦的瞬间还要刺激,她偏执症一般无法替自己拿去这个画面,直到尖声叫喊,她在他的身体下面尖声叫喊。

也许这正是她一生中最绝望最短暂的爱,可是,谁能想到,它已深深烙在她的生命中。

然而,无论那个夜晚有多么惊心动魄,白天的生活还要继续。窗外的停车坪已有车子进来,闹哄哄的面包车里下来一群印度人,他从窗口看到他们,便激动地站起身,对他们招手,他对她说了一声"对不起,我的金马仑亲戚",便离开餐桌迎向他们。

客栈因为这批印度人的到来而人气十足,老板娘也像看到熟人似的站在客栈门口与他们寒暄,昨晚老板娘在哪里呢?显然,这里是纳丹亲戚常来常往的真正的客栈。楚红独自坐在餐厅窗前,渐渐的,眼前的物体模糊起来,她的头伏在餐厅的桌上又打起了盹。黄色的士到了,印度司机喊着她的名字"红……红……",她抬起头,看见老板娘和司机站在面前,她才想起她昨天的预约。

那时候他和亲戚们坐在外面的大客厅,她推着行李站在客厅门口,她不得不当着他的金马仑亲戚的面与他告别。他吃惊地起身出来,你要去哪里?我今天就回新加坡,然后回上海我自己的家,她在这一刻突然改变主意,不去怡保不去槟城不去泰国，她要回上海，回家。此时此刻，外面的世界浓烟滚滚，回家是本能的选择。他凝视着她点点头，我能理解，我……我明天也要回美国。我……我……他有些结巴，他想说什么，可身后一大群亲戚在看着他们俩，他在身上摸笔，说，你要给我打电话。

他们道别时仍处在某种麻木状态，或者说还未从受惊中醒来。他们要在后来的日子通过记忆去感受当时的情景，然而事过境迁，那些感觉当时已经十分飘忽，之后就更似真似幻了。

三

他们，一百五十名男性舞者，赤裸着上身，下身是用红色腰带系住的绿色细格纹纱笼，头上戴着红色鸡蛋花。庙门上方的庞大菩提树，在庭园投下了幽深的暗影。舞者围着一把巨大的树枝状的火炬，像蛇一样盘绕起来，然后分成两半，一半是侧面的阴影，另一半是灯火所捕捉的棕色肌肤和雕像般的脸。突然，鼓声响起来，舞者踏着节奏分明的舞步，年老的长者领唱，紧跟着多声部的大合唱，迷人的不可思议的十四声部。

鼓声渐渐沉寂，他们也渐渐安静，围成圆圈的身体慢慢下跪，渐次往后仰，波浪一样此起彼伏，以圆的次序扬起来平下去，直至完全平静，当百多具身体平伏在地。

一片静寂中，躺在童车里的婴儿醒了，楚红正从童车旁站起身举起相机，闪光灯吓着婴儿，哭声在静寂的舞场响起来，振聋发聩。楚红拿开镜头，以某种疏离看着身边的婴儿，再一次暗自吃惊，这个婴儿是属于她的。她松开手，相机悬挂在颈前摇晃，她用脱出的双手将哭泣的婴儿从童车里抱出来，闻到母亲身上熟悉的奶味，婴儿的嘴便张开来，头在她的胸前拱来拱去找奶喝，她抱着婴儿转过身，熟练地解开衣衫，在喀差舞现场观众席的最后一排给婴儿喂奶。

纳丹说，只要来巴厘岛，他一定会来看一场喀差舞。没有一种舞蹈比喀差舞更摄人心魄，一百五十名舞者，那些从山上梯田直接下来的农夫，以整齐划一的声音，模仿甘美朗的乐声，舞蹈中不同动作和吟唱所呈现的场面令人叹为观止。而舞者古铜色皮肤，肌肉并不凹凸但体力强健，重要的不是劳动者的身体构成的舞蹈，重要的是在这个后工业时代舞蹈仍然是这群劳动者的生活方式。

楚红仍然背着一年前的双肩包，现在她多了一个重要旅伴，她的三个月的婴儿，一个安静嗜睡的女婴。她们跟着旅行团在巴厘岛的海边小城库塔住了四天，然后她独自带着婴儿去巴厘的乌布，这个以舞蹈和艺术扬名的中部小镇。她将在这里停留几天，这里的夜晚有不同的露天舞场。

早先，纳丹十岁的时候曾和父母来巴厘岛度过难忘的暑假，他的做神学研究的父亲钟爱巴厘艺术。纳丹是带着巴厘的舞蹈记忆成长的，十八岁，他独自来到巴厘，住在班家（村落），接受当地舞者授舞，他在乌布一待半年。

人在岛上会丧失现实感，慢了好几拍的节奏，在泛神的世界里,在频繁的祭祀中与世俗游离,在花和香油的熏香中听着甘美朗——那些在竹和青铜和铁上击打出的音乐,更不用说令人眩晕的锦织华服的舞蹈。到处是舞蹈元素,墙上的绘画,椰子林的婆娑,女子行街时的身段摇摆都成了舞姿,纳丹回纽约成了舞者。

直到二十三岁纳丹才决心重回学校读完学分,用五年时间圆自己的梦,纳丹觉得没有辜负自己的青春。然后,读一门能赚钱的金融专业,住在曼哈顿的纳丹是可以一步就跨回现实。纽约,或者说所有大都市都是给外来人梦想,让本地人现实的地方,他在世贸打暑期工也能赚到十七美金一小时,毕业后他在华尔街的证券公司找了一份工,那一年他二十七岁,也是他与楚红邂逅的2001年,做正式的上班族前再回一次东南亚,回一趟巴厘。如果说金马仑是他父母的故乡,那么巴厘是他的,他这么说,到华尔街就要脱下纱笼穿上西装了,不过这已经不算什么。他喝了一口茶,看着窗外的姹紫嫣红,我的同学在世贸上班,也许已和这栋大厦一起消失,不要说梦想,连身体,物质的本体都消失了。他的脸是呆滞的,疲惫的,悲伤也需要体能,他的体能已在不眠之夜消耗。是的,那个电光火石,几千条生命和巨楼瞬间灰飞烟灭的人间炼狱已随着黑夜的逝去而变得遥远,当早晨他利用早餐时间匆匆忙忙讲着她应该知道,但他却来不及说的许许多多事情的时候,他们俩都处于某种梦游一般的平静和飘忽中,她专注地看着他又仿佛是在看着远处。

婴儿躺在蓝色童车里，蠕动着小嘴做着吮吸状，她转过头凝视着婴儿，它就像这个岛一样也是超现实的，楚红常常不敢相信她有了自己的孩子。她竟在那个夜晚，在2001年9月11日的夜晚怀孕，然后从未婚女子变成单亲母亲。所有的虚无都被这一个小小的婴儿化解了，这样的感触却是无比真实。

两三天里乌布镇上的人都认识了这个孤身带着孩子穿一身白色气质娴雅的年轻母亲，他们对她亲切温和，也许岛上的人就是这般亲切温和？他们以为她是日本女子，孩子的父亲或许在岛上？巴厘岛是日本女孩寻欢作乐的伊甸园，已是世界性的公开秘密，她们在东京节俭度日，却到巴厘挥霍，巴厘海边英俊的beach boy（沙滩牛郎）耗去了她们积蓄了好几年的钱，他们也给了她们一生最超级的浪漫，据说。

赛姆告诉她，去巴厘岛一定要去乌布住几天，走一些舞场、博物馆和画廊，重要的不在于那些舞和那些画，重要的是乌布浓厚的艺术气氛，街头随处可见的石雕和木雕，当地人身上的手织纱笼和蜡染布，商店和小街别具匠心的格局。街后梯田如画，梯形山中古老的圣殿和庙宇，通向寺庙的阶梯前铺着鲜花，旅馆里的做服务的小伙子夜晚在舞场演奏甘美朗，山姑穿着卡巴雅蕾丝通花上衣和斑斓的纱笼，鬟髻上别着鸡蛋花。赛姆一年前从巴厘回来时仍然显得兴奋，虽然他这是第三次去巴厘，距离他二十岁时的巴厘当然会更令人失望一些，可是和外面的世界相比，巴厘仍然保留某种不变的元素。

楚红走进乌布镇上那家有着日本料理风格的小店，她盘腿坐在靠门口的榻榻米上,她曾经剪短的头发又留长及肩,穿着当地商店买来的白色全棉绉布宽松裤和白色的手绣花镂空布衫。婴儿就睡在她的脚边,她像打坐一般的坐姿和内在的安宁,令她的周身,或者说,她所处的空间有一股宁静的气氛,走过小店的旅人,会被这股宁静吸引,他们停下来,向她微笑,然后走进店堂像她一样盘腿坐到榻榻米上。

她跟旅人们一起吃是最简单的巴厘食物 Gado Gado,那是一种印尼沙拉——用多种新鲜蔬菜加入香辣花生调料凉拌,配合糯米糕和切片状的熟蛋。午后的小店安静得甚至没有音乐,风扇懒洋洋地摇着热风,旅人们昏昏欲睡,街上巴厘女子裹着艳丽纱笼,头上顶着祭品,在热得似在烧灼的阳光里行走袅娜。祭品是新鲜芭蕉叶或椰子树叶做成的小小方篮,里面放着鲜花瓣、水果、米饭和一炷香,在炎热中像清凉的溪水一样到处流淌着它们的馨香。一天五次,巴厘女人用这些给人食欲和美感的祭品祭拜,夜晚,鲜花和香烛的馨香将更加浓烈,她将像被催眠一样四肢松软,思绪如蒸汽袅袅蒸发。

所谓不变的元素就是宗教了。在她和旅人们一起昏昏欲睡的这一刻,她愿意相信巴厘人的宗教,死亡亦非别离,只是灵魂飘向极乐世界安息处的一趟旅程,在那儿,生活一如巴厘,却免除所有的困扰和疾病。重要的是,不再感到孤独无助。

她推着童车漫步在乌布高低起伏的小街。经常会有旅人停下来逗弄这个小小的玩具娃娃般的婴儿,她的大大的漆黑的双眸，微卷的黑发，奶油中加了一点点巧克力的肤色，一个完美的艺术娃娃。他们看到婴儿的同时，总是不由自主看一眼母亲，再看一眼她身边，也许婴儿更像父亲，可是父亲不在。谁也不问关于孩子的父亲，就像她在公司，从怀孕到生育，没有人问过任何冒犯她的问题，这正是她迟迟下不了决心回中国的原因。

每到黄昏，她的情绪就会低落，那跟景物的色调有关，那时候太阳的余晖转瞬即逝，西面的天空将从金黄、猩红转为灰色，夕阳一旦消失，暮色就已铺天盖地笼罩。即使有婴儿在身边，她仍然感受着瞬间的强烈的失落。这是在乌布的最后一个黄昏，她推着童车朝当地的博物馆走去，经过一家画廊时，她被一个看上去像印第安人的画家喊住，他告诉她，她所去的方向离镇中心越来越远，而天快黑了。他的关心令她感动，她站在人行道上与他聊起天，这里的居民喜欢和旅客聊天。

画家已上了年纪，却留着长至腰间的长发，灰色的长发配着他的古铜色的肤色，和、细格纹路色泽朴素的纱笼，她想起赛姆的父亲，对着陌生的画家发笑。他也笑，问她，你一定以为我是印第安人？见她点头，他便有几分得意，可我是印度人，好像我的祖父有华族血统，但到了我这一代，已经很微弱了，他当街拿去他的小圆镜框的老花眼镜，给她看他的深凹的眼睛和高鼻梁，她在想赛姆的父亲也一定是孩子气的，那些老帅哥都是孩子气的。她对他笑得温柔，她能清晰地看见赛姆谈论父亲时的神情，他那一刻的生动和机智，他的眼睛闪闪发亮，闪烁着揶揄和惊叹，翘起的嘴角忍俊不禁却又含了一抹讥讽和伤感,他的口吻就像谈论他曾经景仰的某个历史人物,无论是才华还是弱点对于他都已经无关紧要,重要的是那个人所展示的富于理想的人生在他的时代已无从追寻。

画家向她打开已挂上"关门"牌子的他自己的画廊,并高兴地告诉她博物馆已闭馆,随即走下阶梯,帮她一起把童车搬进画廊。这时婴儿醒了,她那双和纳丹一模一样漆黑的眸子被墙上浓烈的色彩吸引,她伸出手似乎要去抓获那些颜色。画家被婴儿逗得哈哈大笑,她也笑,是被他的笑声感染。

他的画廊很大,他还代理岛上年轻画家的画。他为她打开画廊所有的灯,一间又一间,墙上挂满浓烈的色彩,女子柔软飘逸的线条,一草一叶都浸润神灵气息的自然背景,和中国云南高丽纸画有些相似,就画里所表达的单纯的欢乐和神秘气氛。她想起她的青涩芳香的理想,她十岁之前那些画父亲仍为她收藏着,她相信父亲一定高估了她的天赋,二十岁的失恋也使她离开了美校圈子,她发现她更喜欢文字,或者说,比较画布上的颜色,文字更能给她色彩的想象力。

画家又去搬来一大沓画册,他年轻时的作品只能通过画册看到,那些画上有许多妩媚的热带裸体女子,他告诉她,他曾经有一个巨大的花园,热带女子们裸着身体在他的花园走来走去。哇!哇!她惊叹着。你是巴厘的罗丹吗?她揶揄道。他却叹着气,如今岛上的女子已穿起衣服,因为岛上都是旅游者。喔,纳丹也有过类似的叹息,他们手拉手一起站在金马仑高原斜坡上的情景,突然历历在目。

事实上，这一年来她经常是用一种旁观者的冷静去回头看他和她的关系。也许那个夜晚过于强烈，和相爱的一刻相比，挥之不去的是他们做爱时的背景，世贸大楼坍塌前，滚滚浓烟，站在窗口毫无退路无法忍受烈火炙烤的人们，从几百米高度恐惧绝望地看着窗外的世界，咫尺之遥鸟儿便可自由飞翔，可是他们飞不起来，他们只能做如此残酷的选择，后面是熊熊大火，前面是深渊，是在被烧成灰烬或坠落后粉身碎骨之间的选择，这样的恐惧和绝望，只要想想就令她胸口发闷。

她很抗拒关于那个夜晚的回忆，是不想回忆与之紧密相连的背景。然而，即便不回忆，也已经刻骨铭心，正是那些戛然而止的关系，充满命运的不可抗拒的张力。从金马仑回来，她便回上海的家，去年一年她一直为部门同事顶班加班，清假时才发现有二十多天假。本来打算从金马仑去怡保槟城再去泰国，而后从泰国去上海，但那个早晨与纳丹告别的一刻她突然改变行程计划。她在上海的最后一星期，证实自己怀孕了。她的例假没来，之前她就担心着，但也无能为力。等化验报告出来是阳性，反应也跟着来了，她开始呕吐。她并不惊慌，她已做了决定，虽然没有人可以商量，她决定了，她要留下孩子。

一旦做了决定，心情稳定而踏实，或者说，她从来就没有过如此目标清晰的人生。十年前，她也怀孕过，那时候她还和男友相爱着，却被这件事弄得崩溃，他们抱怨争吵互相指责，他们一定同时想象过孩子留下来会是怎样的局面，或者说不敢想象，那样的生活通过想象就已经失败了。

她不明白自己的人生为何这般不可理喻？相爱的日子不肯留下所谓爱的结晶，以后，却让某一个也许再也无缘相遇的人在自己的生活处处留下印痕。楚红这才发现，人并不会因为经历的丰富、知识的累积而成熟，而是，更加困惑。就像这世界，不会因为文明和高科技的发展而美好，似乎，更丑恶了。

此时此刻，楚红已离开画廊，她像巴厘女人一样坐在通向寺庙的石阶上给婴儿喂奶，雪白的兰花沿着阶梯撒落，也许是朝圣者撒落的。她看到的是，花瓣缤纷在她的四周，馨香令她有轻微的眩晕，在这个陌生的岛屿，她有强烈的归家的感觉，她觉得人生有了退路。

赛姆送给楚红从巴厘带来的用竹筒制作的风铃，风吹来时发出溪水流动跳跃时才有的轻盈欢乐又柔和的声音，后来，她的婴儿出生，婴儿哭闹时听到风铃响，会安静下来。巴厘的气息已从婴儿听到风铃时的安静中传递出来，那也是纳丹的乌托邦，他的向往正通过遗传充满在楚红的生活里。

楚红给赛姆的礼物是从金马仑花圃带来的两罐当地产的新鲜蜂蜜，不过这要等她从上海回来，假期结束去上班才有机会给他，她怎能料到到那时她自己的生活将发生突破性的改变？楚红到公司上班时脸色苍白，那是最初的反应期，但谁也不会注意，除了赛姆，他笑问她，是不是在上海夜夜笙歌？她笑笑摇头，她一时还不知道如何与赛姆相处。他们快两个月未见面。

她把已存放了一段时间的蜂蜜，和，从上海带来的书及盗版 DVD 片放在赛姆桌上,是喝咖啡的时间,赛姆一边为他们俩冲咖啡,一边告诉她,西马来亚的东海岸有个"停泊岛",是那些资深背包客秘密停留的地方,那里的海滩盛行裸体,是个名副其实的天体海滩。每年的圣诞夜,海滩有盛大的派对,赛姆递上咖啡问道,今年圣诞,我们一起去那里,如何?

我们?她看着他。他去拿过月历翻到十二月,一个星期足够了,我们可以坐二十三日晚上的飞机,这天你就不用请假,圣诞加上元旦两天国定假再加上周末,你只要请三天假就够了,你要是决定了,我就去订票,还要预订旅馆房间,现在已经十月,只怕到时机位和房间都满。他放回月历询问地看着她。

她当即愣在那里说不出话来,这是个足以令她 shock(休克)的邀请,面对面三年,他从未向她发出一起出游的邀请,现在,他竟邀她同去天体海滩?楚红在想,十二月底,也就是岛上回来,他就离开公司了,这是否是一个富有未来意义的举动呢?可她不复是两个月前那个来去自由的女生了。她一时说不出话来,只怕一说出来就会哭。谁说不是,命运就是错过而不是相遇?她欲哭无泪。

部门老板过来把赛姆叫去开会,才算给楚红解了围,她没有等到赛姆回来就提早下班,她去参加一个可以不必参加的美术展的开幕。夜晚十一点,她估计他已到家,她给他电话,她在电话里说,我想,我可能去不了,因为……她打了一个格愣,但仍然试图冷静地说道,我怀孕了,我恐怕停泊岛海滩暂时不适合我……

他那里就没有了声音,此时她心里才对他充满歉意。从遇到纳丹那一刻起,赛姆的身影便从心里退远了,三年的精神仰慕,与短暂到几个小时的身体爱之比,也仍是脆弱的,原来,本能的力量是要强大得多,富于活力得多,因为直到这一刻她也没有后悔过与纳丹的一夜情。

哦,楚红,我很吃惊,我以为我听错了呢!赛姆并不掩饰他受到的震撼,他的坦率使楚红再一次对他升起好感。她答他,是,我自己也很吃惊,只能说是一次意外。

你……打算结婚?还是,已经结婚了?

她很感激他问得直接,她也可以答得直接了。我不结婚,和他已经分手,好像,没有可能再和他见面,不再见面更好,我们的关系很短暂,太短暂了!她并非叹息,而是在述说一个现实。

在上海的日子忙乱而紧迫,家里人来人往不断,她没有机会给纳丹打电话,虽然她一直想着要给他电话。她直到回新加坡才有足够的空间给纳丹电话,可这时她已知道自己怀孕,心情当然今非昔比。好几次,她拨了纳丹的电话又挂断,她既不能向纳丹撒谎,装作什么事都未发生,也无法把怀孕实情告诉纳丹,她不知道纳丹会有什么反应,因为她对他毫无了解,同时,她对他们的关系也不愿做任何展望。

纳丹的电话号码被她收藏起来,也许几年后她会告诉他。但那时,纳丹已搬家并更换了手机,她已丧失联络他的途径。不过到那时,她已心如止水,并再一次相信,这是命运的安排。

你一定要去莲花餐厅坐一坐,旧日宫墙里满池荷花带给莲花餐厅独特的梦幻气氛。中午太热,你可以在近黄昏的时候去那里,要一杯鲜榨果汁,假如你不想吃饭。如果还有体力,可以从餐厅旁的刻满字画的水泥石板路走到尽头,外面是树林,树林外是山坡,站在山坡远眺,三面是梯田,真是观赏梯田的好地方。

赛姆从南美某个角落的网吧给她发来 e-mail,在她出发之前的两个月里,他间或会给她发去关于巴厘的信息,在他知道她打算去巴厘度假。和赛姆只能断断续续保持联络,因为赛姆不喜欢带着电脑和手机旅行,他说,先要关闭与旧世界的联系,你才能感受新世界。在他下决心跨入新世界的一刻,他是决绝的。

他即将离开公司的最后两个月,他们几乎没有机会面对面,或者说,一些社会性的事件,令他们从呈现僵局的个人关系中解脱。

先是逢上四年一度的大选,他们被派往不同的选区采访,这个本来处于冷温状的社会,这时便趋于沸腾,楚红总算感受到一个表面淡漠的群体被压抑着的生气,自己的情绪也陡然高昂。她和赛姆约好下班后去反对党选区听演讲,却因各人的工作安排落空。有个夜晚她坐出租车只赶上半场演讲,受现场气氛影响难抑激动,回家途中忍不住给赛姆打电话,她告诉赛姆,这是我来新加坡最振奋的日子。赛姆回应幽默,他说,只有九天振奋,因为四年大选只有九天时间给反对党说话。选票开箱那天,赛姆正在去机场的路上,他被公司派往法国参加服装节,他给楚红打电话说,他已投了反对党一票,从有投票权开始他就投反对党,只为了发出不同的声音。他又说,故意选在开票箱前离去,因为结果一定令他失望。对于赛姆所为,楚红并不意外,她知道他的内心有大大小小不同的原则,赛姆是不含混的,或者说,这多少也说明了他的精神洁癖。

那天赛姆显得愤慨激烈,他滔滔不绝,用手机讲了一个多小时,后来手机没电,赛姆便在候机大厅打投币电话。那个断了几次的长电话也让楚红的情绪抑扬起伏,同时,她对他们共同沉浸在某种与欲念无关的激情中而感到惊异。假如选举持续九十天而不是九天,她和赛姆的关系会走出一个新局面也说不定,楚红只能自问,是因为他们的人生过于苍白而需要诸如政治激情之类的活力?

后来,赛姆结束公差的同时,楚红被派往上海采访APEC会议,楚红几乎每晚都要和赛姆通电话,关于她对自己城市巨大变化的惊叹,赛姆不由发问,为何不搬回上海?为何要留在一个你其实并不喜欢的城市工作?为何?她一惊,是为了你才留下来的,这句话差点儿脱口而出。她随后意识到,这个理由立刻将不存在了,塞姆离去在即,她的手下意识地抚在怀着胎儿的腹部,今后的生活将与赛姆的轨道越来越远。直到这一刻,楚红才潸然泪下,可是赛姆看不见,他对着沉寂的电话在那头自问自答,我理解你的两难,如果搬回去,可能已经没有你的space(空间)。

对了，正是空间的问题，她自问需要的空间很小，可到底地球的哪个纬度才最适合她呢？他们最终没有告别，他又一次提早离去，那时她还在上海，他在去机场的路上给她电话，她在睡觉，把电话关了。后来她给他电话，发现他的手机是关着的。直到发现他连续关机一个星期，她才意识到他已经上路，他已斩断与旧日世界的一切联系，全身心投入新的人生，至少，不同的空间会给予这种可能。楚红不再难过，他和她原本有许多相似之处，他在人生某个片刻的举动，也正是她没有实现的行为。

然而，楚红在接近生产的那两个月，赛姆突然从南美打来电话，他似乎在为她担心。但是楚红有条不紊地安排着自己的生活，她从租赁的洋房搬出来，用公积金按揭买了一套价格低廉的政府三房组屋，请了一个印尼女佣。她原来不买房是想着要离去，去美国读学位，或者回中国，现在有了孩子，"离去"这件事就有些渺茫了。首先不要再想回国的事，对于自己人生中的又一次出轨，她最最想回避的是自己的父母，出国在外的幸与不幸是，她可以有空间掩埋伤心的碎片。而读学位更成了一件遥远的心愿，她对职业有着迫切需求，因为有一份固定的优厚的薪水，这份薪水可以给她这个单身母亲和孩子尊严与安全。

餐厅四周是古代皇室雕工繁复精致的金黄色宫墙的包围，赤道阳光好像要把金色的宫墙燃烧，而一池密不透风的粉色荷花肥硕得好像有了肉欲,如此奢靡之气氛只有莲花餐厅才能感受。她随手在纸上写着可能会用在专栏里的句子,她按照赛姆的建议,黄昏之前已坐到莲花餐厅,晚餐还早,所以她要了一杯西瓜汁,婴儿在遮上纱巾的小天地里半睡半醒,只要到室外,小小人儿便昏昏欲睡。她则有从容的心境沉溺和冥想。

餐厅后的梯田就免了,如果赛姆在面前她一定要嘲笑他,他和他的同胞一样,将梯田当作宝贝景观,可她来自农业大国,因为在城市长大,对贫困农村有一份原罪感,从来不习惯将农作物当作风景观赏,那些梯田只给她带来艰辛劳作的联想。她把关于梯田的想法也随手记下,也许是另一篇专栏的材料。

赛姆走后,她进入孕期第四个月,妊娠反应已过去。他的专栏她接下了,她不知道,是他建议老板让她接下。她的专栏完全不同于赛姆闲庭信步的从容和一份出世的通透淡泊。她是入世的、充满忧患的,她正在孕育新生命,可眼前的世界在剧烈倒退,周边国家的民族仇杀、宗教偏见引发的暴力,等等等等。同事们说她的文章一看就知道是出于中国人手笔,过于沉重,过于愤世嫉俗,在一派风花雪月的副刊版面上显得过于突兀。部门老板却对她刮目相看,这位早年的华校生,仍有几分当年左翼知识分子的激情,他甚至考虑过训练她去写时事政治评论。总之,她没有辜负赛姆的好意,她的专栏正渐渐成为当日副刊的焦点。

人们对她新专栏的争议和关注超过了对她怀孕的注意,或者说,职业给予她新的境界和心理保护。眼下,这个在地图上只是一粒小红圆点的迷你型国度正处于种族冲突的包围之中，共同的危机和忧患愈益凸现，每日的国际风云占了报纸的头几版，在这样的工作环境里，关于私生活的话题便显得琐碎和微小。事实是，赛姆离去留下的感伤甚至令她疏忽了人们的反应，或者说，即便有什么反应也伤害不到她了，她沉浸在自己的思绪里，已到了对周遭人事视而不见的地步。

这晚，楚红从画廊出来便直接回旅馆，旅馆助理兼旅馆司机阿踏和她谈次日的旅程，她想包车去乌布附近一座叫"邦利"的有着神秘色彩的村庄，那里原为古代王国的首都，有一座台阶式的山间寺庙，是巴厘岛最有名的梯形山中圣殿。赛姆说，也许小村的气氛更令人难忘，村里有整齐洁净宽阔而肃穆的台阶通向山中的庙宇，阶梯旁的矮墙随着山势和阶梯一起朝上延伸，具有装饰美感。墙内民居更是庭院深深，茅草盖的屋顶均衡地伸展开来，掩映在高大的古树里，阶梯两旁种满鲜花，你进入村庄的一刹那，竟有一种想要永远留下的感觉。

赛姆在遥远的南美做着楚红在巴厘的地陪（导游），或者说，他是以非常赛姆的方式与她共享这一个让世人羡慕的天堂岛。他们可以通过 e-mail 继续交谈与世俗生活无关的话题，那也是她和赛姆之间无法穿透的一尘不染的玻璃荧屏。

经过一番温和而固执的讨价还价，楚红和阿踏谈妥了包车价格，年轻的小伙子笑着和楚红握手，祝贺她压价成功，这时他已超脱双方的买卖关系，而真心佩服作为买卖对手的楚红在生意上的不含糊。这就是巴厘人的有趣之处，讨价还价是巴厘的风气,似乎买卖不经过这个过程就变得索然无味,而不管生意是否成功,巴厘人都不会失去他的笑脸。所以楚红自从住进这个旅馆就一直为各种支出与阿踏讨价还价,却因此,他成了楚红在巴厘的朋友。

阿踏从车库开车出来,见楚红坐在旅馆露天餐桌用晚餐,有几分意外的快乐,他邀楚红一起去他的"西卡"(一种男性音乐社团)的巴勒贡(亭子),聆听甘美朗音乐的练习,他告诉她,这是为接下来的宗教祭祀所要演出的乐曲做排练。是的,阿踏是乐师,楚红竟没有时间去听他的音乐演奏,这晚,她要去旧皇宫看雷贡舞,而明天一早她就要离开乌布了。

阿踏很英俊,他有棕色皮肤和漆黑的眼睛,他的灿烂的笑容让她联想起日本女孩的痴情,她们坐在街口(而不是酒吧)和这些彼此相似的小伙子聊天。现在阿踏的明亮的黑眼睛因为遗憾而有些黯淡,楚红当即决定作废用二十美金买来的雷贡舞场的票子,跟着阿踏去聆听甘美朗乐器的练习,阿踏笑了,洁白的牙齿就像牙膏广告,楚红的心情没来由地伤感,她又想起了纳丹吗?可是,纳丹在干什么呢?

纳丹从新加坡机场登上去巴厘的班机,他在新加坡逗留了三天,是盲目的三天。也许会在新加坡的乌节路重逢楚红,这是纳丹的一厢情愿,他一无所获地离开楚红居住的城市,如果不去巴厘,这一趟东南亚之行将使他无比沮丧。

纳丹到达巴厘机场这天,也是楚红离开巴厘的日子,她从邦利村直接去了库塔机场,到达候机厅时是下午四点半,正是新航抵达巴厘的时间。她将搭乘下午六点半的飞机回新加坡，时间很充裕，她坐在候机室外的餐棚里吃着印尼沙拉 Gado Gado，服务生送上一杯她要求加奶的印尼咖啡，她看看表，她知道有足够的时间喝咖啡，这使她心情很好。

突然，婴儿哭了，她一惊，转过头，她好像刚刚想起她还带着个婴儿。她自顾自笑了，她抱起婴儿，手能感触婴儿发热的尿布，她用一只手从行李包里拉出一块纸尿布，服务生过来问她是否需要帮助，她说她要带着婴儿去一趟洗手间。

背着行李囊的纳丹过来餐棚买了一杯咖啡，他端着咖啡，唯一的一张塑料桌放着喝到一半的咖啡，旁边是童车和行李箱，他看看四周，踯躅片刻，又离去了。

他已经走出很远，听见背后隐隐传来婴儿的哭声，纳丹在想，带婴儿旅行可真不容易。

"印尼著名旅游胜地巴厘岛发生连续性爆炸事件，至少216人死亡，300多人受伤，绝大部分是澳洲及欧美旅客。爆炸事件发生在10月12日午夜……"这是一个月以后的CNN新闻画面：刚刚经历了爆炸的巴厘岛，烈火和黑暗交织，营救人员从正在冒烟的废墟里拖出一具具尸体。

在新加坡大巴窑组屋：楚红推着童车从电梯里出来，手里大包小包拿着从超市买来的食品，她走过组屋长长的走廊，邻居的电视声音传来。突然，楚红凝神片刻，她紧走几步，急促打开房门径直去开电视，第八波道的晚间新闻刚刚结束，她转到 CNN 频道：

"警方说这是印尼历史上最严重的恐怖事件。巴厘岛的致命性炸弹是安置在一辆汽车里，停放在游客云集的库塔海岸一家迪斯科舞厅大门外，强烈的爆炸造成大火，许多人被烧死，难以辨认身份，另有不少人埋在爆炸的废墟里……"

此时此刻，曼哈顿下城公寓的纳丹正在收看同一个频道，在阿根廷，赛姆刚刚起床，他正打开电视机，CNN 新闻还在继续：

"巴厘岛爆炸事件刚好跟去年 9 月 11 日相距一年一个月又一天，这个曾被称为人间天堂岛的安乐乡，顷刻之间变成恐怖世界……"

（初刊于《收获》二〇〇三年第一期）

寂寞空旷

她又开始忙着搬家具，忙着搬去客厅里的家具，忙着把客厅搬空，光是这样的想象，便已令她振奋不已。她可以独自一人搬家具，自从回到单身生活，她已学会应付所有的事情，包括应付所有的账单，和银行打交道。是的，城市越发达，生活所需的技能就更多，比方说，自从来到新加坡，所有的账单都是通过银行支付，薪金从银行领取，还有信用卡，居然银行这样的机构也曾让蓝妮头疼不已。"蓝妮，现在你得自己去银行了。"离婚时，丈夫就是这么关照她的，他微笑着，或者说试图在微笑，但已成苦笑，他义无反顾奔向他的新生活，告别时却牵肠挂肚，她不明白他的苦心，或者说从她的视角看过去，他的笑更像冷笑，"现在你得自己去银行了"听起来更像在挖苦她：蓝妮，自从来到新加坡，你连银行都没有进去过，你就是这样寄生在我的身上过来的！蓝妮不作声，无所谓了，她的人生构架已经倾斜，支点移动了，每根支架歪歪扭扭，她惧怕过，绝望过，之后便是空虚和麻木，怎么样都无所谓了，就是这个状态。那时，桌上还摊着几厚本塑料夹层簿，夹层厚厚的，是家中大大小小电器包括家具的说明书和发票，它们在暗示所有的物件都有自己的损耗期，你得为维修做准备，或者说，你得为自己有过的便利付出更多的麻烦。当丈夫把这些琐琐碎碎的家务交代给她时，她心不在焉，她正在喂女儿吃饭，那时候她的女儿只有五岁，是个半聋的女孩子，她想到自己从此不能睡懒觉，她得自己送女儿去幼儿园。直到那时她还不明白她要应付的麻烦远远不止这一切。

远远不止。

但无论如何，她都过了，越过所有的麻烦，直到可以轻松自如搬家具，把她可以占有的空间重新塑造。比如现在，她正把客厅搬空，客厅的一面墙是一排大镜子，当家具搬空后，这个空间便从现实中超脱出来了，它成了想象的世界，或者说仅仅是个练功房，她对着镜子踮起脚尖，手臂伸展，大腿高高抬起，她的身体就像孔雀开屏，五彩斑斓地展开来，她的想象空间也跟着展开，她的神情充满被诱惑的兴奋，肢体轻盈而性感，她已接近她梦想的世界，或者说，她找到了逃离现实的方式。

是的，年轻时她是芭蕾演员，人生的主要场景是在练功房，好时光浸泡在汗水中，她笑称自己的青春咸得发苦，并不是所有的青春都值得珍惜。一身伤痛，永远实现不了的愿望，如果可以重新来过，她大概不会有勇气把自己的青春再过一遍。不过，比起后来遇到的打击，年轻时的艰辛仍然只属于肉体的伤痛，况且它们是被某种精神光环笼罩着，这就是说，肉体是没有记忆的，当她不厌其烦搬动家具时，似乎更像是在寻找那一圈曾经笼罩着肉体伤痛的光环。

事实上，客厅家具并不多，长餐桌和六把椅子，一对单人沙发和一只茶几，电视机和电视柜包括置放一起的录像机。家具是轻便型的，木头原料又轻又薄，可以自助拆卸安装，是从著名的 IKEA 购买，它的风格就是轻快便捷，国内把 IKEA 称为宜家，宜家吗？好像更宜单身家庭，或者，不太长久的简易家庭，随时搭建或拆卸的家，重要的是它的关于家的理念具有某种颠覆性，谁说家一定是坚固不变的？任何"不变"都会陈腐，简易轻捷让你看到了更多的可能性。

蓝妮正是在 IKEA 获得启示，她当然一向更钟情老实木家具的坚实沉重，那种可以遗传几代的可靠，它所携带来的久远温馨的家的气氛。然而当家庭破碎之后，所有关于坚实可靠的物件都成了充满嘲讽的负担，蓝妮不要了，他们共享过的印度红木家具她都给了丈夫，蓝妮在宜家商场看到了单身生活的可能性，那些家具可以装在纸盒里，让出租车运回家。蓝妮在商场待了大半天，午餐是站在宜家的快餐厅用热狗打发的，一些巨大的改变也在朝夕间完成了，她的卧室、女儿的卧室、她们的客厅，她离婚后的家所需要的家具都在宜家订购，那时候蓝妮似乎就预见有一天她将搬动家具，将一个平庸的空间更换。

女儿还未离开她时，她经常搬空自己的卧室，她把卧室的衣柜、床头柜以及音响移到客厅，把床架拆了，只留下席梦思，它被高高竖起立在墙边,她在拆空后的卧室的一面墙上也安了镜子,当第一次把卧室搬空时,她只是凭着本能行事,她无法克制某种渴望,渴望站在那样一个空间,没有任何现实物件的阻隔,把郁积在肢体和胃部的热能以某种连贯的节奏抒发出来,她需要给自己建立一个强劲舒展的节奏,那是她与杰明刚刚相遇的日子。

那一年女儿西西里十三岁,已是个亭亭玉立的小少女,修长的腿和胳膊,微微鼓起的胸和臀。生日这天蓝妮帮女儿染头发,涂甲油,尽量满足女孩子所有的渴望,是在穿校服的平常日子得不到的愿望,头发染成棕色,指甲涂得血红,让牛仔裤勾勒出少女的线条,蓝妮从女儿平淡无奇的心愿重新感受生活的热烈和让人心旌摇荡的悬念。她帮女儿拉上绷得紧紧的低腰牛仔裤的拉链,帮她穿上紧身吊带背心,那也是西西里第一次穿上少女装,她的美丽的肚脐坦然自信地暴露出来,那上面毫无残障的阴影。那一天,蓝妮还庆幸她的女孩也同样收到男孩子的贺卡,庆幸她孜孜不倦追求美丽和阳光,同时想起自己已经四十三岁了,已经很久没有为自己过生日,但是她没有让自己沉浸在情绪的黑潮中。

她给女儿准备了生日派对的菜肴饮料蛋糕鲜花和蜡烛,并把选好的 CD 唱片放在唱片盘上,虽然这音乐让听力残疾的西西里听来遥远得似有若无,但她知道正是这些似有若无的美妙声音使女儿对生活充满了比常人更强烈的渴望。现在当那些刚刚进入 teenage 的小少年小少女们陆续到来的时候,她必须离家去上班,她在夜晚的成人芭蕾班兼职。成人跳芭蕾是为健身,与芭蕾的世界已没有多少关系,她更像一个健身教练,而不是什么授舞的芭蕾老师。如同白天她在为儿童开办的艺术学校做芭蕾老师,那些来学芭蕾的女孩子,没有一个会把芭蕾当作自己的终生事业,她们只是遵循父母的指引,来学一些与教养有关的技能,在这样的地方,蓝妮不太有机会把她对芭蕾的热情和梦想传递给她的学生,一份不需要梦想和热情的工作,然而蓝妮已经不为她的职业伤感。

为谋生工作,这是人生中最强大最铿锵有力的旋律,只有丈夫离去,蓝妮才能脚踏实地,为生存迈出粗犷的步子,没有可能立起足尖走出舞步的轻盈,这就是说,她通过离婚获得新生。回想过去,蓝妮不无嘲讽宽慰自己,是的,如果以积极的姿态,病痛可以转化为免疫力,在英语世界,他们经常用"positive(积极、肯定)"和"negative(消极、否定)"这两个词,他们说某某人很 positive,那是一种称赞和认同,在那个个人主义的世界,人们都想避开 negative 的人。所以蓝妮的脊背笔直,她是个芭蕾演员,即使仅仅跟着惯性走路,她都能走出优美的步姿,并笑出舞台上的微笑,虽然她内心沮丧消沉得想躺倒在任何一个可以躺下的地方。

事实上,离婚那一年她已经有一份白天的教职,但远不够支付她和女儿的生活费,她必须去不同的艺术学校兼职,通常这些艺术学校分布在不同的社区,她拿着地图换乘地铁巴士,这是个迷你型国度,但作为一个城市,其空间的空旷度蓝妮绝不敢小视。城市的纬度在赤道，终年炎夏，常温停留在34度，湿度75%，又潮又闷，像上海的黄梅天，又不完全像，黄梅天很少有太阳，可新加坡阳光灼人，蓝妮的一张脸终日赤红潮湿，所有的表情都令人讨厌地淹没于汗水。炎热使人活得本能而简单，蓝妮不再化妆，长发剪去，只穿短裤汗衫，她和巴士地铁或shopping mall里的中年女子一种装束，简单得有些简陋。新加坡到处是草坪绿树阳光，但也是个最没有诗意的城市，在一个炎热的同时是现代化的而法律很严厉的城市，要讲究效率还要节省能量，男人女人都收去天性。蓝妮在没有诗意和热情的城市晒得黝黑，换乘了无数辆巴士和列车，在那些艺术学校获得良好的声誉，工作稳定了，女儿长大了，蓝妮却有些郁郁寡欢，正是在与杰明相遇的那天，蓝妮的内心突然蕴满伤感。

这一天蓝妮遇上杰明，一个和她同年颇富魅力的男子，他们就像经典电影里的男人和女人，在相遇的第一瞬间互相爱上了，也许那只是一种假设。蓝妮一直在质疑这样一种关系，她不再相信任何电影镜头，八年的离婚生涯让她落到生活的基本层面，那也是最粗砾晦暗的层面，蓝妮曾经热衷的浪漫故事突然变得虚假苍白和低智商，蓝妮的说话语气和节奏已和新加坡职业女性一致，短促直接不带性别色彩，聪慧的，不性感的。

但是无论蓝妮怎么质疑，她仍然拒绝不了某种力量，你可以将之看成爱的力量，但"爱"更像是个陈腐的字眼，蓝妮宁可相信命运的力量，蓝妮承认自己的脆弱渺小，对于经过挣扎却挣脱不了的这样一种关系，蓝妮只能归咎于命运。

这一天没有任何预兆，蓝妮也不曾有过憧憬。这一天是西西里的十三岁生日，第一次穿上少女装的女孩，显得亭亭玉立，有了那么一点妙龄少女的迹象，蓝妮想到了自己的年龄，蓝妮看到了自己对自己的疏忽。这天蓝妮没有用汗衫短裤打发自己，她穿了一条黑色吊带长裙，配一块紫红披肩。在新加坡这差不多就是盛装了。为了这套装束，蓝妮预先去美发沙龙吹了头发，蒸了脸，穿了盛装就要化妆，蓝妮上粉底画眼线夹睫毛，她手势娴熟，毕竟那也曾是她的业务之一，那时候上舞台她们自己化妆。

当然盛装化妆的蓝妮变成了另外一个女人，让女儿震惊感动得红了眼圈，她认为妈妈是为她的生日打扮，这让蓝妮有些内疚，如果知道后面将有一场相遇，那么此时此刻她大概不会如此得心应手地描眉画唇。

事实上，蓝妮是为夜晚去音乐厅而盛装，这是新加坡一年一度的艺术节，每年这个季节也是蓝妮的节日，新加坡的艺术节通常会有几台世界级高水准的音乐和舞蹈，蓝妮觉得就像在沙漠跋涉了一年，这个季度是她解渴的日子，她总是预先做足功课，阅读相关的大量资料，然后订购票子，费尽心机调整看演出和上课的时间。

音乐会九点开始，是新加坡自己的交响乐团演出，蓝妮离婚后就很少去听本地乐团演奏，这当然是和前夫和他的妻子也在台上有关。但这已是前几年的情绪，八年过去了，蓝妮平静了，很少再为他们的存在而影响心绪。事实上，前夫杨志从去年开始就没有再拿到合同，乐团演出已没有他的身影。

这晚的演出曲目是马勒的《G大调第四交响曲》和他的最著名的由六首带管弦乐的歌曲组成的《大地之歌》，马勒动荡不安的音乐并不适应蓝妮，但无论如何他是维也纳交响乐大师行列最后一位，蓝妮渴望接近他。奇怪的是，她是在离婚后才开始成为音乐爱好者，如果说之前的舞蹈生涯也离不开音乐，但那时的她安静不下来，灵魂处在表面的喧嚣中，只对抒情温和的音乐产生反应。

可以心安理得的是，音乐会开始得很晚，既不耽误晚上的课，也给女儿的生日派对一个空间，蓝妮已经发现女儿在寻求自己的空间，她渴望独立却又懂事地将可能会让母亲伤心的渴望埋在心底。十三岁是一个台阶，她将进入反叛的青春期，蓝妮希望不要让自己的女儿失望，她精心打扮参加音乐会也是为了让女儿更轻松坦然面对自己的愿望，让她的生日更接近她渴求的风格。

如果有什么预兆，那么，她的盛装她的化妆便是一个预兆，她站在镜子前和女儿一样吃惊，她仍然美丽性感光彩照人，如果有异性倾心于自己一点不奇怪，她对自己开着玩笑，不可思议的是，这一闪而过的念头竟成了现实，蓝妮很长时间都不敢相信这是现实。因为她的现实是四十三岁的现实，黯淡、乏味、毫无新意，怎么会有爱、倾慕、一次次的怦然心跳？

是的，那个夜晚仍然闷热，城市不会因为她穿盛装而发慈悲给她几缕凉风，蓝妮不想让汗水毁坏她的化妆，她打算坐的士去音乐厅，但那是个周末的晚上，蓝妮站在马路等的士一等等了二十分钟，她到音乐厅时迟到了。

她是和一群迟到的观众在门厅听完马勒交响曲的第一乐章，第一乐章结束后，音乐厅的领票员才把迟到的观众带进场。也许那晚的交通问题，或者马勒的音乐让人敬而远之，总之，音乐厅至少有三分之一的空位，蓝妮的位子在边上，她那一排靠走廊只坐了一位男士，他就是杰明。迟到的蓝妮站在他的位子旁对他微笑颔首道歉，他彬彬有礼起身站到走廊让穿长裙的蓝妮能从容进到她的位子。这样，第一时间他们就有空间彼此打量一眼，当然，互相看到的是淑女和绅士的形象。

但那是虚假的，在真实的生活中，我是说，在音乐厅之外的生活中，没有任何空间让我扮淑女，我比本地人更熟悉巴士路线，我几乎去遍新加坡的每个地方，我只是个为生存奔波的安娣。后来蓝妮这样告诉杰明，说到安娣这个词时，她笑了，安娣是新加坡口音的auntie（阿姨），这里的年轻人这样称呼那些形象黯淡的中年女人。蓝妮第一次听到这声称呼是在离婚那年，那年她好像一下子老了十岁，不过和离婚的灾难相比，安娣的称呼对她已构不成打击。

蓝妮，在同龄人中，仍然称得上"是个美丽的女人"，无论她怎样自贬。在东南亚，她的白皙的肤色，有着雕塑的立体美的五官，苗条体形和充溢她整个形象的风度。在有着棕色皮肤火辣辣的性感的热带女子中，她的美别具高贵优雅，却有些冷漠，不过在她展颜一笑时，她的脸霍地明亮灿烂，是最打动杰明的一刻。她的嘴角的优美线条衬托出白齿红唇的鲜艳,她的笑靥始终有强烈的感染力,就像阴霾密布的天空突然被阳光穿透,这是西西里在作文本上的形容,那是她从女儿的角度去感受母亲的笑容。

而在餐馆,隔着烛光与杰明面对面,他们刚刚喝了葡萄酒,无论是客观视角还是主观感受,与杰明约会的她和匆匆忙忙在不同学校赶课堂的她当然判若两人,她绝不肯辜负餐馆的美酒和烛光,头发脸容衣服,没有一样不仔细修饰。更重要的是,她身心的投入,盛装也好,化妆也好,都无法和热情凝聚所散发的能量相比,她知道在餐馆的烛光里,喝过葡萄酒后的她的笑容是最魅惑的,这时候她的嘴唇又红又湿,无比艳丽,就像人们说的"鲜艳欲滴",像杯中酒,像血管中发烫的血。他情不自禁去抓住她的手,但是,她想让他,也让自己冷静,便描绘起她在日常中的形象,但她很快就说不下去了,连她自己都发现她的话题和眼前的情景太不和谐,她渐渐地放弃了一种努力,一种用现实抵挡浪漫的努力。

不管怎么样,第一次邂逅就让他们难忘,让他们深深难忘的从马勒音乐延伸出来的气氛,最末乐章的天国景象,儿童般天真的旋律令蓝妮突然涌起强烈的思乡情绪,而杰明本来就是马勒迷。幕间休息,他们自然而然就有了谈话,不过他的汉语很差,说到音乐词汇只能用英语表达,好在交谈是在她熟悉的范围,他们话语投机,至少他的感触特别强烈,那个夜晚他们各自回家后,他立刻给她发了 e-mail 他说他要告诉她,他们的谈话深深触动了他。

触动？她收到邮件时便去回想他们有过的话题，谈话似乎是从音乐开始，对于她来说，不是有新意的谈话，她的前夫是乐团双簧管手，谈论音乐就像人们谈论自己的职业，多的是倦怠和牢骚。她记得他们从马勒谈到乐队，他似乎对今天这位新晋华人指挥十分欣赏，她呢，对乐队更熟悉，能一言以蔽之指出他们的长处和弱点，说起他们就像谈论自己的工作伙伴，有一股熟稔和亲切，毕竟那是前夫的团队，里面有一半是上海人，离婚前的那些新年，上海乐手们爱上她家聚餐。她对乐团的评价给杰明留下深刻印象，以致他以为她也是圈内人，她下意识地否定道，不是她，是丈夫，他曾经也是台上的演奏员，那个戴眼镜的双簧管手的位置。他惊诧的反应提醒了她，她纠正说，已经不是丈夫，是前夫，我们已经离婚八年，她微微一笑，立刻又有些尴尬，怎么会对一位刚认识的男士说这些？

但是灯暗了，下半场音乐开始，之后就有了音乐厅门口的道别，他们自然互相留了名片，是他先给她名片，于是她知道他在新加坡最主流的英语报纸做高级编审，便对他平添几分尊敬。于是当她给他名片时，出于某种微妙的心理，她补充说，她曾经是芭蕾演员，他惊喜的反应在她的意料中，她明白她过去的身份是她头上的光环，有部分异性很容易被这表面的光环打动，她的前夫在很多年里便是怀着几分崇拜在她周身搭建起虚幻的情景。于是她立刻又强调，她如今只是业余艺术学校的教员。这时她的表情就惆怅起来，忧伤的潮水突如其来地涌过来，她就是在那一刻突然变得郁郁寡欢。

后来，在他们的交往越来越深入之后，他告诉她，第一次相遇，给他最深触动的就是那一刻，她站在音乐厅的台阶上，她告诉他她不再跳舞，她只是教舞的老师，她所教的舞也不是真正的舞蹈，真正的舞蹈需要心里充满激情，是激情的音乐。他告诉她，不仅仅是这些话语，是伴随这些话语的表情，那表情让他明白她所有的失落，他后来告诉她，正是这种关于失落的感受，让他与她产生深刻的共鸣。他给她的电子邮件写道，我很珍惜我们的相遇，我从未有过迫切地想要接近什么人的感觉，比如你，我相信只有我能深刻感应你的失落，这令我们之间产生心心相印的快感。

但当时，她被自己突如其来的低落的情绪罩住的时候，她的手机响了，她向他匆匆道声再见便去接电话。就好像在应和之前的场景，来电话的竟是扬志。他问，你是否有了男朋友，慧翎（他目前的妻子）打电话来，说刚才在台上看见你和他，你们很醒目，他穿西装你穿长裙，是新加坡最隆重的观众。杨志的语气酸溜溜的，我能想象今天晚上的你，漂亮，高贵，就像许多年前的你……他有些叹息。

但是她的情绪却一落千丈地往下掉，她仍然站在音乐厅的台阶上，散场而去的听众从蜂拥到稀落，很快就空寂无人，剧场外的空寂是很撩拨人的心绪的，她早就经历过盛宴和宴席散后的清冷，没有比舞台上的演员更多经历人生的两极，那些高潮和低谷间的迅速转换。然而这晚,让她低落的是和陌生男士的一番谈话,他们彼此在谈话时的无法言说的感应,她很久没有被凝视和关注的感觉,然而在这同一刻时她还感受着所有的失落,她无法抵御朝她涌来的忧伤的潮水。

站在空寂的台阶听着杨志,她的前夫,一度也是她的人生支柱的叹息,她的心绪却在另一个空间,我今天心情很复杂,如果说我在为你高兴,那是假话。杨志说道,但是,女儿长大了,你也应该有自己的生活了,刚才打电话回去,西西里好像有许多客人,她都没有心情和我说话,今天是她的生日,我……今天才想起来……杨志在那头,也就是他自己的家絮絮叨叨,蓝妮很沉默,关于他的误解她既不解释也不否认,这一刻的杨志已经离她很遥远,他终于真正地走出她的生活,虽然那些往事还历历在目。

回到家,西西里的派对已经结束,她跟着表姐去她家过夜,这是预先说好的。客厅一片狼藉,蓝妮暂时不打算理会,她退回厨房,给自己泡了一壶茶,然后突然想起什么似的,她走进自己的卧室,打开电脑,如同她所预感的,信箱里已经留着他的英文邮件,这个中文名叫陈杰明,英文名叫本杰明,目前尚陌生的华族男士。邮件表明,音乐厅的谈话在继续,他说,他想起有部关于马勒的电影,一个叫拉塞尔的导演,他专门导音乐片,那部片子有些沉闷,但风格强烈,就像马勒的音乐,他要想办法买到这部片子寄给她,在信的最后,他用大写字体写了一句话,今晚和你的谈话深深触动了我。

然而对于她，这句大写的话语比先前的谈话更打动她，她似乎立刻预知他们之间将会发生些什么，她几乎是慌张地关了电脑，就仿佛要切断某种危险的联系。她回到厨房，但是她已经无法平静地为自己斟茶，她又回到卧室，她在电脑台旁站了片刻，下意识地推了一把电脑台，她感觉到它的轻盈。她低下头去查看，发现电脑台下面的四个支点是四个小轮子，于是她去换下裙子穿上练功服，那也是她每天上班穿的衣服，然后她拔去电脑插头，将电脑台朝卧室外推去，她非常轻易地就把电脑连同电脑台一起推出卧室推进客厅，这一系列的动作几乎是下意识的，却非常有条理地继续着。

把电脑在客厅安顿好，她回到卧室，开始收拾杂物。她先把梳妆台床头柜上的照片架收起来，她这才发现她卧室的照片架不下二十个，还不算挂在四墙上的，它们拥挤在梳妆台和两只床头柜上。都是女儿的照片，然而离婚前，大半镜框里镶嵌着她的照片，是她跳芭蕾的各种姿势，当然都是杨志为她摄的，它们曾经表明在他们两人的相处中，她是主角，杨志是她的陪衬，从十六岁相识，二十岁相爱，二十五岁结婚，三十七岁离婚，至少在二十年的关系中，她处在领衔地位。很多年里，杨志一直相信她会从群舞中脱颖而出，她将是个芭蕾明星，那时候正值"文革"时期，芭蕾明星是全国人民的偶像。芭蕾舞台上孤零零的两枝独秀，两台革命芭蕾舞剧翻来覆去演了十年，是迄今为止观看人次最多的芭蕾舞，几乎人人都会哼唱这两种芭蕾的舞曲，会用专业术语评价舞剧中的演员。蓝妮曾是群舞中年龄最小但最有潜力的演员，眼看她将取代其中年龄稍大的女领舞，成为新一轮明星偶像，就在这时，文革结束了，之后，革命舞剧偃旗息鼓，古典芭蕾又回到舞台。可是蓝妮病倒了，蓝妮竟没有机会从她最痴迷的古典芭蕾中旋转出来，更年轻的独舞演员出现了，蓝妮的明星梦从此破灭。

然而她的光彩并未在杨志眼中消失，在被杨志追求了整整十年后，她才答应他的求婚，这个天蝎座的男子是有些痴心的，他在蓝妮周围搭建着虚幻的世界，他需要顶礼膜拜的女王。他不知道他的忍让纵容在强化蓝妮星座中的弱点，她是女狮子，似乎生来就该坐在女王的宝座，即便明星梦破灭，她至少能在杨志面前当女王，她习惯了在他面前屈尊俯就，她被爱自爱，给这种关系宠坏了，所以当杨志撒手时，她的世界几乎崩溃。

可是她不能崩溃，有孩子的女人不完全属于自己，事实上，直到离婚之后，她才把注意力从自己身上收回。首先，她得带大五岁的半聋女儿，各种具体家务和生存现实立刻填满她的空虚的光阴，每天光是接送女儿和自己的工作时间就产生了冲突，所以杨志离去不仅是精神打击，也许更多的是给她的生活陡然增添了数不清的麻烦，而她必须独自对付这些麻烦。犹如单足旋转，那是古典芭蕾最振奋也最具难度的动作，它甚至决定了一个演员是否有独舞或领舞的潜质。眼前的情景是，她必须挺立单足旋转下去，直到新的一幕开始，如果她不想让这台戏玩完。

正是女儿的残疾令她要扮演一个乐观的母亲，母性的本能给了她智慧,她要宠西西里,被爱和自爱的角色要让西西里替代,她知道这对一个残疾女孩子的重要,现在家里的主角是西西里。杨志的照相机留在抽屉里,她成了女儿的摄影师,不仅拍照,还自己冲洗照片,把它们放大后装在镜框里,这是这些年里她的自娱方式,也是她娱乐女儿的方式。她差不多忘记了她年轻时的那些梦想,如果不是靠舞蹈技能生存,她甚至可能不愿意再想起早年的职业生涯。

蓝妮收拾完相片架便去收药瓶,真正的化妆品多半放在浴室,她的梳妆台上挤了一大堆药瓶。离婚那一年她开始吃药,开始两年是吃抗忧郁药,安眠药,以及精神保健药,之后她仍然热衷于吃药,各种维生素和补药。朋友李心美告诉她,这是过去人生中依赖性的某种延续,但这并非是坏事,依赖保健药胜过依赖也许会背叛你的什么人。心美酷爱写中文散文,每年自费出一本中文书,这是她的郁闷,新加坡的价值观是李光耀建立的,生存第一,生存技能第一,文学进入不了新加坡的领域。心美有一次感叹,也许不来新加坡你的婚姻也不会完,蓝妮,人是需要背景的,你的背景变了,说得直白一些,你的光芒在新加坡彻底熄灭,你不再是杨志眼中的女王,这是他离开你的根本原因。

心美曾是她在舞剧团的小姐妹,她的丈夫和杨志一起考进新加坡乐团,两家一起移居狮城后,心美就改行了,她早年练功受的伤令她无法继续从事与舞蹈有关的职业,她开了一爿经营蓝花布蜡染布民族服装的店铺,门面不大但利润足够一家过活，心美竟也能在生存之余发展自己的爱好。

　　他们那一家目睹了这一家的婚变过程，离婚后，蓝妮曾被一位新加坡男士追求，那是个企业家，比蓝妮年长近十岁，外貌有些鄙俗，但是他至少可以保证蓝妮衣食无忧。从生存角度，蓝妮并非完全不做考虑，因此她安排了咖啡时间请来心美让她帮自己参谋，之后，心美非常感叹，她毫不掩饰对蓝妮的痛心，我在想，我们在干什么？我们为什么要到新加坡来，我们在新加坡怎么落到这一步？你，一个好端端的家散了，还要和这么恶俗的老头子交往，我呢……心美不说了，她对自己变成小服装店的老板娘也是颇有牢骚的，但是蓝妮的婚变，之后的男女之路，比她自己的改行更刺激着她。心美常常把蓝妮的婚变，把她们下倾的人生归咎于移居新加坡，但蓝妮知道，离婚的原因是要复杂得多，微妙得多。不过，心美的一句"怎么落到这一步"却深深地刺激着蓝妮，她真的已经落到将婚姻换一张饭票的地步吗？当然，蓝妮拒绝了那个企业家，就像心美说的，她不相信她再也遇不上"稍微像样一些的男人"，然而这八年来，蓝妮在她的生存路上奔忙，她比任何时候都独立，但是"稍微像样一些的男人"似乎也不再进入她的视野，这是蓝妮的空虚。

　　收拾完杂物，蓝妮开始搬家具，单薄简易的宜家家具不费蓝妮多少力，她只要把放得满满的抽屉抽出来先搬去客厅，衣橱的衣服腾空，剩下的就是空架子，她在家具和大理石地面之间垫了一块小地毯，即使没有轮子她也能推动它们从卧室到客厅。也许比较起来，拆床这件事稍稍有些曲折，她必须使用诸如榔头之类的工具，夜已深，她踌躇了一分钟，是否在这样的时候用榔头？但她是如此迫切地要去实现此时的渴望，平时在日常生活中显得笨拙的她，这时候智商竟会相应升高几分，她便去用毛巾把榔头和床架触面分别包住或垫住，敲打的噪音被吸去大半，她很快把床架拆除。她把它们捆扎好放进壁橱，因为暂时不会使用。所有的家具中，只有一张席梦思仍然留在房间，此刻它被竖起靠在墙上。

现在卧室空空荡荡，蓝妮找出舞曲唱片放进客厅的音响，她站在卧室中央，那时卧室的墙上还未装上镜子，但是她背对南窗面向相对宽阔的北墙，仿佛对着想象中的镜子，后来，她是在这堵朝北的墙上装了镜子。穿着练功服的蓝妮笔直站在空的卧室的中央，就像站在练功房的中央，这是今晚，此刻，蓝妮最想做的。蓝妮折腾了近两小时，把自己的卧室搬空，站在空的空间，也是她所熟悉的空间，蓝妮胸口激荡着可以称为激情的那种热能，蓝妮几乎能感受这种热能在胸口碰撞时给她带来的快感。是的，很简单，蓝妮有了跳舞的冲动，多少年了，蓝妮已经没有过今晚这样的冲动。

这冲动来得强烈却又突兀，就是在刚才，打开电脑，读完杰明的信，蓝妮的胸口突然堵得很满，满得有点透不过气来，她无意识地推了一下电脑台，发现它的轻盈，它的轻盈令她升起搬动它的渴望，接着，她有了继续腾空的渴望，直到把所有的家具搬空。

没有家具的空间让蓝妮激动，很多年前，怀着芭蕾梦想的蓝妮站在练功房也是激情荡漾，当然此蓝妮不再是彼蓝妮，可当她笔直站立着，听着音乐跃跃一跳的刹那，那种热烈的感觉是一致的。蓝妮下蹲，踢腿展臂，从最简单的舞姿开始，她踮起脚尖，一条腿举起来，一直举到头顶，然后蓝妮开始旋转，这已不是象征，而是具象世界的单足旋转，这个舞蹈动作，在群舞演员里蓝妮做得最从容，然而，蓝妮已经多久没有这样转了？虽然在艺术学校她要给学生示范，但，那是另一种速度和频率，为生存舞，和，为自己的激情舞，是如此迥异的节奏。此时此刻，才是真正的舞蹈，就像她告诉那个叫杰明的男士，她告诉他，真正的舞蹈是要内心带着激情，激情的节奏。

可想而知，第二天西西里回家后的惊诧，那时候客厅已被蓝妮重新安排了一番，虽然有一种"满"的感觉，但也并非拥挤，西西里站在空的卧室门口，沉思了片刻，她问，你打算在家里收学生吗？蓝妮一点不奇怪西西里一眼就看出这间空屋子的功能，在西西里是小姑娘的时候，蓝妮经常带着她去舞蹈班的教室，西西里太熟悉母亲工作的空间，本来她的苗条身材没有理由不学跳舞，如果不是因为耳聋。

蓝妮含混其词，很难向西西里解释她当时的冲动，当然西西里并没有要求解释，虽然经过某种调整已经改变了原来结构的家有点让她难以适应。让蓝妮不安的是，面对空的空间，西西里的神情里有着她自己未曾意识到的惆怅，她经常情不自禁地站在蓝妮的空屋子的门口，西西里怎么会没有隐痛呢？她是个女孩子,她也有自己的梦想,只是,她从来没有说出来。一星期以后,西西里不在家的那个白天,蓝妮把卧室的家具又搬了回去,没有理由让这个家有任何改变,这是蓝妮在内心平静之后的想法。

　　事实上,那个晚上之后,蓝妮就平静了,两天后,蓝妮才给杰明回信,那时候他已来了第二封信,话题仍和音乐有关,他告诉她,他把马勒的这部交响曲又重新听了一遍,简直是完全不同的风格,当然唱片更加完美,然而音乐会的现场总是更感染人,而那个晚上的马勒尤其令人难忘,因为你让我难忘。最后那句话是否过于露骨?或者,过于热情?蓝妮觉得周身皮肤有微微的麻意,是否她自己的反应过于敏感?

　　她给他回了一封极简短的信,这也和她自己的英文程度不高有关,但无论如何,他们之间有了互通电子邮件的联络方式。最初,他写两三封,她才回一封,渐渐地,她跟上了他的节奏,她从写简单句开始,以后能用复合句表达了,在学着用英语表达的同时,她也在挖掘自己的情感矿山,或者说,是在用情感雨露灌溉正在枯萎的心田。是的,她发现收信和写信成了她的生活中不可或缺的需求,但是,她始终犹豫着没有答应和杰明见面。她的顾虑很多,首先她要顾及西西里的感受,其次是,她希望自己在这段关系中获得什么呢?在知道他有自己的婚姻时,她显得尤其谨慎,她已经看到天平朝一端倾斜。

　　就在那时,杰明要回新西兰的家,他告诉她,他将在那里住一个半月,也许因为种种原因他不能经常写 e-mail,但是他希望回新加坡后能和她见面，希望有面对面的交流，他要求道。他写，生命很短，属于我们的好时光更短，请不要轻易放手，拜托了。

也许正是怕自己不肯放手，才不想去抓住，蓝妮在心里回答他。在他离开新加坡的这段日子，仿佛是周期性的生理需求，在一些寂寞的深夜，这些夜晚通常在周末，女儿去了前夫家，她突然无法忍受独自在家的寂寥，她感到困惑的是，恰恰是在认识了杰明之后，她的寂寞感更强烈了。杰明的短暂离去，令她害怕地看到，她的生活已离不开他关注的目光，那时候，他们已经认识了两个月，虽然，他的脸容在记忆中已经有些模糊。

那些夜晚，她又开始搬动家具，把自己的卧室搬空，她需要通过舞蹈的节奏把积聚在体内的郁闷，包括没有出路的突如其来的热能宣泄出来。对于她的阶段性的搬动家具，西西里保持了沉默，但是有一天，她在蓝妮的信箱里留了一封信，她问，听爸爸说你有了男朋友，我为你高兴。但是蓝妮心里很不高兴，对杨志的做法，她回信给西西里说，只是普通的朋友，对于我，生活中最重要的人是你而不是其他什么人。但是西西里回答道，我长大了，我不会一直和妈妈在一起，妈妈应该有自己的生活。蓝妮读着信有点泪汪汪，现在的孩子都是这么世故吗？他们已经预见了将来？她问心美。

你的反应太 negative，这是李心美的批评，她说，为什么不把这看成是孩子对你的鼓励，她希望你幸福就像你希望她幸福，这种关切是互相的，但她毕竟是孩子，很多时候心里有感觉却说不出来。心美话锋一转,还有,在男女关系上,你也是这么negative,你还没有进去就想着退出,你太担心失去,为什么不把它看成上帝的馈赠?想想吧蓝妮,在你这样的年龄还有男士追求,你应该为自己高兴。

但是蓝妮苦笑了,我现在明白这场离婚让我失去最多的是什么,我的自信,我做女人的自信……蓝妮的话被自己的泪水哽住,她哭了,几乎是号啕大哭,在心美看来爱情正在召唤她,而蓝妮却只体会到莫可名状的寂寞和失落,以及无法排遣的焦虑。

事实上,朋友的劝解并不会影响蓝妮的决定,虽然她经常要去把自己的事情拿去和李心美商量,但最后往往又是她自己在一意孤行。她在回家路上决定从此不再给杰明写信,无论他写什么,她都不回了,心美的分析让她看到,她自己的惧怕成了这段关系的主要障碍。她不能卷入眼看对自己不利的关系,她想,她这样的年龄已经经受不起任何的打击和伤害。

然而,生活却有它自己的意志。有一天,蓝妮收到杨志的电话,他希望与她见面,有重要事相告。蓝妮甚至懒得为杨志专门出一趟门,她让他来家里谈。于是杨志看到变得拥挤的客厅,那几天正是蓝妮最苦闷的日子,她又把自己的卧室搬空了,杨志问,你要结婚了吗?他站在客厅,目光已穿越进蓝妮的空卧室。真的,你也应该有自己的生活了。他再一次酸溜溜地说道。蓝妮冷笑道,我该不该有自己的生活,用不着你来告诉我。她没好气地打量着杨志,他年轻时英俊里的斯文气质,在今天已褪色陈腐，尤其是在富于身体气息的南洋，他显得颓唐而了无生气，八年过去，原先的魅力荡然无存，他的形象提醒的是另一个城市的灰色记忆，如此熟悉却又令人沮丧。也许那个比他年轻十三岁的热带长笛手正是喜欢这种灰调子，她是个黑肤色厚嘴唇眼睛细长的女子，按照蓝妮一代的审美，觉得她是丑女子，觉得杨志为这样的女子抛弃自己很没面子，后来又为自己在这方面的无知而羞愧。

蓝妮真是后悔把杨志叫到家里，自从搬进这套组屋，他们的关系就开始走下坡路，他们共同拥有过的这套空间，留下的是争吵诋毁背叛，只是这些事发生在很多年前，蓝妮已经淡忘，现在杨志站在客厅的这一刻，那些记忆又复苏了。

蓝妮带刺的目光让杨志有几分沮丧，或者同样不愉快的联想让他扫兴，他突然噤口，蓝妮催促道，你不是有要紧事吗，快说吧，还有半小时西西里就回家了，我们说好一起去游泳，她看着表催促道。

你的脾气一点没变，你还是这么自我中心，蓝妮……杨志叹着气。我什么样的脾气都已经和你无关，你今天到底想说什么？她自己也不明白何来这么大火气，就在这时她想到了杰明，她突然就有些惭愧，在她和他的空间，她是个优雅温柔的女人，她吃惊地发现，自己可以成为截然不同的两个女人。在杰明面前的那个女人优雅温柔得多么虚假，然而她的确向往做那样一个女人，终日沉浸于艺术境界，高高在上于世俗的尘屑，是的，非常脆弱不堪一击，她去厨房为杨志和自己泡了一壶菊花茶,也为了调整自己的心态。其实杨志今天是来告诉她,他向美国申请的第一优先移民批准了,他是带着家庭申请的,这就是说,除了他目前的妻子,他也为女儿西西里做了申请,这件事他当时和蓝妮反复商量过,考虑到女儿的残疾,在新加坡几乎没有什么前途,即使是正常的孩子,蓝妮当然也更希望她去美国发展,所以她最终同意让杨志把女儿带走。然而准备申请材料过程漫长,杨志又是个惰性很大的男人,蓝妮几乎对他不存太大希望。但是杨志居然申请成功,他来找她是想和她一起庆贺这件事,但是一走进她的寓所,就话不投机,宛如这里是个硝烟弥漫的战场。

好在蓝妮已平和心态,杨志也小心起来,蓝妮从厨房捧出茶具,杨志起身接过茶具道,本来我想请你去咖啡馆坐坐,或者,等西西里回来我们一起去餐馆,我要请客。蓝妮很吃惊杨志所表现的难得的慷慨,于是,杨志拿出了律师转寄过来的美国移民局发来的有关签证文件。

这晚他们三人去了上海餐馆,这是多少年没有出现过的场景?这场景甚至覆盖了他们意欲庆贺的这件事,这对前夫妇,他们共同的十三岁的女儿西西里,三人围桌面对他们熟悉的也是百吃不厌的家乡菜,他们各自的内心都有一番翻腾,但是人人都装出轻松的模样。在一刹那的沉寂中,杨志为蓝妮和他自己各斟满一杯红酒,甚至也为西西里倒了小半杯酒,他举起杯子说我们今天是为西西里庆祝,蓝妮点点头,想要说什么,一声哽咽先于她的话语从喉咙口冲出，她仍然想扮笑脸，可泪水不听话地涌出来，把她笑容淹去，西西里搂住蓝妮，她说，我不想去美国，我要在新加坡陪妈妈。

蓝妮的泪水更汹涌，笑容却清晰了，我舍不得你离开我，但是，是我要你爸爸把你带去美国，对妈妈来说，你的前途比什么都重要，再说，你要是拿到公民，妈妈也能去美国。怕她听不清楚，蓝妮把她的话写在西西里的画纸上，只要到公共场所，西西里便带上画夹，那是她消磨时间的方式，也是她的盔甲，她躲在她的比真实世界更加缤纷的色彩世界里，它们在她寂静的世界创造了声音，使她忘记自己的残缺。

杨志拿过笔接着写道，我已经了解到，美国学校会为你专门配备义工，帮助你做课堂记录。这就是说，只要你努力，你就可以进美国任何一所常青藤大学，这一次轮到西西里泪汪汪。

总之，这是一次情感澎湃的三人聚餐，杨志有几分动情，他对蓝妮说，到了美国，我会找律师，做你的 case（案子），这样你就可以和女儿一起生活在美国，他说他已经打听过在那里的中国城，不愁找不到学芭蕾的学生，美国的中国家长也一样舍得在孩子身上投资。就在这个瞬间，她想到了杰明，他遥远又切近，前几天，他在她的信箱里留了话，他说，自从认识你，觉得人生有了新的张力，我几乎有些迫不及待，想回新加坡，想见到你。也许你会认为我很虚伪，我在新西兰扮演着丈夫和父亲的角色，但是我竟没有任何内疚感，我觉得我们之间的关系是超越日常人生的，我们的关系无法在日常空间伸展，每每想到生活里有个你，竟觉得幸福。

她并无幸福感，她恰恰在为这无法伸展的关系苦闷，她没有回他信，她那时已经决定不再和他联系。但这一刻的感受却变了，她想到他的时候，竟有一种想要抓住他的迫切，在知道女儿即将离去的一刻，这段关系撑住了她，使她不至于落到空虚的深渊，虽然这关系虚幻得没有任何质感。她改变主意了，回家后她要给他回信，告诉他她的感觉和他一样。

他们经常在这间叫"多姆"的咖啡馆见面，它坐落在勿拉士岜沙路美术馆旁，是一百多年前殖民时代的建筑，它的典雅安静，很适合蓝妮和杰明的风格。蓝妮一向很喜欢美术馆这一带的气氛，这里也是新加坡的文化区，除了美术馆，周边还有博物馆、国家图书馆，及圣约翰书院，都是西洋老建筑，有点像上海的西区，浪漫优雅，风韵十足，是城市的精华地段。蓝妮因为教课常来这一带，但那时，她只是匆匆过客，一个穿着汗衫短裤到处赶课堂一张脸终日赤红潮湿为生存奔波的"安娣"，她认为，只有极少数人才有特权或者说有资格享受城市的精华，她从来不奢望会成为这里某个咖啡馆的消费者。并非她没有能力消费，一杯普通咖啡才两三元，和收入相比可谓低廉。这和她的心态有关，在过去的蓝妮看来，咖啡馆是玩情调的地方，她认为她的人生已和情调无关，或者说，和咖啡馆这样的地方无关。

这里有长长的回廊，墨绿色的廊柱，色彩艳丽的花砖地，配着室外热带植物，大叶片的绿色芭蕉叶，很像殖民地故事的电影场景。也是她的人生中非现实的场景。当然，他们也去其他地方，比如，去不同风格的餐馆吃饭，但这个咖啡馆来的次数最多，成了他们的"老地方"。他们就是这样称呼它的。

第一次约会商量地点时，她脱口而出点名去"多姆"，就好像她是这里的常客，杰明的确这样以为，她倒是不好意思承认她从来没有进来过。是啊，他不会知道，对于她，坐进这里，就意味着出轨，她要放任自己一次，这是她给自己的理由，或者说，没有什么理由，她仅仅是跟从了内心的热望。当她脱口而出说出"多姆"时，她才发现在渴望从日常人生脱轨这点上，她这个四十三岁的妈妈和自己十三岁女儿之间并没有太大的差异，她的西西里渴望着染发、涂甲油、穿低腰牛仔裤，做一些在穿校服的日子里是犯规的事情。原来，在一些紧要关头，年龄、成熟、经验等等，这些东西似乎没能给她的理智加分，她有些困惑，但并没有不安，她以为自己应该是有些不安的。

之前的思来想去，反复权衡，仍然是一场徒劳，这是一段预先就知道没有什么结果的关系，蓝妮四十三岁了，她该有足够的智慧让自己看到这样的关系将给自己带来的伤害，她也的确下过诸如此类的决心，然而理性是脆弱的，在上海餐馆的某一刻，蓝妮决心不为难自己，眼看女儿将离去，蓝妮的心再一次荡空，如果还有什么可以安慰她，那就是杰明的存在了。

那个瞬间她推翻了自己的理性，决定等待杰明归来，她的心随之充实而平静，从上海餐馆出来，三人都有些意犹未尽，蓝妮建议去河边找家冰激凌店，在水边吃着冰激凌乘凉。乘凉这个词带来过去生活的气氛，杨志笑了，却有些惆怅，连西西里都能体会他的心情的复杂，于是她一手挽住爸爸一手挽住妈妈，他们仨从莱福士金融中心沿着新加坡河一路散步去驳船码头，这一副从外人看来是和美的三人行图景本质是虚假的，但是蓝妮不愿去感觉，她的思绪有些飘忽。

已过农历八月，在上海正是天高气爽的秋日，傍晚后凉爽的秋风已经有凉凉的锋芒，那些秋天的傍晚，她和杨志在家门口马路上散步，在邻居眼里是一对甜蜜的小夫妻。他们住在西区永嘉路一带，虽然是一间狭小的亭子间，但门口的马路树影婆娑，行人稀少，旧洋房藏在弄堂里，与闹市咫尺之遥。那正是她赋闲在家的八十年代初，"文革"结束六年，他们也结婚六年，仍然不想生孩子，最初当然是为蓝妮保住舞蹈的青春，后来是为杨志前途未明的出国路，他有同行在香港探亲时遇上新加坡交响乐团去那里招人，轻而易举便考上了。于是杨志准备跟随同行脚印，去新加坡乐团谋职，诱人的前景是，那里拿年薪，一年薪水以他当年低工资也许一辈子都挣不到。

筹措担保费，准备录音带，收集关于他的乐团演出报道，以及音乐界知名前辈的推荐信，这在当时竟也是颇费周折，杨志本是个生性懒散随波逐流的上海弄堂男人，他在上海乐团做乐队，无论如何也是一份闲职。但蓝妮不肯让他闲下来，蓝妮已年近三十，她们是革命舞剧一代，经历过艰苦奋斗和充满梦想的青年时代，八十年代的蓝妮陡然失去了人生目标，她的身体一度垮下来,她患上了心肌炎,频繁的早搏令她脸色苍白,她一时看不到自己的未来,只能把希望寄托在杨志身上。

杨志是典型的上海丈夫,他告诉蓝妮他是为她出国,那时候,他可以为她做一切。他们就在傍晚的散步时分讨论他们的家庭大计,经过"文革",他们习惯了在马路上讨论重大事情,隔墙有耳,他们狭小的亭子间只能谈论些柴米油盐的琐碎家务。那些秋天的傍晚,蓝妮挽住杨志的胳膊,漫步在家门口的马路上,细细讨论杨志出国路上可能面临的每一个障碍,蓝妮虚弱的身体开始有了活力,苍白的脸庞被希望照亮,她持续不断地给杨志打气,甚至对他发脾气,因为杨志的优柔寡断,他不舍得也不放心把蓝妮留在上海。

后来,在婚变的日子,这些傍晚也曾在蓝妮心头浮起,她感受到了人生充满讽刺的无常。心美的断言也曾是她的疑问,她经常问自己,如果不来新加坡,他们的婚姻是否得以保存,是否自己一手把杨志从庸常但也是平稳的上海弄堂生活推出去?是否动荡的异邦生活也造就了婚姻的动荡?总之,她是否在自食其果?

现在已是晚上八点,阳光消失了,夜幕降下之前,是一层薄薄的暮霭的纱幕,被薄暮罩住的景色和心情变得柔和。河边吹来的风仍是黏腻的,新加坡的潮湿比炎热更令人难以忍受,而且她是以如此恒常一成不变的潮湿炎热折磨你的神经,然而,无论气候有多么不尽如人意,十三年过去了,他们应该适应了,现在他们走在河边,已不再抱怨气候。

狭窄的新加坡河岸边是金融区的高楼，华丽的现代建筑，然而古老的码头仍然保留着，罗伯森码头，克拉码头，驳船码头，古旧的木板路，废弃的帆船，但那也是用古老风格包装的夜生活场所，比起金融区的豪华蓬勃，码头酒吧颓废迷狂。这时，驳船码头迎面扑来的音乐充满醉生梦死的激情，杨志有几分担忧地看看西西里，对蓝妮说，记得吗，刚来第一年我们来过，很奇怪保守的新加坡竟有这么开放的夜生活。

是，你马上关照我，这里不是我们来的地方。蓝妮站下来，定定地望住眼前快乐情景，却有些不快乐，不可思议，这样一个释放热情及时行乐的地方他们只来过一次，如果预知出国后的生活是这么乏味毫无新意，她还有勇气来吗？她又开始问自己。

那时候我们一无所有，要在一个新地方起步，年纪却不小了，杨志以为蓝妮在责怪自己，辩解道，那时候我们都是一人打几份工，乐团之外还要教课，每天除了睡觉吃饭就是工作，我们来了两年就买房了，一起去的同事中就数我们的房子买得早。

那又怎么样呢？我们买了房子却失去最好的时光，世上还有什么东西能替代好时光呢？蓝妮这么问道却立刻缄口，这是开始吵架的引言。那几年忙着攒钱买房，买了房又忙着还债，同时他们有了孩子，似乎是到了国外反让她看清了日常人生艰辛黯淡的本质。是她推着杨志去新加坡，她当时憧憬的生活好像不是这样，但是应该怎么样她也不清楚，工作，买房，并没有错，可她为何这般压抑？她过不来只为生存活着的日子，可是自从到了新加坡她几乎无法与杨志平静讨论关于他们的生活，一交谈就变成吵架。讽刺的是，他们搬到自己的房子不久，杨志比她先找到新生活的动力，同乐团的长笛手追求他，他后来用蓝妮自己的话来回答她对他的指责，我们的夫妻生活不是已经行尸走肉了？我们不是已经互相麻木？现在，她对我有感觉，我很幸运，还有女人对我有感觉。说这句话时，杨志是恶狠狠的，蓝妮捂住耳朵，离婚是她提出来的，她叫他快快搬走，她先要顾及自己的自尊心，她不能容忍的是，居然是杨志先背叛她。然后，直到和杨志离婚，她才算结结实实为生存活了一把，甚至，连埋怨的对象都不给她了。

蓝妮兀自走在前面，现在和杨志之间能交谈的也就是女儿的事了，关于过去，不谈最明智，他们对自己都有许多悔恨，但一说出口，竟变成互相指责。然而杨志现在被眼前醉生梦死的情景烦恼，他到底没有忍住他的担忧，他对蓝妮说，也许这里的气氛不太适合西西里，他们正好走过一家比较疯狂的酒吧，黑人乐队站在门口，强烈的节奏令过路的西方旅游者跟着摇摆起身体。一位穿露肚装的亚洲女子和着节奏扭臀摆腰，丰满的臀扭动得像在海浪中颠簸的岛屿，旁边的男人们兴奋了，他们撩起自己的T恤衫，像女人一样在肚前打了个结，裸露出自己的肚脐眼，嘴里反复嚷嚷着，啊啊，夏天已经来了！夏天已经来了！

夏天？在新加坡听到夏天这个词竟有几分突兀，这里终年酷暑炎夏,所以反而不再有夏天的说法,夏天是相对于冬天,相对于其他季节存在,它本是个最自然和欲望一般本质的词语,然而住在一个从年头到年尾高温不下的城市反而失去了夏天的感觉,"夏天"成了陌生的词语。蓝妮惊异地也有几分惊喜地看着这些也许是来自遥远的寒温国家的旅游者对于炎热的喜悦,颇有些心情复杂地感染着他们的与身体一般热的欲望热度。

转眼乌云遮住天空,雷声隆隆,由远至今,河的上空闪电激烈狂暴地将乌云撕开几道刺眼的口子,霹雳声接二连三炸响在头顶,宛如兵临城下。一个驯服于文明次序的城市,却无时无刻不在经受大自然暴戾的巨变,没有比新加坡的气候更具有戏剧性的突变和威胁,这里的雷真是雷霆万钧,轰响着毁灭一切的力量,城市刹那间寂静无人,成了空城。

河边餐桌一片狼藉,人们都朝街边的店内躲,蓝妮扯着西西里,西西里扯着她父亲,三人小跑成直线进了一家冰激凌店。蓝妮为女儿要了一"船"冰激凌,四五个颜色不同的冰奶球堆积在小小的船型的容器内,浓浓的巧克力酱像一层厚的泥浆盖住了冰激凌的妖艳。蓝妮要了三个盘子三把叉子,当然,她只是象征性地尝一两口,为了满足西西里想要与父母共享的心愿。但杨志却把盘和叉推到一边,一边道,一样的冰激凌,在驳船码头可是贵多了,有几分责备的意思,虽然是蓝妮付费,但杨志的节俭习惯,令他仍然不习惯在昂贵场所消费,虽然他如今住在洋房,开着马赛地。

蓝妮摇头一笑几分无奈,想起刚来第一年她怀孕时,那是早期不知道自己有孕的日子，星期天与杨志去逛 shopping mall，突然就很想吃冰激凌，杨志要把她带到坐落在商场地下室的小贩中心，她却走进二楼的咖啡室，杨志说咖啡室的冰激凌比小贩中心贵几倍，但她一屁股坐在咖啡室软椅上再也不肯起身，那时候的她不仅嘴馋冰激凌浓郁的奶香，还渴望咖啡室幽静放松的气氛。她点了一份"双球"，是要与杨志分享，但杨志把他的长柄小勺推到一边，执意不碰这份似乎不应该属于他们的冰激凌，他说，我陪你吃就够了，我是不吃甜食的，你应该知道。他的潜台词是，我自己是不会在这么贵的地方吃东西。蓝妮知道他节俭到吝啬，他心里不高兴，虽然他克制了，蓝妮感到郁闷，以她当时的脾气，她可能会赌气起身扭头而去。但是那一刻，她贪图面前这一份享受到不顾一切的程度，她慢慢地，一小口一小口把冰激凌送进自己发烫的唇内，感受着冰凉的甜蜜被自身体温融化的过程，从东亚到南亚，从海边城市到热带雨林，是的，尽管这是个更加现代化的城市，但其前身是茂密的雨林，潮湿炎热的雨林气候，终年宛如被热烘烘的雾气遮盖，蓝妮整日胸口发闷，四肢身体总是滚烫滚烫，甚至神志都有几分昏蒙，她和他都需要适应气候的时间和空间，他为何要苛刻自己和身边人呢？

当蓝妮确认自己怀孕时，妊娠反应紧跟着出现，她吃不下任何东西包括甜食，更无法忍受新加坡气候，有一次竟在路上昏厥而被送至急救中心，她朝杨志撒气，时常会提起那次咖啡室的郁闷，令杨志后悔不已，但这反而使他们的关系有了阴影。

事实上,他们后来关系的裂变绝不可能仅仅受这件事的影响,然而诸如此类的小小的不快乐却是在新加坡大量涌现,尤其是在周末,他们常去冷气充足的购物中心消磨时光。他们从匮乏的年代出来,需要消化琳琅满目的物质带给他们的刺激和物欲,经常是在这样的地方他们之间有了争执,后来,他们俩都想不起来是为何事争执,但周末行走在购物中心内那一份寂寥和飘零感却记忆犹新。特别是蓝妮,她惊骇地发现,不单是气候,她也无法适应这样一种风筝断线的人生,她不仅离开舞台,也离开芭蕾舞团这个职业圈子,不再被体制的苛刻规范束缚,同时她也失去了所有的优越感。这才是问题所在,她发现获得的自由是失去目标和光环的自由,她成了微不足道的普通人,生命突然轻飘飘的如一片风中的枯叶,然而那时的她是个被娇宠的无心无肺的女子,远没有足够的智慧洞察新的生活环境正在挑战她和杨志的关系,她坐惯了顺风船,把所有的不如意都归咎于身边人,却不知道身边人比她还脆弱。

  杨志的手机响了,他的长笛手妻子今天去马来西亚,现在回家了,这时候西西里那一"船"冰激凌还未吃完,杨志有些心不在焉,已经夜晚九点,蓝妮豁达地催促杨志先回,杨志离去时却有些恋恋不舍,他说,找个时间我们三人再聚聚,谁知道以后还有没有这样的机会?他的手在西西里的脑袋上轻柔地摩挲几下,眼睛却是望着蓝妮。蓝妮笑笑,开朗地朝杨志摆摆手,她没有接应杨志的视线,她对他已不再有任何感觉,当初分离时就像割去身上一块肉,那样的痛楚几乎令她疯狂,现在创口当然早就愈合，但是否，终究是个创面？那些被切断的神经失去了敏感性，不再痛了，手指轻轻抚摸时也没有了感觉，此时此刻，她就是以这样一种麻木面对杨志的稍稍不平静的神情。

然而，夏天已经来了！这句话带着空旷的回声正回响在她的耳边。

她回家后打开电脑想给杰明回信，但万千感触无从说起，她又把信箱关了。之后，她听从心美的劝告，买了一张女子俱乐部会员卡，去那里按摩美容修头发，周末一整天时间徜徉在义安城，给自己买约会时穿的衣服。她甚至报名参加成人英语班，希望快速提高语言表达力，与那位母语是英语的华人有更深切的沟通，蓝妮仿佛在为一场出发做准备，认真的，事无巨细的，被期盼的光环罩住的，虽然这是一条不知目的地在何处的弥漫着迷惘之雾的旅途。

有一个深夜，杰明从新西兰打来电话，他说，一直没有你的回信，我有些不放心。就这句话拨动她的心弦，她湿着眼睛，语气却是明快的，她笑说，我在等你回新加坡。她也没有料到她的回答给他的震撼，他认为终于用他的耐心和柔情等来她的回应。

不过，他们的第一个约会，蓝妮没有穿她花了一整天时间试穿购买的当季度流行的新时装，做好的头发她觉得古板也被她洗了，他们是在下午见面，所以她选了一款比较休闲的衣裤，那是一套在东印度公司买来的棉麻裤子配短袖衣，那些衣裤是为欧洲女子设计的，朴素低调宽松，不太受潮流影响，很对蓝妮的品位，只是价格太贵。这套衣服她穿了两个夏天，仍是她最喜爱的衣服，以穿衣人的心理，半旧的棉麻类衣服最具安全感，它们不招摇，进退有余，能保持住风度，蓝妮明白，她这样的年龄能保持的就是风度了。蓝妮精心化了妆，她平时生活节俭，但用的粉底霜却是好牌子，她选了一款深色，它不仅遮盖住常年紫外线在她脸上留下的雀斑，并且使脸上的肌肤有了阳光晒后的棕色，肌肤质感细腻，配上棉麻衣服和棕色眼影，便有了热带情调。

对于蓝妮，最终选哪一款衣服并不重要，难忘的是翻来覆去挑选斟酌的过程，事实上，约会前的准备和约会一样，体验崭新，过程难忘，这差不多是对她匮乏的青年时代的一次补偿。躺在美容室的床上被按摩，在百货公司试衣室的落地镜前耐心地脱衣穿衣，一次次地调整衣裤的搭配，在化妆品柜台用信用卡给自己买昂贵的顶极牌子的化妆品，她好像刚刚懂得珍惜自己，把自己当作需要呵护的女性，她从来不知道怎么去做一个女人，虽然她曾像公主般昂起高贵的脖颈走在七十年代萧瑟的马路上，被所有的路人仰慕。是的，直到现在，在等待某个人的日子她才进入物质的柔软的女性世界，不如说她才开始享受这一个女性世界，只需要一个异性的关注，而不是虚幻的众多的目光。

蓝妮，在走向约会的路上，心里充满了感激，就像心美说的，这是上帝的馈赠，无论未来如何，这一刻她是为自己的欲望活着，她几乎能感知内分泌让自己的身体发生变化，荷尔蒙使她的皮肤充溢着水分滋润光泽。当她从长廊的那一头走过来的时候，风吹着她的宽松的棉麻裤子，她微微扬起脖子让一头蓬松的短发在风中飞舞，竟有几分令人销魂的性感。由于多年的芭蕾训练，蓝妮举手投足间有着非同寻常的称得上高贵的气质，这气质在"多姆"的长廊更富魅力，他早到十几分钟，坐在长廊咖啡桌旁，瞧着她沿着长廊款款而来。他后来告诉她，这一刻牢牢印在他的记忆画面里，她和长廊如此和谐完美，就像一个虚构的镜头，他就是这么形容的，或者，他的意思是有些梦幻，他用英语表达，有些语词她总是过后，甚至隔了一段时间才完全明白，而她有限的词汇量使她经常词不达意，他也需要费些心思去理解。语言的阻隔给他们的关系平添一些曲折，在一个乏味的城市，这些曲折竟也构成了关系中的魅力，当然，这是后话。

而当时，她走到他的面前，她看到他彬彬有礼起身，但拘谨和腼腆竟令他显得笨口拙舌。这恰恰也是一个男子的魅力，她不喜欢老练的谈笑风生的男子，那种属于原初的、自然态的东西无法从老练的人身上感受到。蓝妮是很本能的女人，他们是被各自的自然属性强烈吸引，却是在一个非自然的、被文明的消毒剂清洗得没有任何菌体的池子里。

蓝妮笑了，她的笑屬富于魅力，他也笑，是被她感染而笑，就这样他们相对而坐，互相微笑，午间光照充沛，她能看清他两鬓华发眼角皱纹，还发现他的肤色比较黝黑，藏在镜片后的双眸比较深陷，鼻梁比较凸起，总之，五官比一般的华人更加立体。这天他穿一件赭黄色的翻领 T 恤，双臂的肌肉将恤杉的短袖绷得紧紧的，这使蓝妮有些吃惊，这天的他和那晚穿西装看起来更加斯文的杰明有了一些距离。不过，这一点都不奇怪，生活在他这个阶层的男子，通常都注重健身，擅长一两项运动，是的，杰明充满运动气息的身体，向蓝妮提醒了他们之间社会地位的差异。她垂下眼帘，姿态就有些矜持，然而，在这被热带植物包围的长廊，蓝妮无法减缓自己的心跳，她无法漠视的是面前的热带男子的身体魅力。

他说的第一句话是，我们第一次相遇是在三个月前。蓝妮点点头，她当然记得，记得太清楚了，对于这张时间表，心美发表过评论，她说，三个月足以让一对新时代的恋人，从认识到热恋到分手。她没有把心美的评论告诉他，她有一种预感，只要她稍稍放开一些，他们的关系就会突飞猛进。当然蓝妮很小心，在这光照过分充沛的下午她看到天秤再一次倾斜，已婚者，高职位，一段她力所不能及的关系。

然而，他们毕竟有过三个月的笔谈，之间有一条狭窄的但并非不深切的通道，有些话题，写比说更有意味，所以见面只是他们用笔构筑的世界的延续，他们已经预先在他们之间虚构了一个世界，一个刻意和现实保持距离的世界，蓝妮的尽善尽美的包装，"多姆"典雅的环境，他们选择的话题，无一不在创建这个虚构世界，不过，哪一对恋人不是在他们的关系中建立想象的空间？问题是这想象的空间有多大，维持的时间有多长？

杰明已经拾起话题，他们在通信中提过的话题，他提起两个月后将要到来的俄罗斯芭蕾舞剧团的《天鹅湖》演出。他说他已在网上购票，希望能和她一起观赏。这一次蓝妮笑得很由衷，她忘记了她的矜持，没有什么比芭蕾的话题更能让她忘情，她开始滔滔不绝，也许语词不够用，她拿出笔，在桌上的餐巾纸画图，就像和童年的西西里谈话，她用纸和笔与半聋的女儿互相画图。现在她在纸上画出她曾经向往却无法得到的强健的肌肉质感的大腿小腿踮起的脚尖，笔底下那张软绵绵的餐巾纸上的腿竟分外有力传神，她笑脸明媚告诉他，这是俄罗斯舞者特有的肌肉力量，曾经让她憧憬自卑绝望的肌肉力量。她朝他身后很远的地方看去，似在回看曾经有过的那些神往无奈和急迫，他被她的神情迷住，不由得伸出手去握住她拿笔的手，她收回视线屏住气息，一时寂静笼罩在他俩之间。

她立刻又笑了，装作不在意地把手从他的手心抽出继续画着，她熟练地画出古典芭蕾舞姿中经常被人提到的阿拉贝斯克舞姿，躯体倾前右臂伸展大腿后抬，宛如在幻境中飞翔。他对着纸上的图惊问，真没想到你的图画得这么好，她告诉他，在舞校时，她的老师沿用伟大的芭蕾教师薇拉·伏可娃的教学秘诀，让学生把他们认为最美的阿拉贝斯克舞姿先画在纸上。老师常常引用薇拉的话，我但愿看到真正的阿拉贝斯克，然后对照我的教学要求，看看谁的阿拉贝斯克能使我着迷。

看起来，她的阿拉贝斯克令杰明着迷，他端详着她纸上的舞姿很入神，她又笑着告诉他，在舞校时她很出名，不是舞跳得好，是图画得好。那时，她常把她最向往却无法做到的舞姿画在纸上挂在墙上，她说薇拉的教学方式对于她最管用，她的确是通过画图达到跳舞的高度。说着，她又画出一个她认为很难做好的慢板动作中的伸腿控制动作，她指着画面议论道，能随意把腿抬高的能力对演员来说当然是必要的，但是只有在躯体和双臂配合得很漂亮的时候，腿抬得很高才会令人情绪激动，产生美感，否则仅仅是个杂技动作。

他几近崇拜地倾听着，然后小心地把她画过图的餐巾纸收起来，说要当作收藏品收藏，也许还要挂镜框，惹得她大笑，她的笑感染着他，他也笑，他为她的快乐而快乐，但他不知道，此刻于她几乎是这十三年的异邦生活最快乐的一刻。值得珍惜的是，很久没有人给过她机会，给她机会流畅地富有创意地谈自己，谈自己有过的梦想，重要的是，这个梦想早已从她的生活里逃逸。所以虽然彼此语言不太畅通，一种需要掩饰的欲望所带来的紧张也阻碍了他们的交流，但他们用心构筑的气氛已经建立。那些软绵绵的被画上图的餐巾纸给杰明收起后，他们的话题便转向各自的出生地，当他告诉她他出生在东马来亚时，蓝妮有些吃惊，听说那里很原始，有沼泽和土著民，这与他一个只会讲英语，在新加坡英语报纸当高级编审的形象很有些距离。蓝妮想问他，是否祖先有过混杂的血统，但她谨慎地咽下了这个问题，在海外最要当心的话题是关于种族的话题。她只是朝着他连连点头道，我早就猜到了，你应该出生在马来西亚？

为什么？杰明不懂。

于是她告诉他，因为她通常总是跟马来西亚的华人更合得来，他们朴实，有自然气息，篮妮偏着头斟酌字眼，努力表达她对两国华人之间差异的感觉。杰明笑了，有些调皮，我的确很自然气息，瞧我带来了什么，他弯下身，从桌子底下拿出一篮子水果，他告诉她这是他为她从新西兰带来的。一篮子从新西兰带来的水果，在新加坡称得上是顶极果品。

真是漂亮的水果，绿茸茸的猕猴桃，新加坡人称为奇异果，还有那种黄得非常灿烂的黄金奇异果，以及和梨子嫁接的口感很好的苹果，它们让蓝妮联想到曾在中国文具店看到的腊制水果，只有腊制的果实才会这般饱满鲜艳完美，没有一粒瑕疵。装水果的篮子也是一件竹编艺术品，和水果一样，自然得很，田野得很。要知道在新加坡，一根葱，一杯水都是进口的，在一个没有农业，甚至饮用水也要进口的国家，在一个每一寸空间都被规划好没有一条废弃的阴沟的城市，这一竹篮水果就有了非同寻常的分量，它跟鲜花一样有一股水灵灵的芬芳的诗意，又让你产生想要一啖为快的身体的欲望。杰明把它放到咖啡桌上时，篮妮竟发出一声惊呼，不过她马上捂住自己的嘴，这动作有些孩子气，让杰明觉得他的礼物很值得。

这第一次约会气氛怡然，它必将带来无数次的以后，只是这一类好事通常会遇上一些障碍，事实上，谁又见过两个恋人之间是畅通无阻的？阻力能带来情欲的高涨，那也是弗洛伊德的理论。虽然在刚开始的关系中，蓝妮一厢情愿希望那是一种更加精神化的交往，或者说，那只是蓝妮的自我欺骗，蓝妮毕竟是从禁锢的时代走过来，坦然面对自己的欲念是她们之后人生对自己的持久不断的挑战。正是这样的挣扎，使蓝妮保持住原始态的激情，那也是后来燃烧了杰明的激情，那个生长在热带的男子，在第一时间就感受到了蕴含在蓝妮身体深处连她自己都不曾意识到的火焰，他和蓝妮一样被困在一个洁净的缺氧的巨大的鱼缸内，之后，也许死于窒息，可是，他们相遇了。

那天，五点钟，太阳还炽热的时候，蓝妮便要告辞回家，那一刻，杰明正提议晚上去一家在客纳街（Club Street）紧靠新加坡河畔的非常东南亚的带酒吧的餐馆，名叫"印度支那"（Indochine），他说那些小食香辣开胃，河边的风景很美。蓝妮笑了，笑得有些孩子气，因为向往和快乐。不过，她跟着就想起了女儿的晚餐，这时候她应该在厨房里忙晚餐，七点钟西西里从学校归来，桌上已摆出她的晚饭，刚刚炒出的新鲜蔬菜，当日煲的汤。是的，她突然想起她的电汤煲里还煲着早晨就接通电源的汤，那是一锅小排骨加苦瓜香菇木耳去火又营养的健身汤，女儿不喜欢喝汤，如果她不在边上督促着，这一锅汤她绝不会自觉喝一口。

每天的晚餐对于蓝妮是必须认真对待的功课，她从来不肯马虎，那是当年杨志做下的规矩，杨志认为晚餐象征着家庭生活的质量，他从来不让她们在晚餐桌上吃隔夜菜，所以她也不要让女儿的生活质量因为杨志的离去陡然下降。可是在这个终年炎夏的城市她们从早到晚食欲不振，尤其是餐桌上没有好胃口的成年男人做领吃人，于是，菜越做越少，越做越简单，蓝妮仍然经常要为剩菜对西西里生气，晚餐成了蓝妮人生中的负担，这是她和杨志面对现实最根本的差异。

离婚前做饭的事杨志包了，他是烹饪好手也热衷烹调，只有他能忍受那些厨房，不，简直是在享受厨房，那些在当时似乎是不食人间烟火的蓝妮看来一分钟都待不住的厨房，在杨志则是让他情绪高昂的场景，在上海住亭子间时，他们住三楼，烧饭在一楼公用厨房，五家人合用，在那样一个拥挤埋汰的地方，杨志煎炸炒炖，做两个人的饭一点都不肯马虎，到新加坡头两年租房住，杨志是先看中那套房宽敞的厨房，直到这时他才算有了自己的厨房，所以自称英雄有了用武之地，他们两室一厅的组屋厨房门开在厅里，煮饭时杨志必要关门隔离油烟热气，那里热得像烘箱，杨志的汗背心被汗水湿透，便干脆赤膊颈上搭块毛巾，蓝妮黄昏教完课回家，他已在餐桌上摆满一桌子的菜，但是蓝妮不喜欢杨志在她面前赤着脖颈上搭块毛巾的样子，作为妻子她从不领丈夫为她煮饭的情，她仍在做翱翔的美梦拒绝让自己踏足在现实的泥地上，视日常油烟气为人生大敌。这时候，杨志已经在匆匆忙忙洗澡换上体面的上班装，嘴里发着牢骚，他的交响乐团晚晚有演出，在新加坡坐乐团不再是闲职，天天上午排练，晚上演出。这也是蓝妮看不惯的，从厨房到乐队，杨志的角色转换毫不费力，他从来将演奏当作职业而不是事业,蓝妮觉得不公平,她热爱芭蕾却无法让它成为终生事业,杨志可有可无地玩着他的乐器,却进了亚洲排在前几位的名乐团。这些都是造成他们分道扬镳的鸿沟。

　　蓝妮在和杰明共同创造的温柔浪漫因而也是不真实的气氛中,决然起身告别离去,她只比女儿早几分钟到家,西西里回家时,她已换上家居的汗衫短裤,米淘好放在电饭煲里,正把一篮水果放在客厅长餐桌的中央。见女儿进门,她把一篮水果放到她的面前,西西里却有些惊讶地看着母亲,只见蓝妮沉思着把水果一个一个从篮子里拿出来,排放在桌上,她的手指温柔地抚摸着水果,仿佛它们不是物品。而平时,她会为女儿挑选最成熟的果实,削去水果皮,切成一片片整整齐齐码在盘子里,端给西西里时,上面还竖着一根根牙签。

　　不可理喻的是,篮妮抚摸着完美无瑕的水果时心情的低落,她不能克制自己的想象力急速地朝前飞奔,此刻手中的新鲜完美恰恰衬托出不久的未来其腐烂,或赶在腐烂前的被吞噬,那是另外一种空虚,她无法握住飞速而去的时光,当爱到来时,她却在遗憾她快要老去,她的好时光所剩无几,那些平常日子累积下的所有的寂寞失落却在获得的一刻蜂拥而来。

　　这天的晚餐不仅比平时晚了一小时,且饭有点夹生,汤没有放盐,菜又太咸,总之,篮妮的心不在焉让西西里受了伤害。虽然篮妮从一开始就准备着为女儿牺牲所有的快乐,但好像西西里并不领她的情,就像当年她并不领杨志的情。那天西西里吃了两口饭,就放下筷子,她借口头晕,早早上床睡觉,蓝妮给她量体温搭脉搏，并未发现任何异常，看她板着脸嘟着嘴不让母亲碰的样子就知道她又在闹别扭，但蓝妮仍是一晚上不得安宁，担心她真的生病，同时思量她为何事不快。

不久蓝妮就会发现她约会这天西西里必要闹别扭。从约会回来的蓝妮总是有些神色恍惚，她脸上的皮肤滋润光洁，发型衣服都非同寻常日子。是的，她不再是那个平凡的母亲，而是另一个美丽的但也是虚荣陌生的女人，她不再属于她一个人，她被另外一个世界疏离了，她似乎打算从她们的两人世界逃逸，这是让西西里伤心的，只是她无法清晰表白自己的感觉。或者说，这样的感觉让她自己感到羞恼，因为她曾经表示妈妈应该有自己的生活，然而一当妈妈真的移情于他人，她的失落和不爽也是意想不到地令她自己别扭。

现在是第一天约会回来的情景，西西里的坏情绪随着她进入睡眠而结束，那时候蓝妮早已换下她的约会服装，那些衣服已被她仔细妥帖地挂在衣架上放进衣橱里。最近她花了半天时间把衣橱整理了一遍，主要是清理那些她已经很少问津的衣服，这也是对自己生活观念的整理，所有可能成为累赘可能仅仅占有空间却不再为她服务的衣物她都清理出去。空间是最宝贵的，尤其是衣橱的空间，那里也应该像她的搬空的卧室一样，给予她想象的空间。当现在，或任何时候，她的情绪很满的时候，她的热能在身体内部翻滚冲撞时，她需要空的空间，一个可以任她伸展跳跃旋转让溢满胸腔和四肢的能量宣泄出来的空间。

现在女儿终于入睡，家里很安静，静得可以倾听自己的心声。事实上，西西里是个比任何孩子都安静的女孩，她有听力障碍，她习惯在无声或声音微弱的世界生存。然而，对于蓝妮，女儿的存在很强大，无论她是否发出声音，只要她醒着，与她同享一个空间，她就无法听到自己的声音，她的思绪和目光总是在追随女儿，这既是母亲的幸福也是母亲的悲哀，她必须为另一个生命的成长而不完整，不自我，甚至，她得为那个生命摧毁自己的生命需求。

蓝妮先进冲淋房冲澡，然后换上练功服，在这个炎热的城市，动辄出汗，所以你无法不洗澡就换上另一件衣服，虽然穿上练功服是为了出身大汗，是的，蓝妮需要穿练功服，搬空的卧室在召唤她，自从知道西西里将在半年内去美国，她便开始等待杰明，在等待的日子，她就又搬空卧室。

那天之后，她一直让卧室保持空的状态，她恢复了多年前每天练功的习惯，就像一些女人练瑜伽，不仅是身体的需求，也是心情的需求，排空所有的杂念，让身体感觉和行动之间产生平衡。蓝妮无法推拒生活中可能发生的种种变化，她已经预先畏惧这些变化可能带来的伤害，穿上练功服跳一段她能够驾驭的舞蹈，让身体柔软疲倦然后生出新的力量，身体更有力量，心理才会更坚强，蓝妮相信。然而每每穿上练功服的瞬间，她总有疲惫的想要放弃的愿望，这是一种和积极的热能对立却又同时存在于自身的惰性，但是蓝妮不打算屈服，如果她放弃，自己人生路上还有什么风景可以眺望？几乎就看得到生命终点，那才是她最恐惧的未来。

现在的蓝妮在做激烈的足尖立起的动作时有些力不从心，当年在男舞伴的支撑下能做多样立脚尖旋转动作的蓝妮，在没有舞伴的今天其力度和速度当然不可同日而语，即便这一种支撑在旁人看来只是轻轻一扶，轻得微不足道，却也是不可或缺的。她联想到的是，她的八年离婚生涯不就是没有舞伴支撑的真正的单足旋转的生活吗？她因此滋生了坚持下去的勇气，每天练功，便从这个动作开始，当她略施弹跳使全身中心落在支撑腿上时，一边默默地叮嘱自己：脊椎骨挺直，双肩不能向后倒，头不能倾斜………

和杰明分手后，蓝妮如释重负，就像首场演出，她首先需要找到角色感觉，蓝妮需要找到在"约会"这个场景的感觉。意外的是，她轻而易举就找到了，在麻木地生活了很长时间之后，在早已放弃情感期待之后，蓝妮觉得自己已成了中性人，可是，杰明告诉她，你是我见过的最性感的女人。

我一直在忍受你的性冷感，当杨志背叛蓝妮时，这也是一条理由。蓝妮生气惊诧，差不多是一场休克，在结婚十年后，杨志这么告诉她。之前，在中国的时候，他们之间很少讨论关于性的感受，虽然他们互相依靠，相濡以沫，在别人看来是恩爱夫妻。蓝妮后来不得不承认，和杨志从热恋到新婚到之后十年，她几乎从来没有过性快感，这和他们两人最初性生活状态有关。那时候蓝妮所有的能量都已经消耗在练功房，她甚至有些厌恶性生活，她在床上疲惫冷淡，不过，这只是感受她没有说出来。实际情况是她总是尽量配合丈夫，好在他似乎并不热衷于这件事，或者说，作为配角的丈夫在性生活上也在配合她，他好像在耐心等候她的注意力从身体外面进入里面。然后终于等来她的雄心消退，她的注意力也终于退回自己的身体，可那时身体机能出了问题，等身体恢复他们又换了环境，到新加坡后，他们有了孩子，气候又这么炎热潮湿，当时，租来的房子没有装空调，他们的性生活也跟着没有了。

所以当杨志这么指责她的时候，她生气惊诧得说不出话来，她后来问道，在她开始接受离异的现实的时候，她问他，这么说，你现在才发现我们在床上从来没有幸福过？他答她，当然，如果没有遇见慧翎，我也不会发现自己在床上的能力，我和你好像没有爽过。他半开玩笑道，有些粗鲁，但这促使她冷静下来和他讨论离婚。

他终于让她明白，他在她面前的压抑，她从来没有让他感受她是他的女人，她对于性生活的冷淡和敷衍，令他对自己的性欲产生罪疚。他告诉她说，我们在一个床上睡了十年，还有了孩子，但我仍然常常觉得我们之间没有真正的身体的爱，我是说，我们的身体相触时是没有温度的，你的冷使我的荷尔蒙静止了，我和你一样变得索然无味。

是的，索然无味。她对丈夫只有精神依赖，却没有肉体激情，似乎在那个禁锢的时代，她身上的某些器官没有真正打开，或者说，他们之间从来没有过可以称之为情欲的那种爱，关于那些夜晚，留在记忆中的只有疲惫困乏焦虑，她总是担忧睡眠不够，体力不够，担忧他的向她靠近的身体，对于她，那只是一个不断给她带来怀孕忧虑的负担。

美丽,或者说你们认同的那种美对于我只是空架子,认识慧翎后我才明白过来,重要的是她是否给我男人的感觉,我身上某种正在死去的东西又活过来了,没有她,我也许会提早进入更年期。杨志的一番自白令她第一次不无惊骇地发现,他们原先的感情几乎是建立在无性基础上。可真是一对旧时代的恩爱夫妻,她对自己的以往突然有了自嘲能力,仿佛,她从某种幻觉中醒过来,那种空虚也是前所未有的,也就是说,她是从离婚开始有了内心生活,如果没有体会幻觉的消失,没有对自己的反省,如何会有强烈的自我意识,自我反省?

去吧,杨志,这一趟出国对你真是值了,你找到了货真价实的夫妻生活,她这么向他告别,听起来不无嘲讽,然而这也是她的真心话。那天他们互相流了许多泪,她有些为杨志委屈,无论如何,他是无辜的,虽然她也是无辜的,他们互相蒙昧了这么多年,先觉醒的那一位必然是个背叛者。那是一九八七年,他们刚刚出国五年,当然,这种觉醒并非要到出国后才有机会,只是对于他们俩,他们的离开家园,还附带了这样的失去和获得。

无论如何,工作和照顾女儿,使蓝妮与杰明的约会短促匆忙,当时,西西里只有十三岁,还没有成熟到蓝妮可以把约会的事与她讨论,杰明是个已婚男人,这一段无未来的关系使蓝妮面对西西里感到心虚,这直接影响了她对约会的感觉。她安排时间时首先要考虑西西里的感受,不仅仅是按照他们各自的时间表,拿去周末和晚上,平时他和她都有自己的工作,几乎是靠挤,才能挤出两三个小时。只有半年时间,她这么告诉自己,也告诉他,女儿半年后去美国,听起来,似乎在盼望她离去,蓝妮自责。

事实上,杰明每两个月还要回一次新西兰的家,他的妻子是马国驻新西兰领事馆雇员,她带着一双儿女已在那里生活三年,这是他的另一个世界,蓝妮可以疏忽它的存在,因为她一无所知。蓝妮也有自己的现实,她得为西西里办各种公证,去医院全身体检补牙齿戴牙套,还要恶补中文,美国的中文环境更差了,她担心女儿把中文扔弃。周末她希望和西西里在一起,可是女儿似乎提前过起告别的生活,派对,拍合影,看电影,女儿并没有多少时间陪她,但在心理上,她觉得自己心意到了。

一起去音乐厅,成了他们约会的主要方式,新加坡虽然只有一个交响乐团,但这个城市却有频繁的外国交响乐团的演出,杰明总是预先订购票子,并为演出的剧目寻找相关的资料通过电子邮箱发给蓝妮。他是个非常专业的听众,就音乐知识的渊博远远超过职业演奏家杨志,而他对音乐的热情和迷恋更是一些职业演奏家所不具备的。

杰明热爱贝多芬和马勒,蓝妮更钟情柴可夫斯基和拉赫马尼诺夫,她这一代人对俄罗斯音乐和文化有浓烈的情结,这使她的个性散发出浪漫和忧郁的气息,殊不知正是这股味道深深地吸引着杰明。他觉得她是他一生中罕见的女人,而他面对外部世界洁身自好的姿态和内心的自由空阔令蓝妮欣赏尊敬，在他的带领下蓝妮不由自主沉浸于更为深邃纯净的音乐世界。蓝妮曾经以为她和杨志在国内是生活在艺术世界，却不知渴望成功的焦虑败坏了享受艺术的心境，和杰明欣赏音乐的过程，也使她学会更纯粹地只为快乐而快乐的享受艺术方式。是的，她仍然在为生存奔忙，然而正是有了生存的强悍才能感受艺术的飘逸，把一种幸福和痛苦都可能剧烈的关系安置于音乐热情温柔的保护下，是否有些自欺欺人呢？

至少，心美认为这种只局限在音乐厅的关系是脆弱的，但她劝阻蓝妮不要想得太多，权当享受音乐一般享受这段关系，她其实是有些羡慕蓝妮的，可见任何事情都不是绝对的，她说，不稳定的同时也带来种种可能性，这话可一点不假，我只是提醒你不要太投入。

可不投入，又如何体味爱的真谛？蓝妮在朋友的劝阻和自我的戒备中，也就是说是在清醒的意识下一步一步进入关系的深处，她将发现，理性的虚弱和生命意志的蛮横强大，从音乐厅出来，时间已经很晚，即便意犹未尽，家中的女儿在催促蓝妮的脚步。

他俩只能花更多的时间在写信上，离开音乐厅之后的谈话，通过电子邮件继续着，所以往往约会刚结束，她回到家，洗完澡换上睡衣为自己泡了一杯茶端进客厅，他的电子邮件已经等在信箱里。他告诉她，有时心情的急迫使他等不到回家，便在路上给她写信，他的笔记本电脑放在车里，他把她送到家门口，就在路边打开电脑,他身上蕴藏的能量也是她不能低估的。

今天,在第一乐章结束式时我……我很兴奋,我的欲念和音乐一起胀满全身,虽说是听了很多遍的乐章,因为你在身边,你在身边(他重复着以示强调),同时却是在音乐厅这样一个多少有些清规戒律森严壁垒的地方,感受从来没有这么强烈……或者说,我从来没有过在音乐厅感受自己突然升起来的欲望,这是在一起听了德国交响乐团演奏的贝多芬《第五交响曲》之后,那时他们已相识更久,杰明在回家的路上写给她的,从艺术话题到欲望袒露,他很坦率,这两种话题都需要激情,虽然有语言的隔膜,她仍能感受那一股烫皮肤的热流。所以读他的信也是一次次激情的体验,虽然他的有些句子她必须查电子词典才能读懂。她写回他的信也总是要翻阅字典,她无法像他那般坦率地表达自己的欲念,不仅是语言的问题,也和她被多年禁锢有关。奇怪的是,被埋得很深的欲望却是在找到出口的时候才开始燃烧,她也没有意识到,在她自己的空屋子的舞蹈是她多年来跳得最有感觉最有创意的舞蹈。

而杨志和蓝妮在这段时间联络频繁,这和西西里办签证需要的各种证书有关,眼看又要开始一次长途迁徙,杨志似乎很感慨,他对蓝妮说,你知道我是不喜欢动来动去的。这一次也是他身边的女人在做他的动力。杨志的移民律师是他的妻子的父母为他找来,他们都移民美国,在那里拿养老金。杨志被交响乐团裁员,就意味着唯一一份稳定的工作丧失,因为交响乐团是新加坡唯一一个发薪水的乐团,杨志只能靠收私人学生养活自己，新加坡是个没有退休金的国家，杨志老了怎么办呢？如果他继续在新加坡？按照他丈人的说法，至少，他在美国可以得到一个拿养老金的老年。

移民申请批准后，必须在两年里办妥签证，蓝妮和杨志商量结果，决定把他们的移居放在次年六月，因为新加坡学校的开学是在六月。后来，蓝妮才想到，当他们商量这些事的时候，居然从来没有提过杨志的妻子，好像她是不存在的。这期间要办好几份公证，由于女儿出生在上海，她的出生公证和蓝妮与她的母女关系证明都必须回上海办，于是在圣诞前夕，蓝妮带着女儿回上海。杰明也将回新西兰的家与家人共度圣诞。

之前的那次约会，杰明早就和蓝妮约好去罗伯森码头一起过个提早的圣诞晚，那里有一家法国餐馆，安静优雅。至少我们可以谈话，我们要分开一段时间，这时候觉得音乐也是干扰，因为我们需要一段完全属于我们自己的空间。杰明坦率地表达着他的愿望，同是火相星座白羊座的杰明，迸发出激情时是难以拒绝的。

同样是水边，罗伯森码头完全是另一番景象，那里轻声细语，没有灯，只有蜡烛。音乐给蓝妮深刻的印象，或者说，是那种情景下的音乐，巴赫的平均律钢琴曲，巴赫音符后平淡却难以摩擦掉的美感给她意外的感动。露天餐桌安在河边，餐厅是在大理石立面的建筑内，巨大的玻璃墙内烛光点点，那些器皿，水晶、陶瓷或玻璃，灿烂耀眼，闪闪烁烁，草坪和花园的隔离，使它们退得远远的，成了有纵深感的背景。狭窄的新加坡河有百多年历史，可低矮的堤岸令它像一条人工河，对岸战前留下的米仓的破败反而近在咫尺，这样一种现代华丽和历史沧桑的参差，似远还近的交错，正是罗伯森码头无穷韵味的一缕映照。

既然是法国餐厅，食物该是令人难忘的，但蓝妮几乎记不得他们吃了什么，只记得餐具很讲究，音乐有一种浸透骨髓的情绪，却无法以喜悦或悲伤的词语描述。巴赫最不戏剧化，最不煽情，但蓝妮的眼睛却在湿润，杰明握住她的手并把它贴在自己温热的嘴唇上，蓝妮无法拒绝这样的情景，她的嘴被深深吸进他的嘴，那时月亮在她的头顶摇晃，她的左眼侧是米仓石灰墙的斑驳，右眼侧是餐厅的玻璃墙和墙内的灼灼烛光晶亮器皿。那晚她被杰明带到他的寓所，他们终于到了床上。

他们的第一次曾经很让蓝妮惧怕，自从知道自己从来没有在床上让前夫快乐过，蓝妮就有了自卑，好几次蓝妮匆忙离开杰明是以女儿作借口。眼看自己的欲念高涨，快要到来的一幕正令她沉溺，一丝惧怕的凉意从脊背处升起，蓝妮太珍惜和杰明的关系，珍惜到不敢和他有身体交欢。害怕让这段关系毁于充满遗憾、无法挽回的肉体的误会中，可怜的蓝妮，潜意识里她对肉体的爱仍怀有原罪感。

可是那个晚上，在新加坡河畔，在两人面对面的交织着巴赫清澈单纯的半音阶，与现实越漂越远的情景中，她坐进他的车子，他继续吻她，他的手触到她的身体隐秘处，他惊叹着，你很湿！正是这一声惊叹解放了她，欲望的出口打开了，后来，在他的床上，她不无羞愧却又惊奇地发现自己湿得像躺在水里，他进入她身体的一刹那，她不可抑制地喊起来，那一声狂野的动物的喊叫，令她自己吃惊，那种肉体的动物的爱，是蓝妮不曾体验的，宛如火从她的两腿之间烧起来，一直燃向全身四肢。之后是一阵阵的战栗将她推向人们称之为高潮的状态，隐藏在身体角落的所有的本能奔涌着，爱从最原始的表达开始，如同生存的挣扎，是粗犷的，强壮的，不知羞耻的。蓝妮的回归本能的身体也让杰明进入无比高亢的状态，他告诉她，他身上的微血管都在扩张，欲望饱胀在每一根最细微的管道。冷静后她有一些羞愧，然而他在深深叹息，感谢上帝，我遇到了蓝妮。

可是，他们结束得有些匆忙，她的手机响了，屏幕上有西西里留言，爸爸在家等你。就像一个匆忙的电影散场，从幽暗的幻觉世界出来，亮晃晃的现实世界是刺耳的嘈杂声和摩肩接踵阻碍你脚步的不相干的人群，那天晚上，等在客厅的杨志见到她的第一句话竟然是，慧翎要和我分居，如果我把西西里带在身边。

她的头立刻要炸了，看起来为了现任妻子的感受，杨志要牺牲女儿的利益，关于西西里的美好未来瞬间成了泡影。蓝妮怒不可遏，不仅仅是杨志轻易改变给予女儿的诺言，还因为他损坏了她的夜晚，一个本令她享受欢畅淋漓的快乐的夜晚，她把他视为她命运中的扫帚星，她的所有挫折的制造者，她从来没有像今天这一刻那样憎恨他，即使在他背叛她的时候。

顾忌女儿在家,蓝妮压低声音指责杨志,事实上即使她和他大吵大嚷西西里也听不到,她睡着了,没有戴助听器,睡房门关着,无论客厅有多大声音她都听不见。压低声音的蓝妮说出的话却更加伤人,是她轻蔑的态度更加伤人,她刚刚骂了他一句"窝囊废"就缄口,她突然连吵架的热能都没有,她所有的热能已在爱中消耗,她感到疲倦虚幻,无论发生什么都不想在今天晚上讨论,她只想赶快躺到床上,闭上眼睛睡一觉。

未等杨志离去,她已自顾自走进卧室,把竖在墙边的席梦思平放到地上便是她的床,接着顺势把自己放倒在床上。窗外月亮明晃晃的像一盏孤零零的电灯,她看不到自己的脸,她的脸在月光下分外妩媚,之前,在罗伯森码头新加河畔,杰明吻住她的瞬间,她首先瞥见头顶的明月,然后是明月下的一切,左侧的颓败,右侧的华美,参差着暗影的灿烂。正是如此,怎么可能有毫无阴影的幸福?此时此刻,她对着月亮自问。

她闭上眼睛,试图让现实漂离而去,想象自己躺在一片空寂之中,自从遇到杰明,她充满对于空旷的需求,现在的她似乎更习惯在空无所有的卧室、在空的空间安眠自己,她渴望某种空的状态,或者说,她渴望从拥挤着的欲望中解脱。欲望实现这一刻的狂喜是短暂的,之前被阻塞的苦闷却漫长得没完没了,但是,只要躺在空寂中,如同浓郁的黑雾一般郁闷的现实,将被没有边际的空旷消融。就像此时此刻,当她平躺在床,伸展双臂,轻合眼帘,不久前戛然而止的快乐,眼前纷乱一团的烦恼,暂时都从肉身能够触及的物理空间退去,但是她听到卧室外的杨志在说，你变了，自从有了男朋友，你的心思就不在西西里的身上，你希望她快快离开。

她几乎一夜未睡，躺在床上安排女儿的未来，跟杨志争吵有什么用？八年独立人生，应该学会不依靠任何人解决所有难题，有一点她很明白，她不能改变女儿去美国受教育的可能性，也许她真的需要再做一次迁徙，仅仅为了西西里。她可以委托律师为她做移民申请，之前，她先申请探亲；在美期间，把西西里安置在朋友的家，或者每年以探亲签证去那里住半年陪伴女儿；假期可以让西西里回新加坡住，无非是多花些机票钱，自己更辛苦一些赚钱。这么想下去，一团乱麻就理顺了。

在思虑这一切的时候，她把自己的需求放在一边，或者，有一种故意扼杀自身快乐的自虐倾向。事实上，杨志的谴责一直在蓝妮的耳边回响，她气愤之余也有内疚，她的确已经做不到将百分之一百的关注和热情投在女儿身上。所以，她就有了这样的决定，让自己离开新加坡，离开这片欲望的土壤，讽刺的是，她的低落的欲念是在这个无欲的城市高涨。然而现在，她未来的每一步计划都将违逆自己的欲望，仿佛这样才能完美她的母亲角色。

所以她把这个计划告诉杨志时，杨志是很吃惊的，他也并非没有内疚，他其实也在说服妻子，希望有个两全其美的方法，把女儿带在身边也是他的愿望。更深层的愿望是，希望把蓝妮一起带走，他好像已经预感到，再去一个新地方是对他目前婚姻的挑战，他需要蓝妮这样一个久而又久的亲人在近处。是的，虽然离婚多年,他内心深处仍把她视为家人,当人生进入某个关头时,他要抓住的是更久远的关系,因此,从自私的角度,杨志并未阻止蓝妮实施她的计划,他只是答应按原计划先把西西里带去住在他家,三个月内蓝妮必须申请探亲,待她到美国后重新安排西西里的居住处。

当蓝妮在与美国的亲朋好友联系的时候,杨志忙着和自己的移民律师联系,恳请他接受蓝妮的移民案子。

圣诞之后就是新年,一月很快就过去,蓝妮和杰明从他们各自的假日归来再相见,已是二月。西西里六月初去美国,之后,蓝妮也要为她的迁徙做准备。这就是爱的关系,阻力无处不在,而蓝妮还要给自己制造阻力。但同时,一股更强大的冲动在冲破它们。

这些日子,蓝妮和杰明的约会从音乐厅出来,他们经常一起晚餐,时间也越来越长,本来,她希望把这些时光推至西西里离开后的日子。但是未来更长久的离别,前夫和女儿疑虑的目光,尤其是她本人对这段关系的推拒,反而使蓝妮焕发出强烈的激情,寻找一切机会与杰明在一起。她已经告诉杰明,她的生活可能发生的变化,她为他们这个一分为二的家庭所做的安排。她也是在提醒杰明,他们的关系非常虚幻,转瞬即逝。但是杰明的反应很平静,平静得令她有几分失望,他说,只要我们想见面,总是找得到机会,现在的世界很小,来来去去很容易。

是否来去容易,我们把离别看得很轻呢?蓝妮在心里自问,她的眼圈发红，忧伤的潮水汹涌而来，那时他们坐在赞美广场内的意大利餐厅露天餐桌，脸对着广场中心的喷泉，喷泉凹陷在拾级而上的宽阔台阶内，这台阶通向天主教的修道院，有着匀称舒坦的装饰美感。总有一两个年轻旅人，背着双肩包坐在台阶上，如观众一般欣赏着面前这一个对于他们来说也许是过于华丽精致的舞台。行走在路上的旅人是不属于这样的地方的，就像蓝妮，她虽然没有背双肩包，在新加坡的宏茂桥有自己的组屋，年年纳税，然而，她从来没有过是这个城市的主人的感觉，如果没有杰明的带领，她甚至不知道这条名为"土丘"却高雅幽静的路上，竟藏着赞美广场这样一个充满殖民时代色彩却又被时尚包装改良一跃而成顶尖时髦场景，如同十年后出现在上海太仓路的新天地广场。

是的，光滑柔蜜的空间对于蓝妮这样的女子是尖锐的刺激，她发现自己是个局外人，她每每是在这样的地方怀疑自己身处的位置，她不由自主要对杰明诉说她的现实，她更想讨论的是他们之间的关系。自从与杰明有过肉体爱，她对这段关系失去了之前的洒脱，可是，理性告诉她，这类讨论不仅无谓，很可能有害，男人女人恰恰是在讨论他们的关系时将笼罩在现实之上的幻觉色彩拂去的，至少，这是令双方扫兴的，如果彼此的情感过于浓烈，这样的谈话更容易失控，直至互相伤害。

餐桌上跳动着烛光，即便眼圈红了，他也看不清，她举起杯子一口喝干杯中红酒，杰明笑了，风度优雅的蓝妮会有一些突如其来的豪迈动作，那正是大陆女子的特点。杰明能发现蓝妮身上蕴含的优秀和独特,他给了蓝妮自信,或者说,他欣赏的目光给了蓝妮重新塑造自己的魔力,蓝妮深叹命运的不可逆转的安排,为何让她在新加坡空虚沉沦了这么久之后才遇上他呢?为何要在韶华将逝生命蹉跎,她该进入平静的旅途时遇到一段可能动荡很久的感情?

他拿起瓶子欲给她倒酒,那时正好是巴赫协奏曲的慢乐章,一段冗长而悲伤的纯粹的意大利式的旋律,他手上的动作便停顿下来,男招待过去欲接替他,他张开手掌制止他,他拔开瓶塞,红酒缓缓倾入,神情若有所感,她被他感染,也试图让旋律覆盖自己的情感波澜,她端起酒杯,继续喝酒。

他伸出手,轻轻抽去她手里的杯子,并去抓住她的手,蓝妮,像现在这样,互相有欲望的我们面对面,还有酒、音乐、烛光陪着,不是太奢侈了?他笑皱着眉看着蓝妮。我相信我们的人生里可以拥有的这样的时刻一定不多,不可能多,上帝不允许的,他深深地叹着气。我是有些迷信的,越好的东西越少,上帝要我们懂得珍惜,蓝妮,我很珍惜我们之间的关系,我有准备接受出现在我们之间的各种阻力,我们一定会分离,不管是什么样的形式,如果我们天天在一起,穿着拖鞋坐在客厅读报纸看电视,彼此还会保持旺盛的欲望吗?

那天晚上,他们喝完一整瓶红酒,蓝妮保留了红酒的瓶塞。之后,他们俩的相聚就有了对酒当歌,人生几何的况味,他们去不同的餐厅对酌红酒,眼睛里跳跃着几乎是相同的烛光,那时候音乐和他们的目光一样,绵绵不断,有些过于恬淡,有些却有着惊人的煽情力量，每一次喝完整瓶酒，蓝妮便把瓶塞保留下来。他的话让蓝妮体味了很久，那不是可以用理智想明白的。

有一天，杰明请求蓝妮陪他逛乌节路上的购物大厦，他告诉她，想为自己的妻子挑几双凉鞋，因为新加坡是热带城市，凉鞋品种多且价格便宜。她有些吃惊她竟和他妻子的脚码一样大，当然35码半的尺寸在她这一代女子是比较普遍的脚码，至少她可以帮他为他妻子试鞋。她自己几乎不穿露趾凉鞋，那是出于职业习惯对于自己脚趾的保护，虽然她已经离开舞台，但她的脚尖仍是用以谋生的最原始的材料，至少她要为她的学生示范芭蕾中最经典的舞姿——脚尖舞。

这是一次难忘的买鞋过程，让蓝妮吃惊的是，杰明对鞋子的挑剔和讲究，对于购物大厦内五颜六色的鞋子柜台他几乎不做停留，他把蓝妮带到史各士购物中心，那里设有意大利名鞋FERRAGAMO专卖店，这是一种手工缝制的鞋子，不仅精致优良且人文气息浓烈，杰明热衷于这个牌子一点都不奇怪，只是，这再一次提醒她他们之间悬殊的社会地位和生活质量，这种顶尖牌子的商铺她是从来不会光顾的，她的为生存奔忙的脚怎么可能和这样昂贵的鞋子发生联系？

当蓝妮的脚伸进他为妻子挑选的鞋子里时，她惊异地发现，那些外观简朴用小牛皮制作的凉鞋的确要比购物大厦里时髦鞋子舒适柔软许多，她的脚伸进这样的鞋子，竟不想伸出来，她有几分委屈，她从未穿过这么一双脚跟脚趾都那么熨帖的鞋子。

她也同时触摸到那个被他留在新西兰的遥远的现实,她感受到他对自己家的用心,那个妻子,他是把她当作亲人来爱护的。这使她对自己的处境生出了几分孤寂,却又对他生出几分敬重。他一口气为他的妻子买了好几双鞋。

可是蓝妮不知道杰明内心翻腾的感触,当她为他试凉鞋的时候,她脱去丝袜,直到这时他才真正看清她的脚,一双芭蕾舞演员的脚,她的脚尖和趾关节仍然留着伤疤和老茧交错的痕迹,那上面刻印着她曾经长年奋斗的艰辛,令他顿生敬意和怜爱。然而,同时,这也是一双结构完美的脚,高高拱起的脚背,柔软的脚腕,配上修长优美的腿形,令他想象着蓝妮在舞台上轻若无物的体态,像著名的塔莉奥尼那样飞翔落地单腿立脚尖塑造出永恒的浪漫造型,含蓄地否定了"脚"站在地面的功能。

就在那天,在同一家意大利鞋店,杰明选了一双比他妻子的鞋昂贵得多也豪华得多的高跟皮鞋要蓝妮试穿,当蓝妮把脚伸进这双鞋时,她和他都被这双鞋和裹在鞋里的脚的完美造型而感动,他轻轻嘀咕道,我从未见过这么性感的脚,这么匹配一双鞋的脚,是的,你是个芭蕾演员,你有一双美丽非凡的脚,他难抑激情地蹲下身,用他的手去摸她的脚,在他这个外表有些矜持的男人,这动作已经有些失态。然后他转身为这鞋付款,蓝妮当然不肯接受这双昂贵到她可以买十双鞋子的极品皮鞋,可是他告诉她,你的脚就应该安置在这样的鞋子里,一双像这样豪华高贵的鞋子,他开着玩笑,你的脚漂亮得不真实,漂亮得奢侈,像你跳的舞,虽然我没有看过你跳舞。他回去后给她写 e-mail 道,希望每次约会,都看到你穿这双奢华的鞋子,当然这不是平常的鞋子,就像你对于我,就像我们的关系,不日常,不普通,不敢要得太多,就那么一点点,一点点奢侈。

现在的蓝妮,每每穿上这双鞋子,便要配上与鞋子相称的衣服化妆,这就是说,蓝妮在约会时,极尽自己人生的豪华之能事来装扮自己,那时的蓝妮与日常生活的她判若两人,那是她自身的一个幻梦,也是他目光塑造下对自身的再创造,生活就在那一刻放射出光芒。她突然对他们的关系有了感悟,就是这么一点点奢侈一点点虚幻令生活有了光彩,不要贪心,不能贪心,就像对待美丽的鞋子,穿一天,放多天,给它足够的时间恢复和保持其美丽线条,一双穿走形的鞋子,怎么昂贵也已经一钱不值。蓝妮的感触成了心美一系列随笔短文的主题,她笑说,我不得不像吸血鬼一样从你的恋爱中吸取养料,我的生活太闷了,闷得我简直也想去找个婚外恋。

杨志的妻子慧翎已先去美国,为他们的安家做些准备,她的双亲在那里,她先行一步比较方便。接着,杨志和女儿也将离去,在那段妻子不在家的日子,杨志经常会带些菜来蓝妮家三人一起吃晚饭,甚至系上蓝妮的围裙,为她们母女下厨房,有些日子正好蓝妮有约会,待她回到家,杨志已回去,桌上放着为她留的小菜,一时间有点像回到离婚前的日子。蓝妮的滋味就很复杂。

有一个下午,杨志带来一些工具和涂料要为蓝妮整修房子,他注意到蓝妮搬空的卧室墙壁曾经被家具遮蔽的部分被积尘污染,造成整面墙的颜色差异,于是他不仅帮她刷了一遍卧室,也把西西里的房间和客厅粉刷一新,在为蓝妮刷房的三天时间里,他们倒是互相倾吐了不少心里话。当杨志弄清楚蓝妮没有再婚的打算时,便向她倾吐他目前婚姻里的苦闷,他们的婚姻也将面临分居状态,原因是先行去那里生活了近两个月的妻子发现,美国的音乐界竞争激烈,她在那里很难进地区交响乐团,所以她认为她的生活重心仍然在新加坡,她宁愿一年进美国两次保持美国的绿卡。可是杨志自从被裁员后觉得留在新加坡很压抑,他说即便做家教也要去美国做,他现在已经改变计划,他打算和西西里一起生活,当然,如果蓝妮移民成功,在他家附近买套房子,他将心满意足。听起来,在移民这件事上,他和现在的妻子有了隔阂。

蓝妮觉得杨志的一厢情愿很可笑,但她不想去纠正他,看着前夫,觉得他对于她亲近得可怕,也遥远得可怕。亲近到她知道他身体最隐秘的伤痕和行为方式,他割过痔疮,小腹上有开阑尾的刀疤,睡熟时会磨牙。他们又很遥远,此时此刻当她面对他时,感到他们是两间互不通风的房间,彼此熟悉对方的每一寸空间,但休戚相关的空气对流通道被阻塞了。面对面时只感到窒息和郁闷。

她打断了杨志的抱怨,她告诉他说,任何一种生活刚开始的时候都是难的,杨志你有经验,所以你要引导她渡过难关,你乐观她才乐观。蓝妮的劝阻不仅通情达理还富于智慧,然而正是不再休戚相关,正是剔除了感情的理性,才给了她洞察世事的能力,她可以成为杨志最好的朋友,但不再有其他可能性,即便他第二个婚姻也失败了,她对自己说。

然而最后一天,当杨志完成所有房间的粉刷和整修,已是黄昏,他一身汗水,头发衣服涂料斑驳,梯子上爬上爬下把腰也闪了,蓝妮的感激里夹杂了浓厚的怜惜之情。她为他找出留在她这里很多年的换洗衣服,他洗澡时她已在桌上摆出一桌菜,这天她又煲了一锅苦瓜香菇小排骨汤,为杨志炒了他最喜欢的小椒豆干牛肉丝,烤了龙虾,还做了一大盘斯里兰卡螃蟹。现在她解下围裙,在杨志对面坐下,为他斟了满满一杯冰镇啤酒,在他的盘子里布菜,并为他拿去螃蟹壳,蓝妮做这一切的时候十分自然,如同任何一个家庭主妇,却让杨志十分感慨,十年婚姻她从来没有为他做菜,为他做这一类微不足道却足以打动男人心的小动作。这天的蓝妮虽然穿着简单的无袖T恤和牛仔裤,却剪了一款时髦的短发,脸上化了淡妆,所以她的家常质朴里蕴含了杨志过去不曾体会的意味,这也让他心猿意马。

饭后甜点是他喜爱的冰冻绿豆汤,蓝妮还为他煮了一壶现磨咖啡,杨志受宠若惊,今天的我就像是个贵宾,他开着玩笑,心里却在动荡。蓝妮拿来做按摩的香油和滴了香精的蜡烛灯,偶尔她会请按摩师上门为她按摩劳累的身体,那也是在认识杰明之后对自己的呵护。现在拿出来是为杨志受闪的腰按摩,蓝妮在用她的方式感激这些日子前夫为她做的一切,可杨志却十分意外或者说惊喜。

他躺在蓝妮的床上,按在他伤痛腰部的蓝妮的手指有力又柔软,屋子里迷漫着香油幽然却渗透力极强的迷迭香的熏香,音响箱放着德沃夏克的《新世界交响曲》,它曾是他们的前婚姻里最持久的音乐,那也是他们在那个旧时代能够感受的最动人的音乐了。蓝妮告诉杨志,没想到住在新加坡的杰明"发烧"得更厉害,他几乎收藏了"新世界"所有的版本。就在这时,在第二乐章如诉如泣的旋律中,合卧在床上的杨志突然翻转身抓住蓝妮的手,他凝视蓝妮的双眸变得潮湿,就像离婚前的最后一晚,他流泪了。她的手指轻轻抹去他脸上的泪,这使他情不自禁,他吻住她,她试图推开他,但之后便跟随他进入某种情景,毕竟那曾是她熟悉的气息熟悉的怀抱,可对于杨志,蓝妮已经是新的女人,那曾经只在她舞姿中出现的柔软、力量、风情,如今融入了她的身体,她的性感令他痛苦,因为最后一刻,她到底还是把他推开了,她早已不是他的女人。

是的,正是在一刹那的动摇中蓝妮了断了在心理上对杨志的依赖,她的欲念需要情感的点燃,而她的情感像水一样流走,流向那个有杰明栖身的容器里,但是那个容器似乎在失重,时光在从那个容器中流走,蓝妮正是在与杰明的相处中感受着生命不可抗拒的流逝过程,从满到空。

他们仍然仔细地安排着每一次约会,在各自的日程表外寻找时间和空间,在有烛光的夜晚他们对酌红酒,蓝妮留下了每一瓶红酒瓶塞,如果说还有什么可触摸的东西可以见证他们的一次次有血有肉的相处,那么瓶塞是最质朴最容易把握的物质证物。

在这一次和那一次约会的更长的间隔中,女儿离去的这一天正在迫近,她开始为女儿准备行李。可以说这是个充满期盼的过程,女儿终于成行美国,那更像是她和杨志的愿望的实现,同时她将回到单身,不受干扰的空间,这正是她的生命需求的空间。然而,当她像鸟衔泥筑窝一样将西西里两只空空的大箱子一点点填满时,心里却在一点点空下去,可是每天的日程表这么满,一边顶着学校的课,一边要为西西里买这买那,她想象着女儿可能需要的所有的小东西,比如洗沐液洗发香波润肤霜,毛巾浴巾甚至浴帽,牙刷牙膏甚至牙线,卫生巾内裤袜子棉花签,所有一到那里就可能需要的个人用品。而在洛杉矶那种城市买一根葱都要开十分钟的车,还有那些微不足道的生活小工具,小到修脚指甲的指甲钳,要买到一把好用的指甲钳竟也让她跑了好几家店,直到现在她还在为女儿剪脚指甲,是的,她甚至不放心让女儿自己剪指甲。

事实上,西西里是跟着父亲去他美国的家,她不是去租来的一无所有的空公寓房子过日子,无论如何家里还有慧翎这样的成年女子在照应,他们的浴室也不会缺少女孩子的卫生用品,可是蓝妮却不要女儿为一些微不足道小事去求人,她是个敏感的女孩,一点点委屈都会伤害她。也许并非如此,她有着妈妈意想不到的坚强和豁达,过敏的是蓝妮,在为女儿的担心中还夹杂她的某种内疚,为了内心深处她的激情和欲望。

寂寞空旷

紧密的日程表令蓝妮在炎热潮湿的城市穿梭已感受不到气候的困扰,身体的快速运动竟也兜不住任何情绪,夜晚躺在床上,心里脑子装满远远近近的忧虑,当然都是为女儿,大大小小的事都要操心,常常思虑到一半,便跌入睡眠。就这样,匆匆忙忙中就到了送别的日子,把西西里和杨志送到候机厅海关出境线前,蓝妮还在操心,机票护照出境卡检查了一遍又一遍,心里担心着到美国进关会遇到什么麻烦,和女儿杨志告别时仍在叮嘱这叮嘱那的。她后来想起,在慌忙和焦虑中道别,甚至忘了拥抱女儿,甚至没有流泪。父女俩的背影刚在眼前消失,她立刻转身去机场的地铁,她要去学校赶课。回到家已是黄昏,她疲惫到喝一碗绿豆粥的力气都没有,粥是早晨为西西里准备的,可是她起床太早什么都不肯吃。看到桌上那碗西西里未动过筷子的粥,突然强烈地意识女儿不在身边的现实,此时泪水汹涌而流,但她太累了,她哭着去冲澡,然后躺到床上,一分钟后就入睡了。

醒来时天已黑。她起身给杰明拨电话,那几天他恰好在新西兰,随身带的手机可以全球漫游,但是蓝妮很少用这个电话,尤其是他回家的日子,这是她最畏惧的说话方式,在不同的空间,她完全无法把握对方的心情状况,她担心不合时宜的铃声会扰乱他在彼岸的生活次序。她是如此渴望这一段关系的完美,希望每一次的沟通是和谐的,她本能地明白,两人之间无法达到的空间是必要的,常常,空比满更有期待感,更有张力。

然而今天,蓝妮几乎是不假思索地拨了他的电话,他的手机关了，这样的情况该是可以料到的，但是对于此时的她却是个挫折，她从来没有像这一刻那样强烈地需要他，强烈到似乎这一刻没有他的安慰，她会过不去，她会崩溃。这是一种非常深沉的绝望感，蓝妮被自己的绝望震撼，这很像当初杨志离开她时的情绪，但又不完全一样，那时的绝望是被更强烈的愤懑覆盖，整个情绪是昂扬的，高调的，而现在，是低落灰心，没来由的消沉，感到心里似被像夜的黑幕一般无边无际无比巨大的空洞填满，似乎要被那个黑洞吞噬。

这天晚上，她又开始搬动家具，她把家里的格局进行了调整，她对于空的空间的需求更甚，她决定把客厅的家具移到女儿的房间，无论如何客厅的空间是这个家最开阔的空间。比起以往，这是更大一次搬动，因为她必须先把女儿房间的家具，包括床写字台电脑台，拆卸后放进壁橱，这番需要体力的搬动倒是令她紧绷的神经获得放松，同时，对于更为空阔的空间的期盼，使她的情绪从消沉和低落中回升。

当客厅完全搬空之后，她又请来工人在唯一一面完整的墙上装上了大镜子，并在这面墙上装上了横杆，现在这间客厅就更接近真正的练功房。蓝妮笑了，她的脸对着那面崭新的镜子，她似乎已经很久没有这么清晰地面对自己了，或者说是以这样一种形式面对自己，那是多少年前的姿态？她曾经雄心壮志，想象力却是狭隘的，它们只停留在舞台上，舞台上追光照耀的那一小圈光环，是的，那时的她从来不去面对真实人生，只需要虚幻的金光闪闪的图像。那一小圈光环太强烈了，之外的世界一片昏花,所以那时的她也从来没有在镜中看见真正的自己,她看到的自己是舞台上金光闪闪的角色。

蓝妮,你现在不穿练功服时只是个家常女人,她对自己说,但她并不沮丧,当她面对镜子把一只手放在把杆上,那正是当年每天必做的扶把练习的第一个动作,她从来没有像现在这么深切地感受对芭蕾的需求,深切地感受她的芭蕾在拯救自己,她的脸又放出了光彩,就在那一瞬间她看到了杰明眼中的自己,那个性感的富于魅力的女人。

三个月后的有一天,蓝妮把他们的约会时间放在黄昏,黄昏时约会去晚餐还太早,去咖啡馆又太晚,但蓝妮似乎已有安排,她把杰明带去一家新发现的酒馆喝酒。这地方果然不俗,是在东陵货栈一带,一大片隐藏在热带雨林的前英军仓库,有着高大的三层红屋顶大仓房,如今是南洋家私店集中的地方。那里藏着一间红酒馆,有切成片的德国香肠和冰得很透彻的啤酒。那天的蓝妮穿着她第一次遇见他时的长裙,自然杰明很惊喜也很感慨,他们相遇至今已快一年,他们回忆起第一次相遇时的种种细节,于是把啤酒换成了葡萄酒。杰明又一次提起他们在台阶上的那次谈话,蓝妮在瞬间的失落如何深深地触动他,蓝妮笑了,眸子湿润,似乎蕴含了过多的水分,内心的起伏,抑或酒使她的情绪饱满,无论如何,她仍然很克制。他们轻轻说着话,话语平和,但那些跃动的细节在一些片刻令他们激情难抑。等他们意识到时间时,已过了晚餐钟点,她告诉他,她其实已在另一家餐馆预定了位子,不过我还有一个愿望,我想请你去我家，我包了些馄饨，那可是典型的上海点心，今天的晚餐就吃馄饨好吗？

杰明有些意外，这是蓝妮第一次请他去她家，他似乎觉得今天的她有些不同寻常。就这样，他走进蓝妮的空无一物只有镜子和横杆的客厅，或者说她的私人练功房，杰明站在空空荡荡的屋子中央，竟有些手足无措，宛如不小心闯入了某个禁地，他喃喃地感慨着，无论怎么想象，我对你的另一个世界感到很陌生，也很好奇。

蓝妮笑了，她欲言又止，然后把他招呼到女儿的房间，笑称那里才是她的小小的客厅。她的上海风格的菜肉馄饨，给了杰明某种稳定感，他们聊起了家常，仿佛是在不经意间，蓝妮告诉杰明，她昨天接到美国移民局的通知，她通过律师申请的第一优先移民已经批准。她补充道，去那里是为女儿，西西里更希望妈妈在那里陪她读书。说着蓝妮起身端来一整套喝工夫茶的紫砂茶具，那也是在遇到杰明之后买的。不过她从不敢在晚上喝工夫茶，事实上，她很少有时间喝工夫茶，所以她泡茶烫茶盅动作有些笨拙，杰明不由得接替她来做这些事，他突然说道，蓝妮，如果可能我真想照顾你一辈子。蓝妮站起身，似乎要挡住男人在冲动时可能给予的许诺，杰明，你从来没有看到我跳舞，不是吗？今天，我想为你跳舞。她朝杰明伸出手。

杰明慌张起身，就像他刚刚走进这间空空荡荡的客厅，有些手足无措。蓝妮仍然穿着她的长裙，但换上了舞鞋，那是多年前她上台时穿的鞋子，曾经满载着她的梦想的鞋子，她一直收藏在壁橱里,直到昨天天早晨,当她接到美国移民局的通知信时,她首先想到的是杰明,那条即将阻隔在他们之间的大洋令她绝望,她的第一个动作竟是到壁橱里翻腾寻找这双鞋子,她渴望在他们之间留下些什么,就这样,在寻找鞋子的过程中,她已经在想象中给他跳了一场芭蕾。

她牵住杰明的手把他带进客厅,客厅地板沿墙放了一圈蜡烛,现在蓝妮关了灯把蜡烛一一点亮,蜡烛光所产生的梦幻一般的光效赋予这一个空荡荡的空间舞台一种磁场,杰明已经坐在客厅门口的地板上,这是一人位的观众席,可就像千位观众席一般令蓝妮紧张兴奋。

在《天鹅湖》的旋律中,蓝妮立起足尖,开始单腿立脚尖就地旋转,那是《天鹅湖》第三幕里变身三十二圈,也是古典芭蕾中最享有盛名的一整套旋转动作。芭蕾女演员列格娜妮1895年在圣彼得堡首次演出的《天鹅湖》一剧中扮演黑天鹅时表演了这种旋转动作,震惊了俄罗斯;这也是蓝妮年轻时梦想达到的高度,或者说,整个舞校学生梦想的高度,蓝妮曾是群舞演员中旋转最好的一个,可悲的是她从没有机会在她的舞台上旋转她的天鹅。

然而此时的蓝妮在微笑,这算不算性感?当我踮起脚尖,把我的一条腿笔直地伸向头顶,然后旋转,那时候的我轻盈热烈,生命力强盛于平时的一百倍。是的,当她在独自一人的空间旋转时,眼面前已经充满了杰明的目光,它改变着蓝妮的生物结构,使她冲破了年龄的限制,她的肢体回到了年轻时的轻盈和热烈，芭蕾的性质正在蓝妮的卧室发生变化，它有了欲望和激情，而不再是无欲的、无激情的、高贵的。对于蓝妮，芭蕾应该是什么性质已经不重要，她曾在自己的卧室把它变成自己的舞蹈，或者，是她自言自语的方式。

此时此刻，他就坐在她的面前，就像她无数次想象的，可她渐渐地忘了他的存在，舞蹈把她带到一个更为空阔自由的世界，她的舞姿从柔软而变得更为有力，她的目光望向远处，虽然四墙挡住了她的目光。而杰明终于触摸到那一个曾经只为舞台活着的蓝妮，一个与日常人生无关的艺术女性，她比他想象的更美更有力量更富于梦幻光泽，就像当年的杨志，他的目光盛满了对她的向往，宛如一湖盛满阳光的水。

当音乐间歇，蓝妮停下来，他抬着头凝望她竟说不出话来。蓝妮为他端来一杯红酒，他把红酒放到一边，他慢慢走到她的面前，然后双手捧住她的脸，深深地看住她的眼睛，他们脸对脸，鼻尖相触，仿佛要把对方的脸深深印刻。然后，蓝妮把他轻轻推开一些，她告诉他，她要为他跳一段她的舞蹈生涯的主旋律，你大概不能想象，我们只是用《天鹅湖》来练功，演出的却是革命芭蕾，她一笑。

蓝妮把那张曾经风靡全国多年的革命舞剧《白毛女》演出唱片放在唱盘上，音乐起来的瞬间她的眼睛就湿了，如烟往事在熟悉到刻骨铭心的音乐中飘展，她哭了。但是，杰明没有发现，一段风格另类的革命芭蕾正在他面前展开，一个叫喜儿的女孩，为父亲给她带来的新年礼物一段红头绳而欢天喜地，这个美丽女孩，曾是当年几亿人的青春偶像，只是这个偶像让人感受到的是痛惜惆怅，她的美和欢乐如此短暂转瞬即逝，在刚刚展示的一刻，命运的丧钟已在门外响起。

杰明虽然无法看懂剧情，但是蓝妮通过喜儿中所展示的独特魅力却让他high得无法自制，他猛地起身紧紧抱住蓝妮，她汗湿的身体满溢着他熟悉的体味，但这体味在今天特别强烈，芬芳的酸涩的，刺激着他的欲念，他舔去她脸上的汗珠，吮吸着她身体的每一寸，他发烫的身体紧紧贴着她，迫切地欲融化进她的身体，他的吻他的抚摸猛烈得像初次做爱的年轻人，有一股无法言说的绝望。他们在客厅地板上，在革命舞剧的旋律中做爱，那已经不是做爱，是两具身体在燃烧，整个晚上都无法平息，一次又一次的高潮，仿佛要把未来岁月里所有的空虚填满。整整一夜，他们的身体没有分离。

蓝妮是在半年后才成行美国，期间他们仍然约会，对着烛光喝红酒，她的红酒瓶塞已快积累到上百个，她平静地等待分别，或者说真正的分别到来时，她很平静，似乎，她所有的激情、期待、绝望已通过那个舞蹈之夜宣泄。他们相信，如果不想分就没有真正的离，他们通过电子邮件继续着这段关系，在一些寂寞的夜晚，在洛杉矶租来的公寓，蓝妮不时地搬动家具，不时地搬空一间房，在搬空的屋子踮起足尖，伸展肢体，旋转，跳跃，飞翔。

(初刊于《收获》二〇〇五年第三期)

玻 璃 墙

锦华就像她的名字，总是锦上添花地描述着某一成功人士的幸福生活。而我个性多疑，非要在其中找出破绽，于是我们常为别人家的生活是否幸福产生争议。问题是我们的人生是有多空闲或者说有多无聊，花时间去讨论别人家的生活？

事实上，我俩并没有豁免于生活的各种打击：没错，我们不无狼狈地对付着各自的窘迫人生。锦华是单身母亲，我则被催婚围困，年过三十五还未找到结婚对象。然而，这并不能阻止我和锦华在长途电话里交流八卦，争论不休。锦华指责我挑剔善妒，我则嘲笑她轻信无脑。其实，更多时候是我在训导她，我也很奇怪自己为何对她讲述的幸福故事这么火大？我们就像一对老夫老妻，靠争吵维系对话度过寂寞余生。

我积攒假期去新加坡探望锦华。某个黄昏，锦华带我去一位华人教授家参加派对。在去派对路上，锦华笑说，你将看到新加坡最幸福的两个女人。

锦华仿佛在故意挑衅我的攻击性，但我忍住了。在这个纤尘不染的城市，人们虽然脸上少有笑容却谦逊有礼谨言慎行，我又何必锋芒毕露，尖酸刻薄？老妈早就断言我个性不讨喜，所以成了剩女。

我便是在这次聚会上认识陈美凤，两个最幸福女人之一。另一位是派对女主人，五十来岁风韵犹存的教授太太。

她们俩是好朋友，都喜欢写写画画，都在华人报纸开专栏，锦华在我耳边悄声道，所以她们也是竞争对手。

竞争谁更幸福吗？我冷笑问。锦华忍俊不禁，好像这是个冷笑话，只有她听懂了。

教授家在新加坡国立大学校园内，校园大到需坐巴士。人人都说新加坡小，可你置身在有巴士站的校园，怎么好意思批评人家地方小？

教授楼单元不仅宽敞，配上大面积的窗玻璃几近豪华，这也和女主人善于美化有关，房间里的花花草草，墙上的西洋画，博古架上的古董，摆放得颇具匠心。看起来这家主妇的确心情良好，足够的闲情逸致，说是"幸福"的具象演绎也不为过。

当教授太太问我们想喝什么时，我和锦华异口同声，想喝冰水。

教授太太说，新加坡的自来水可以直接喝。说着她用水晶玻璃罐从厨房的自来水龙头接来一罐水，把冷水罐里的自来水倒进水晶玻璃杯，再从冰箱里拿出不锈钢冰罐，用不锈钢夹子夹起冰块，放进杯中水。

器皿的晶莹华丽，使杯中水更像一杯透明无色的洋酒，比如马提尼。

新加坡人都知道自来水可以喝，不过，我们不会直接从自来水管子接水喝，总是应该煮一下。锦华向我嘀咕道。

何况我们是客人！怎么好意思给我们喝自来水呢？说什么新加坡最幸福的女人！我的不满情绪更浓。

但用理性思考——这类语词经常从我眼前飘过，不妨用一下：教授夫人也没错，是我们提出要喝冰水。冰水就是水加冰，假如平时她也是喝自来水，给我们以同样的待遇，就很正常。只能说，锦华，或者说包括她在内的我们，没有喝自来水的习惯，因为我们生活在不能喝自来水的国度。

再说，请客人喝自来水并不影响她的幸福指数。我在心里哼哼。

虽说是小聚会，来宾不少，很难判断身份，他们好像彼此认识，互相寒暄着，不那么热络，都有些矜持。

美凤的到来，带来一股热能。

美凤丈夫暂时没有出现，他开车把她送到教授楼门口，便去办事了，一个小时以后，他会来接她。

是的，这是个短暂的聚会，餐桌上除了自来水，应该还有果汁之类的饮料和一些小食，但我完全记不得了，自来水的印象太强烈，覆盖了其他东西。

女主人笑容满面，客气得有些疏离。当然，这未必是准确的印象，自来水留给我的偏见，令我无法客观面对这位夫人。

无论如何，我更认同新加坡出生的美凤，比起她的拘谨的同胞们，美凤笑声频频，并且兴致勃勃。她为我们添水拿小食，在女主人顾此失彼时，代她热情招呼其他客人。

美凤三十六七岁，柳眉修长，眸子黑亮，身材苗条，穿一件热带风的吊带连衣裙，苹果绿花纹颜色鲜艳。我挑剔的目光觉得她微黑的肤色不适合这裙子的颜色，并且妆浓了点，尤其是脸上粉底太厚。

南洋湿热气候造成的油性皮肤，粉底厚才能让脸上肤色显得平滑细腻。这是锦华的解释。

美凤自称自由职业作家，除了开专栏，出过诗集，最近刚把专栏文章结集出版，书名便是《执子之手》。一听就知道是晒幸福的抒情文章。然而，出自爱笑的美凤笔下，好像又很自然。

美凤和她丈夫都是基督徒，丈夫是心理医生，人们称他李医生。美凤是教会慈善机构负责人，一份志愿者工作。当然作为医生太太，美凤没有生存压力，可以全身心奉献给教会，大概这也是美凤幸福感的源泉。

美凤丈夫一星期两次在基督教的广播电台做心理辅导，因能说会道在医学界和宗教界出名。

一小时以后，美凤的丈夫准时出现，他穿着正式考究，英国品牌的 H&K 浅灰色高支棉府绸长袖衬衫，配深灰色西式长裤，DUNHILL 亮色调的丝质织花领带。他是个矮个子，圆脸上架着眼镜，眸子亮度低，可以说有些冷淡，甚至，阴郁。当然，你很难从第一眼去判断他，毕竟，人家是心理医生，也许属于他的个人情绪，和他的银行支票一起，被可靠地锁进家里的抽屉里。

当李医生与聚会主人、曾在美国任教多年的华人教授讨论时事时，我领略了心理医生的口才，那可是滔滔不绝，激情澎湃像在演讲，教授都甘拜下风。

他很爱美凤，送进送出的，锦华在我耳边低语，由衷的羡慕语调。我此时对锦华生出怜悯，她丈夫去美国留学后身份黑了，在等待移民大赦，美凤曾申请探亲签证被拒，他们至少四年未见。

聚会结束时，美凤邀请我和锦华隔天去他们的慈善机构参观，她的热情让我们无法拒绝。

已过正午，太阳仍在头顶，车行一路，到处是草坪，鲜绿得没有阴影，渴望赤脚踩上去。但只要走到户外，立刻感受烈日灼身，失去踩草坪的勇气。阳光烤不干空气里的湿气，湿气很快成了脸上的油、身上的汗。

一座类似于 office 的方方正正小楼，白色乳胶漆外墙，直线条立面平整，没有各种花哨的拉花或浮雕装饰，严肃质朴。前厅像教堂悬挂十字架和《圣经》故事彩色印刷画，安静得让你禁不住屏声敛息。

湿漉漉的汗渍感立刻消失，虽然楼内并没有空调。

这天的美凤一套英国玛莎的低调衣裙，有了"职业"感。

我和锦华在美凤"导游"下，进到每间办公室，和义工们握手合影,他们多是学生,也有家庭主妇。我觉得我和锦华就像国内的上级领导在视察,锦华非常投入角色地和义工们攀谈,我则与美凤敷衍。美凤对着墙上《圣经》画里的人物,讲解《圣经》故事。可我在物质社会沉得太深,无法感受"圣灵"的存在,因此有了一些愧疚。

这天下午,李医生在电台有个心理辅导。他这天的着衣风格休闲,淡粉色短袖 polo T 恤,棉麻白色长裤。我才注意到李医生有一头微微卷曲不算太短的黑发,看起来比妻子年轻,事实上,年轻了五岁。

我们被美凤领到一间空屋,听了一会儿他的广播心理课,不外乎宗教色彩的心灵鸡汤,但由李医生讲来,有一种信服的魔力。

我俩从慈善机构出来,不但没有被教化的痕迹,还很世俗地议论起这对夫妇的关系。

锦华说,美凤在她丈夫面前像个小女孩。

美凤的年龄怎么"装"都不可能像小女孩。这句话一出口马上又意识到自己的尖刻,我是在反驳锦华并非抨击美凤。才刚刚离开慈善机构,美凤的热忱笑容,义工们的虔诚脸容,还在眼前,他们的道德力量让我赶紧补充道,美凤并没有"装"小女孩的意愿,我的意思是,嫁一个比自己年轻的丈夫,潜意识里把自己年轻化,旁人看起来像在"装嫩"……我好似在对美凤解释,听起来则是越描越黑。

锦华笑起来,马上又去捂住嘴,好像她的眼面前也站着个美凤。

其实我比较不习惯的是美凤嗓音的过于轻柔，就像我无法忍受林志玲的娃娃音。可美凤的热忱具有感染力，我对她颇有好感，忍住了对她嗓音的议论。

有时候，她又很像他的妈妈，你觉得吗？锦华道，她的声音很嗲，但目光很母性。

锦华的议论带着欣赏，我得承认，她是那种不在背后说人坏话有教养的人类。

可我发现，美凤在她丈夫面前，某些片刻，会不自然，也可以说是羞怯，仿佛他们还在恋爱阶段，而不是多年夫妇。

他们有孩子吗？我问道

两个孩子，一男一女，很称心。锦华说。

我知道锦华的心情，她也很想给自己的女儿生个弟弟。即使我不以为然，在这件事上，从不对她冷嘲热讽。

听说，牧师的太太都死得早。我一惊，这断言从锦华嘴里出来既突兀又很猛。锦华继续道，教徒们向牧师倾诉，多半是负面的心事，牧师也是人，他的负面情绪只能向自己的太太倾诉，所以整个教区的压力都在牧师老婆身上。锦华问道，有没有觉得心理医生很像牧师？

假如这句话由我问出来，竟是一句讥消。而锦华是充满同情。

我想象美凤坐在她丈夫面前，承担着"牧师的牧师"重任。那场景很快切换成美凤坐在梳妆台前，给自己描眉上粉底……

我这么个俗人,对牧师的妻子,或者说对心理医生的妻子没有任何想象力;我对有好感的人,都想成与我自己半斤八两。

至少,美凤个性直率,并不掩饰她的多情,与丈夫相处时突然的羞怯,也许,这也是她让锦华感觉她像个小女孩的原因。

这位小个子医生从美凤视角,却显得高大英俊并且性感,你能通过美凤站在他身边的气场感受,她仿佛用尽全力捧住一件被馈赠的礼物。必须承认,我对美凤暗暗生出了羡慕,至少,执子之手,在美凤抒情的笔端有对共同信仰的信念,虽然我只读过她一两篇文章。

离开新加坡前晚,美凤约我和锦华去克拉码头见面,时间是晚上八点,这意味着,我们只是一起坐坐喝杯酒。

不,美凤是教徒,不喝酒。锦华提醒我,和美凤一起喝饮料也要AA制,教徒生活讲节俭。同时,她又告诉我,美凤一家住在房价昂贵的洋房。锦华要强调的是,美凤住在昂贵的洋房,却能保持节俭,他们不会随便请客,哪怕一杯饮料。

怪不得她和教授夫人是好朋友,虽然不是同龄人,我没好气了,没关系我可以请她,饮料小意思了,不如请她吃饭?

你没懂她,她不是小气,是节俭,所以她也不会接受你的请客。锦华皱眉摇头,终于不那么客气地说出这句她也许很早就想说的话,你是大陆人的思维方式。

你好像也不太满意教授夫人用自来水招待我们?

她们不一样,美凤为人真诚,文章让我感动。

你不能因为教授夫人给我们喝自来水，文章不如美凤，就认为她不真诚。

锦华对着镜子"扑哧"一声笑出声，还没有忘掉自来水，受刺激了吧？

此时我们俩挤在浴室梳妆打扮准备出门。我霸道地挤开她，对着镜子涂口红，一边道，还好，现在想想还挺开眼界，用水晶玻璃杯装自来水，至少，器皿高级。

我们一起哈哈大笑。在别人家做客，我圆滑地改腔换调，用喜剧方式结束可能到来的争论。

去克拉码头之前，我和锦华在她家楼下的街边小饭馆饱餐了一顿。

塑料小餐桌和塑料凳子就安放在人行道上，简单简陋，但碗筷干净，留有高温消毒的余热。

街边小饭馆菜肴美味锅气诱人，清蒸笋壳鱼麦片虾参芭空心菜，去繁就简却又结实。借着我来做客的名义，锦华可以不回家吃她母亲做的千篇一律的平庸饭菜。她恨不得天天坐塑料凳子就着塑料小餐桌，吃有锅气的街边炒菜。

锦华因和丈夫分居异国，单身带孩子，有一度几乎患上忧郁症。不过，对于生活的务实态度让锦华不敢怠慢。她读完新加坡语言学校，便申请南洋理工大学的硕士，专业是"市场营销和消费者洞察理学"，毕业后，顺利进了一家公司做市场营销。

锦华为公司的英语广告语改编的汉语标语，很受市场欢迎，公司为她申请了绿卡。于是,锦华有资格在新加坡贷款购买价格优惠的组屋。

自从有了自己的组屋,锦华的母亲过来帮她带女儿,锦华有自己的时间了。她可以回上海和朋友吃吃喝喝,顺便给自己烫个发,虽然她的发质太软,回到新加坡潮湿的空气里,卷曲的痕迹很快消失。她在上海买的羊毛大衣,也无法在新加坡出风头。总之她可以为自己做些开心的蠢事,意味着生活在平顺,假如忽略不计那个远方丈夫。

事实上,这次来新加坡,我发现锦华似乎有心事克制着不说,情绪动荡,有时看她笑得很由衷,有时却魂不守舍,答非所问。可自私的本性让我不想挑开话题,就怕她絮叨起来没完,再说,我们好像没时间聊天。

锦华为我请了几天休假,忙着陪我逛乌节路,奔走各大商场抢购打折商品,回到家不厌其烦试穿已在商场试衣间试穿几次的各款新衣,言不由衷地互相称赞,接下来便忙着去商场排队退货。然后发现去不同社区的小贩中心享受美食更加实惠。谢天谢地,我们俩在食物的口味上非常接近,对于物质生活也同样热忱,我们全神贯注于眼前的官能享受,几乎没有闲暇讨论自己或别人的生活。

夜晚八点的克拉码头,是个热闹的娱乐场,虽然那时还未建造高空弹力球,但分布新加坡河两岸的餐店酒吧购物中心以及各种娱乐设施,令克拉码头每个夜晚热闹非凡,本地家庭,成团的旅客,男女老少过节一般涌动在克拉码头的广场,或者直接在堤岸上闲坐。

说真的，我更喜欢驳船码头的氛围，那里很少合家欢，是单身人过夜生活的地方。沿河一排酒吧餐馆，面对河对岸的高楼，黑人鼓手干脆站在酒吧门口打鼓。强烈的音乐节奏，弥漫着的颓靡气场，当然不是教徒美凤愿意共处的空间。

我和锦华坐在河边的露天饮品店，一人一份"摩摩喳喳"——一堆冰霜上，甜食浇头，红豆为主，夹杂亚答仔西米露芋头丁和红毛丹龙宫果菠萝蜜等南洋水果，披挂浓郁的椰奶，作为晚餐的饭后甜品，令我生出完美感。

美凤迟到了。既然是AA制，她负责买自己的饮料，我们就不用等她了。

美凤出现时已经八点半，她的白色连衣裙，在夜晚，远看像少女。她气喘吁吁，好像从哪里赶来。

临河的露天饮品店人声嘈杂，即使是夜晚，南洋的湿热空气仍然难忍，我坐立不宁。美凤则心神不宁，便问她有什么特别事要找我帮忙，美凤笑说，没有啊，就是想来看看你，道个别。

我感动了，提出请美凤和锦华去附近的五星酒店大堂喝咖啡吃蛋糕，那里至少冷气充足，东西也不会差。美凤婉拒，说她过午不食，更不碰甜食，夜晚也不能喝咖啡。

锦华朝我使了个眼色，意思好似，我说得没错吧？

美凤手里拿着摊位上买的矿泉水，提议不如去三八旺海滩，那里凉快又安静。

锦华指着我告诉美凤，她明天一早要赶往机场回中国。

其实，我一夜不睡都没关系，但锦华明天结束假期赶去上班，她最怕熬夜。

我们讨论去哪里坐又浪费了二十分钟，此时已近九点。都有点意兴阑珊。我说出锦华的心愿，不如早点回家。

美凤没开车，我和锦华送她去出租车候车点。

等候时，美凤突然有些激动地向我表达歉意，本来是想和你好好聊聊，今天送丈夫去机场，飞机延误，所以陪他在机场多待了一小时。

喔，你丈夫要出远门？我问

还好，不算远，去槟城。她答。

是要待很长时间吗？锦华问。

三五天吧。美凤答。

我和锦华互相看了一眼：去槟城，才待三五天，就要送机？

锦华就笑起来，对美凤说，你们感情也太好了，你先生去槟城，就像我们从上海去广州，才出门几天，你送他不算，还陪他在机场候机？

是啊，为什么？为什么？我会连续发问"为什么"。当然我不会，这已经带了刺探隐私的意味。

此时，美凤说了一大通话，似乎在描述她与丈夫之间的情感。然而克拉码头的出租车候车点，受市声喧闹影响，而她的嗓音过于轻柔，我们困惑的表情显示我们并没有听清她在说什么。

于是美凤尽力放开喉咙，此时你才相信美凤并非装嫩，她的声量仍然太轻，却已经声嘶力竭。

我头昏得要死，湿热、嘈杂、声带撕裂般的声音，而话题也不是我感兴趣的，谁会喜欢听夫妇恩爱故事？谁不喜欢听丑闻？

美凤，你的声带动过手术了？我问了一句与此时美凤情绪无关的话。

美凤一愣，然后点头说，是的，生了一个小结节。我终于听清她的话，因为她已经偏离出租车的等候队伍，我们跟随她退到人行道靠里一家关门的商店门口。

她已把话题转回来：我先生在槟城有诊所，需要经常去看看。美凤突然又激动了，他离开两三天对于我就是分别，分别的日子是在虚度啊！美凤的慨叹简直让我"受惊"。

有一次他从槟城去中国出差，在樟宜机场转机，我去看他，他不能出来我不能进去，我们隔着玻璃墙手掌贴手掌……美凤说到动情处举起手臂张开手掌，展示她和丈夫如何隔着玻璃墙手掌贴手掌，我身上起了鸡皮疙瘩，脑中演绎的是偶像剧场景。

我注意到美凤的脸在路灯下油亮亮的，敷上的厚粉底被汗渍和湿空气吸走了。她的素脸皮肤并不粗糙，但显现她右眼角下方若隐若现的青斑——从娘胎带出来的胎记吧？我算明白她为何要敷厚粉底。

美凤离去时与我拥抱，在我耳边说了一句，不要让生命冷场！

我竟愣住了，无法作答。

这一送美凤又送走我们大半小时，已近十点。载着美凤的出租车开走后，锦华竟然建议去罗拔申码头酒吧喝一杯鸡尾酒。

我没意见，我是夜游神，不怕晚睡就怕早起。但锦华明天是要上班的。锦华居然说，我横竖横了，明天要是起不来，干脆再请一天假，生不带来死不带去。

我"哧哧"地笑，不要这么夸张好吗？生不带来死不带去，是指大笔财产，不是你这"一天假"。我数落着锦华，心里奇怪她的"巨变"。我刚到新加坡那天，锦华就告知不喝酒不去夜店，她认为我这种不婚女人是过夜生活的，预先表示不参与。

美凤描述的"告别"竟让锦华想去酒吧喝酒？不过，我们的确有必要去酒吧消化一下日常难遇的"戏剧"场景。我顺便告诉锦华，美凤临走时在我耳边说的话，口吻不无揶揄。锦华的双眸却亮了，我也有故事要说！她深深吸了一口气，这表明她心里没有底气，可是，倾吐的需求战胜了她的虚弱。

呵，现实越来越"戏剧化"，我头更昏了。

此时我们坐在罗拔申码头酒吧。一间新开的夜店，巨大的玻璃幕墙面对新加坡河，却又退得很远，从河边看过去，玻璃墙内灯光迷离很梦幻。

客人们喜欢坐河边，被玻璃墙隔开的酒吧间里面反而很安静，音乐并不扰人，重点是，有我渴求的冷气。

锦华喝"血红玛丽"，我点了"金酒"。

其实我离婚一年了！锦华的酒还未调好送达，她已开门见山，我在网上找到了男朋友！

这个消息比她离婚消息更让我吃惊。

一个美国军官，在阿富汗。锦华捧住自己飞红的脸颊。

我吃惊地看住锦华，太假了！我差点喊出来。

我怕被你嘲笑，所以想等到有了结果。

你说的"结果"是什么结果？

他还有一个月就能休假回国，他会先弯来新加坡看我。

我仿佛吞咽不当噎住了。

这件事我自己也不相信，但是，我们每天在写 e-mail。

你是说，这两天也在写。

是的，我和他每天在邮箱里聊到半夜，我都瘦了两磅。

怪不得，这次见锦华，总觉得她有些失魂落魄。

有他的照片吗？什么年龄？

离婚的中年男，今年四十五岁，有点太帅了。独生儿子在波士顿读本科。

锦华拿出手机，穿军装的中年美国军官，的确有点太帅了。然而，网上的男人，到底有多少真实性？

不过，锦华本人面容姣好，她去见网友，不怕"见光死"。

这是美国一个付月费的征婚网，进去要实名注册。锦华强调。

回到家她打开电脑，给我看这位美国军官发来的弹吉他的视频，以及他写给锦华的情诗。诗句直白真挚，我很难相信有这般好事，虽然他的诗也打动了我。

你不要用大陆人的思维来看这件事，和西方男人交往过的中国女人都说他们懂浪漫！再说，即使走不到结婚，一生中有过这样的恋爱也值了！

见我无语，锦华以攻为守，似乎在抨击我的过于"实际"的价值观。我也很怀疑是否自己的过于"实际"，才让情感史空白？

回上海后，与锦华三天两头打电话，谈论的无非是她正在进行的恋爱，她的故事就像连续剧在延续，我急着等待结果，这和我的隐秘愿望有关，我也想去网上找恋爱呢！

美凤在我耳边说的那句话，如细小的芒刺留在胸肋骨的地方，某一刻，毫无来由地闪痛一下。我心里会涌起无名火：不甘于生命冷场？或者说，即使不care所谓冷场，她的文艺腔十足的语词，影响了我的生活态度。

锦华好几天没有消息，此时按照她说的时间表，应该有"结果"了。

我写邮件去询问，立刻收到她的电话。

我刚把钱寄出便意识到事情不太对头！锦华语无伦次开始她的故事尾声，美国军官要我给他寄路费两千美金，说部队一时发不出军饷。

你有没有脑子，美国部队会发不出军饷？我生气地大声指责她，已经不想听下去，却也不忍心挂电话。

寄出钱以后我脑子才冷静下来，电话给网站客服，客服立刻说已经接到其他人的受骗电话，报警后才知有个肯尼亚的骗子在征婚网站行骗。我向客服提起他写的诗句，客服当即便把整首诗背了一遍，是网上抄来的。照片是某个无名的美国演员。

听起来就像是一个编造出来的故事，也太拙劣了，可我这个多疑的人都快相信了，瞧瞧我们是有多么渴望"幸福"！

他不是有个在波士顿读本科的儿子吗？我倒很想和他儿子联系。

居然，锦华还不死心。

哪有什么波士顿读本科的儿子！你要想象她是一个躲在肯尼亚某个破棚子里的黑人老太婆。

锦华噤声。我讥讽道，不管怎么样，你用两千美金买到了两个月的幸福感，还能减重两磅……

你太冷血！锦华第一次发起脾气，挂断电话。

和锦华断了联系，就像中场休息，两耳清净，我终于让自己的灵魂也回归到没有太多期盼的现实。

可是，想到锦华的受骗，我无法心安，这也是"失恋"啊！虽然恋人是虚构的。

我给她写邮件道歉，希望她方便时与我联系，我可以和她一起痛骂骗子。

锦华没有理我。不理也活该！我骂自己。"毒舌"只能伤到朋友。

有一天锦华来电话语气激动：猜我在槟城看到谁了？

看到李医生了，我答她。

你怎么知道？锦华吃惊。

美凤不是说他在那里有诊所？

李医生和他家人，不是美凤，是另一个女人和两个小孩，锦华口吻急切，此时我就在槟城，就是刚才，在槟城的汕头街，一条美食街，李医生在街边摊吃烤鱼，旁边的女人很年轻，两个小孩，大的五六岁，小的那个还抱在手里，正在哭闹，我看到李医生从女人手里把小孩抱过去……

你不会认错人吧？我打断锦华。

换了别人可能会认不出来，李医生汗衫短裤人字拖，像个贩夫走卒……

怎么可能？两次见到李医生，发现他衣着讲究。

所以换了别人可能认不出来！

为什么你就能认出来？他长了一张大众脸，很容易搞混。

我在他那里看病，怎么可能认错？

锦华在看心理病？我吃惊了！是因为那次受骗？可是，更迫切的问题已经出口：他和美凤离婚了？

即使离婚也不会这么快就有两个小孩！锦华气急败坏指正。没错，此时距离我们与美凤克拉码头道别才过去一年。

那么，美凤还写专栏吗？

是的，还在写……还在写！锦华一迭声强调，语气比她那次受骗还强烈，仍然在写她的日常生活，写李医生和孩子。她的不少金句我现在还能背。

你倒是背给我听听。

心是爱的博物馆；爱他，也被他爱，这是我的宇宙法则……

好了好了！我赶紧打断锦华，问道：你是说，她还不知道李医生在马来西亚有另一个家？

是的，就像我离婚的那一位，已在美国和别人同居生了孩子，我是最后一个知道。

喔……我又惊了一下，锦华的离婚原因从未细说。在这一片刻我才突然醒悟：视为好友的她，与我的疏离。

你不会去向美凤告密吧？我用玩笑的口吻发问。

我才不会！我希望她知道，但不是我去告诉她。锦华语气低沉起来，槟城的街边摊是新加坡人的童年记忆，他们常去槟城，总会有人发现。

我没有接她的话。我在下班路上，此时正顺着人潮挤进地铁车厢。

我坐一号线在莘庄转五号线朝颛桥方向，夜晚八点五号线拥挤得让我错觉是早晨八点。为了不听父母唠叨，我在颛桥买低价房与他们分开住，其代价是每天通勤来回四小时。我总是在拥挤的地铁车厢才会考虑放弃抵抗，搬回父母市区的小房子，并接受他们为我安排的相亲。

是的，生存不易，至少这一刻生活无比现实，我得先对付眼前自己的困境。

一年后我嫁给了相亲认识的华人，比我年长十岁的离婚男，他在美国南部有个诊所，也是矮个子。至少他必须每天守在诊所，他在付前妻和孩子的赡养费，不太可能去其他城市建立另一个家。我想说，假如他欺骗我，我会生气，但不会受伤，我们相敬如宾，没有任何甜言蜜语。重要的是，我不用每天挤地铁上班，并且有了自己的孩子而变得心平气和。无聊时我又读起了小说，那是我年少时的 hobby（业余爱好）。

锦华打电话告知美凤离婚，是已经又过去几年之后的事情了。她说，我每次去樟宜机场，总会想起美凤隔着玻璃墙和李医生手掌相贴的场景。

你想不通了是吗？我听见自己在说：是我想不通，那个李医生为何还要费尽心机弄一出肉麻桥段。

樟宜机场转机的地方并没有可以贴手掌的玻璃墙！锦华向我讲解，放缓语速，担心我听不懂似的：

机场安全检查把航站楼一拦为二，不是吗？外面的大厅是公共区域，虽然有玻璃墙，你也知道，登机和送机的客人是可以自由进出的，不需要隔着玻璃贴手掌；进了安全检查门之后，先进入机场内的购物区域，从购物区域一直走到有登机口的候机大厅，那里的玻璃墙，墙外是停机坪，登机客和送机客都不可能也禁止在停机坪随意走动。

我花了几十秒钟尽力在脑屏幕上复盘：我曾经进出过的樟宜机场格局。

但我只记得航站楼里的游览区。从新加坡回国是锦华送机，特地让我早到两小时。她说你不会相信樟宜机场就是个景点。那时候3号航站楼刚刚建起，内有一个蝴蝶园。我们必须走到顶头穿过儿童游玩区，这时候我已经开始不耐烦，或者说，有儿童乐园的地方总会让我心情烦躁。

蝴蝶园是在双层温室里，据说有一千多只蝴蝶，它们在我身边头上飞翔，我竟然很想躲开，我对如此密集的蝴蝶产生莫名恐惧。匆匆离开后，便去了2号航站楼。在花枝硕大名为"梦幻花园"的地方，锦华要为我拍照，我拒绝了，我同样无法自如徜徉在精雕细琢的花园里。虽然为了不辜负锦华好心又去了"兰花园"和天台上的"向日葵园"。相比较我更倾心向日葵，所以在那里留了影，当然也是因为凡·高的缘故，虽然我对凡·高也所知甚少。

锦华没有等到我的回应。又道：为了寻找这块可以手掌相贴的玻璃墙，我从上海回新加坡时在几个航站楼走了一圈。转机是不必经过入境检查柜台，直接跟着Transfer的牌子，如果乘搭同一家航空公司，可以直接前往下一个航班的登机口；若是乘搭不同航空公司，需要先通过入境检查前往入境大厅，到转机柜台领取下一个航班的登机牌并重新托运行李。而入境大厅也在禁区内，几乎与候机大厅相连，如果有玻璃墙，是与停机坪相隔，外边送客的亲友是看不到的。假如有足够多的时间转机，可以直接去公共区域见亲人或朋友，不存在隔着玻璃手掌贴手掌，至少，樟宜机场没有这堵玻璃墙。

这就是理工出身的锦华，严谨而实事求是。

因此，这堵玻璃墙，是美凤幻想出来的？我不假思索问锦华。

玻璃墙　　279

锦华静默几秒，恍然大悟，你这一问我才算明白过来，没错，只能说是她幻想出来的。

我无语。

锦华叹道，那天晚上美凤讲了许多话，我都记不得了，只记得她举起手臂伸开手掌，做出手掌贴手掌的动作。

感觉你受了刺激，竟然提出去酒吧，我笑着提醒道。锦华没接话，我马上意识到这是个不恰当的话题。

我便说，我最记得她举起手臂时，脸上油光光的，粉底被汗渍吸走，路灯下能看到她眼角处的胎记。

什么胎记？

一块发青的皮肤，不是胎记吗？

噢，不是胎记！她脸上没有胎记，锦华语气又强烈起来，一块发青的皮肤，那就是瘀青！是她丈夫，那位李医生家暴后留下的瘀青！

李医生家暴？

是的，这是美凤提出离婚的其中一个原因。她把验伤单都保留了，如果当时报警，李医生会去坐牢，但是美凤很现实，她更需要李医生的赡养费。

无论如何，我很震动！

"每个童话都是来自血液和恐惧的深处。"是谁的金句？好像是……卡夫卡。

不可思议的是，美凤竟然写过这么多幸福主题的文章。锦华经常转发我，我只读了一两篇，对抒情文字不太有 feeling。

锦华则对铅字有莫名崇拜，好像那就是真理，也许她就是被这些虚幻的文字洗脑，以至轻信受骗？

她在离婚之前好些年就知道李医生有外遇。锦华又道。

在她写专栏时就知道了？那么，专栏里的幸福生活也是幻想出来的？我惊问。

她承认，她故意这么写，是写给李医生看。

为了唤醒他的良知？我竟笑了，也许恰恰是他反感她的虚假，才会走得更远。

即使美凤很假，也不要帮李医生说话！锦华不悦。

我怎么会帮李医生说话？我是无法理解美凤，苦心经营一场骗局，写美文，用厚粉底遮盖脸上的瘀青，她到底希望得到什么？我语气激烈，好久没有这么"愤青"了。

对了，另一个新闻……

教授夫人也离婚了？

别乱猜，人家过得好好的。怎么会想到教授夫人？

因为，每一次聊到美凤，我都会想到教授夫人，她们很像一对孪生姐妹。

你对她有偏见吧，为了那杯自来水？锦华笑起来，又道：以前觉得教授夫人文字太平淡，现在再看，她的更真实……

快讲，什么新闻？我性急地打断锦华。我如今在家带孩子，八卦心更重了。

网上又出现骗子，我女儿的芭蕾老师遇上了！

为什么离奇的事都发生在新加坡？我在心里惊叹。

其实,我女儿上初中,不肯去上芭蕾课了,我和芭蕾老师还在往来。锦华继续道:老师都快六十了!不过,她放到网上的照片是在大陆做芭蕾演员的照片,对方每天给她写情书,她激动得不得了,说她年轻时恋爱都没有收到过这么热烈的情书。我告诉她这人可能是骗子,她根本不相信。

你把被骗钱的事告诉她了吗?

她说人家没有问她要钱,我说时机还没到,她就不高兴了。

后来呢?骗钱了吗?

大概还没有来得及骗钱,因为她太激动,告诉身边不少人,于是其中有个朋友跑去找她,原来,那个朋友也在网上"谈恋爱",收到的情书一模一样。

芭蕾老师怎么说?

不知道!她没有接我电话,听说,把课堂都关了,去欧洲旅行了。

旅行好过看心理病。我在心里说。

你怎么不响?锦华问我,想听你的嘲笑,解解我心里的郁闷,觉得把芭蕾老师得罪了。

因为你劝过她?

真相出来她可能觉得难堪,不再理我!

我在想,有一天到了芭蕾老师的年纪,我也可能被人骗,并且不听人劝!我回答锦华。

为什么?

家庭主妇做久了,都有可能成为包法利夫人!

怎么会想到包法利夫人？锦华吃惊。

是的，怎么会想到包法利夫人？我也对自己的联想感到吃惊。我把自己惊出了冷汗！

好些年以后，我在美国的中文报上看到美凤照片，她以华人企业家身份成立与环保有关的基金会，身边是她的丈夫，一位上了年纪的华人牧师。

美凤笑容如春风拂面。报道说，美凤是个幸运的女人，事业成功，家庭幸福。

(初刊于《收获》二〇二〇年第四期)

阴 影

这一路，担心过的所有不顺利，都一一发生，即使有预感也无法阻止其发生，这就像人生每一个转折，预感成为现实，可她无法阻止。

此时，她坐在米兰中央车站台阶的侧面椅子上，离发车还有一小时，手里拿着一大瓶气泡水。气泡水让她的胃发胀，不停打嗝，她原本是想喝矿泉水。买错的水，此时，如同最后一根稻草，把骆驼压垮。泪水涌出来，她赶紧用手抹去。你有病是吗？她骂自己。这句话，由阿里问出来时，带着极大轻侮，她抽了他一嘴巴。这正是他企望的分手仪式，过后他发来短信这么说。她又一次被动地走上不归路。

她终于控制住自己的哭泣冲动，否则一切将不可收拾：号啕大哭，惊天动地，在人流密集的米兰车站，她将成为关注中心。不过，这也算不上糟糕，让陌生人惊奇，然后抚慰，由偶然决定事态发展……

她理性地坐在长椅上,并没有把自己交给偶然。一秒钟的泪水被抹得毫无痕迹,即使有泪痕也没人关注。上上下下的旅人,沉浸在自己的时间和空间里,他们的脚在台阶上飞快移动,毫不踟蹰。她对他们生出羡慕,他们如此确定自己要去的地方。

一对男女在台阶上相拥接吻,走过的旅人对此熟视无睹。她好像突然意识到这里是意大利,发生浪漫的地方。她并没有惊艳感,上海不乏曼妙表象,虽然本质上是个最不浪漫的城市。浪漫和幻灭原是分币两面,她在这方面已进入"荣辱不惊"境界。

一年前她和阿里相遇时,便是过着半虚幻的生活。她被浮夸风潮席卷,开始自由职业,以前有过职业,在艺校教基础绘画课。仿佛突然有一天,到处出现听起来很酷的艺术空间,也称画廊。他们的公众号贴出华丽炫目的照片,他们的开幕酒会多是女性主持人,穿夜礼服高跟皮鞋,高脚酒杯一寸红酒轻擎在手。当学姐邀她共同经营艺术空间时,她不假思索辞了职,瞒住父母。

空间是烧钱的地方,做展览或主题派对,很多空间坚持不了一年。她这边也是进项不稳定。她和父母搬回小单元的老工房,前些年入手的商品房,现在得靠出租还贷。她并不后悔,现实被五光十色遮挡,给她"前景灿烂"的幻觉。她当然也想过退路,没有仔细想,只是极速闪过的念头:如果哪一天完全断了收入,她可以重回艺校做回美术老师。

她便是在一次聚会上与阿里相遇的。学姐喜欢排场,为答谢投资人办了一桌豪华私宴,她通过朋友请来西餐主厨阿里。阿里是个天赋极高的厨师,他的西餐餐桌唯美,摆盘讲究,厨艺更是让客人们赞不绝口。学姐是吃货,号称这一餐是她吃过的最美味的西餐。

阿里年轻时尚帅气,他的白色 T 恤绷出胸肌,衬着手臂涂鸦般的文身。她那天穿一身有蕾丝的白色洋装,向客人隆重推出阿里。他们并肩站时,客人们说像从日本偶像剧出来的情侣。

那天晚上,客人走后,她和学姐陪阿里喝酒。经过两年多纷繁的开幕酒会主题派对,这是唯一有收获的尾声,她和阿里开始约会。

她甩甩及肩长发站起身,让回忆中断,她只愿意记住这个夜晚。身体里现实的钟并没有停摆,在离火车发车还剩二十分钟时,她回到候车大厅,准备乘坐去萨尔茨堡的夜车。电子屏上她的这趟火车的站台号还未出来,事实上,电子屏上这趟火车,与她票上的车次不同,也没显示萨尔茨堡的站名。

大厅密集的候车旅客,找不到询问台之类服务。她从双肩包里拿出塑料夹,内里是一叠打印好的电子票,它们是她行前一个月做的功课,就像当年为考艺校做准备,当她踏上意大利才发现,每一张打印纸后面都藏着一个陷阱,就像每一道考题都藏着陷阱。

候车大厅和站台区之间的几个进出口被保安守住。其中一个口子的保安有一双特别圆相隔很近的眸子,猛一看像斗鸡眼。之前她曾在他身边转悠,她视线与他交集时,他似乎认出了她。

她看起来孤单脆弱，穿着意大利风的颜色明亮的吊带连衣裙，披一件与裙子颜色相配的针织开衫，一双露趾白色皮凉鞋。她这身装束应该和恋人上电影院，而不是独自拉着拖轮箱走来走去神情沮丧。

她举着电子票在他的口子排队，轮到她时他没有看票，朝她微笑摆摆手就让她进了，而她本来是要向他询问。已经没有说话机会，他在和后面的乘客打交道。他们讲着意大利语，来来回回，没完没了。她等不及了，从另一个口子重新回到候车大厅。

她在候机大厅徘徊希望找个工作人员询问，见"斗鸡眼"朝她走来。他有些不解地看着她，刚才她不是从他眼前进入站台区了？他脸上的微笑转为疑惑，她赶忙递上电子票，指着电子屏告诉他，时间快到了，却没有她的车次。他说火车可能还没有进站，她指着电子屏，上面显示有一列车与她的车次发车时间相同，她希望他注意这个状况给予更加靠谱的回答，但他走开了。

也许问旅客更靠谱。

站在电子显示屏前的旅人们，没有几个好脸色，同样的焦虑让他们锁着眉，她没有勇气打扰他们。身边出现一位身材高大老者，她硬着头皮向他询问。他完全听不懂英语，她也听不懂他的意大利语，性急地想转身离开。对方却过分热心，拿着她的电子票耐心地看着显示屏上不断重复出现的站名，嘴里嘀咕着。她试着从他手里要回电子票，却没成功。时间只剩十分钟了，身旁有个年轻人指着电子屏幕对她说，站台号刚出来，快去问一下司机。她不得不道歉着从老者手里抽回电子票，老者仍然脸对着电子屏在絮叨，她已经拖着行李箱朝站台奔去。

这样拖着行李箱狂奔的景象，已经是这趟旅途的常态。她后悔没有带牛仔裤和运动鞋，她第一次来欧洲，穿得像去参加派对，而不是旅行。

她没有旅行经验，从未独自出远门，这一路被各种意想不到的烦恼消耗，没有享受到旅途风情，好处是，却把人生更大的烦恼扔弃在脑后。是的，回国后，她要面对离婚。

站台冷清，一眼就看到司机从车头下来。她奔向司机把电子票向他出示，他瞄了一眼点点头表示没错。这时离火车发车只剩五分钟，难以平息的惊慌感，点点滴滴不确定带来的无法把握，令她处在崩溃边缘。

夜车的车厢隔成小间，一群大学生模样的意大利年轻人簇拥在车厢外的走廊，他们在兴奋说笑。她问他们是否去萨尔茨堡，个个神情困惑。"萨尔茨堡。"他们嘀咕着互相看看，好像是他们平生第一次听到的发音，于是她又开始怀疑是否坐对列车。

她把行李箱安置在车厢，又回到走廊，从那群年轻人身边挤过去，像在寻找什么人。事实上，她并不知道她要寻找什么，只是神经质的坐立不宁。

她回到自己车厢时，走廊上的年轻人已经散去，他们就在隔壁车厢，欢快声对比她这边冷寂，六人位车厢只有她一人。

间中，有两位男生过来，拿着票子对座位，其中一位朝她眯起一只眼眨眨，胖胖的脸颊红通通。哼，小屁孩敢朝我放电眼！她的眸子转向窗外。

她只是看起来柔弱，很难让人相信她会打架。好看的女孩也会让父母担忧，十岁时被父亲送去跆拳道班，一路练到蓝带。母亲制止她练下去，不希望女孩子武头嚓啪（武腔、不文静）。蓝带已经给她足够自信，要是被人侵犯，她会强悍反击。公交车上向她伸"咸猪手"的男人曾被她推倒在地；她也不接受无伤害调情，更不认同一夜情，她比同龄女生保守。

两个男生只坐了一分钟，隔壁的喧闹又把他们召唤过去。

她离开教师岗位选择没有保障的自由职业，便是向往夜夜都有欢笑声的派对，希望像学姐一样身边簇拥着目光透着憧憬的年轻人。事实上，她的个性并不适合社交型工作，她脸皮薄要面子，做活动跟做市场一样，需要公关能力，需要口才。她是天蝎座，A型血，有些内向，手比嘴巧，内心倔强有控制欲，她的坏脾气只发作在最亲近的关系中。

检票时，她从乘务员那里确认列车虽然到达萨尔茨堡，但不是终点。现在是晚上九点左右，到达萨尔茨堡是早晨六点。凌晨往往最困，她怕坐过站，给手机和Ipad都上了闹钟，却平白担心起闹铃也许不响或者闹不醒自己，烦恼简直绵绵不尽。

她将要入住的民宿check in时间是下午五点以后。这一路，住民宿或旅馆，只有萨尔茨堡这间民宿入住时间在傍晚，她恰恰是在凌晨到达这个城市。她别无选择，坐夜车可节省一晚住宿费用，而这间民宿就在中央车站旁边，价格也比别家低。

这趟旅行并不在计划中，她与阿里分手后，才冲动地走上欧洲旅途，一走便是一个月，花了她银行卡上一半存款，以至她斤斤计较，买错一瓶水都会让她泪崩。此时她才发现，一番慌慌张张的折腾，这大瓶气泡水裹在马甲袋里居然未被扔弃，她好像从未如此珍惜到手的任何物资。

她是个自律的女孩，虽然没有经历过父母有过的匮乏年代，但父母从匮乏年代带来的不安全感给她很深的影响。突然到来的消费社会，物欲蓬勃，在她成了工作动力。她当教师那几年就没有消闲过，寒暑假做私教赚不完的钱，付房贷同时，听从父母劝告没有停止储蓄，为了给未知的将来稳定保障。未料到积攒的钱，使她得以从事这几年表面风光收入不稳定的职业。也恰恰是在这几年，她跟随学姐用名牌武装自己，在昂贵的大酒店的健身房美容院买年卡，总之，开始跻身于高消费人群。

躺在硬邦邦的椅子上，睡梦里她还在担心自己失眠。夜里十一点，车厢里突然出现三位女子。

她起身与她们寒暄，获知她们来自纽约。虽然她的英语只能勉强应付日常会话，但在意大利，能和英语族人对话，就像看到故乡人。

她们是母亲带着两个成年女儿，从威尼斯上车，目的地也是萨尔茨堡。三人都是高个子，每人一只半人高的登山包，车厢立刻显得拥挤。她心里却涌起满满的安全感，至少，不用担心坐过站。

纽约母亲示意她继续睡，与两个女儿在对面坐成一排。母亲和女儿一样穿T恤短裤运动鞋，四十多岁的女人仍然充满时尚活力。

她很容易依恋年长女子，学姐长她十岁，她们相处和谐。有人说她完全可以靠绘画和设计吃饭，学姐在利用她的才华。每次做展览，她都会无偿贡献独一无二的设计方案，她却认为这是一种投资，才华需要平台展示。

三个纽约女人疲倦得立刻打起瞌睡，她对自己横躺在椅子上感到不安，可她们带来的安全感让她立刻又沉睡。再醒来已经凌晨四点，她上了一趟厕所，发现隔壁几个车厢人都走光了。她赶紧去拍醒纽约母亲，让她睡自己这边的椅子，她拿了双肩包去隔壁车厢睡，却完全没了睡意。

火车在某个站点一停停了半小时都不止，她现在但愿火车停得久一点。虽然房东同意让她把行李先放去他家，但六七点钟就去按铃也太扰人了。

她是通过爱彼迎（Airbnb）找民宿，只有萨尔茨堡这一家没有展示房间内景。两张灰色调的楼房外部和门口街道的照片，气氛有些阴沉，可房价吸引人，交通方便，是萨尔茨堡民宿中价格最低，离火车站最近的一间。

学姐打算八月和一群画家去西西里岛，劝她同游，她羡慕却婉拒了。学姐丈夫画卖得好，家境富裕，她不愿意和有钱人一起旅行，让自己捉襟见肘。

与阿里才开结婚证明便吵架吵到离婚，正是因为经济原因。

阿里花钱大手大脚，恋爱期间买了车，两人同游日本期间，每顿正餐都要找有米其林星的饭店。并且阿里租了崭新的别墅房，他母亲也一起搬进来，她起先以为是暂时的，然后才知，阿里把母亲的老房子给卖了。

她非常震惊，阿里出身贫寒家庭，却给她富家子弟错觉。他给租来的别墅房装修，然后请朋友来 house worming（暖屋），光买食材就花去近万元，牛排肉肠都买进口。如果再办婚宴、蜜月旅行，卖房的钱将所剩无几。

花这些钱还不是为了你？假如阿里不是用怨恨的口气说这句话，她就原谅他了，她后来这么想过。当时，她的恶脾气就上来了，不由分说给了阿里一巴掌。

阿里也非常震惊，看上去文弱的女生，竟出手打人。

你骗我！把自己装扮成小开！

我什么时候说过我是小开？他向她吼。

你敢吼我？她的手再次出击，却被阿里抓住双手。

没想到你这么野蛮！阿里只能被动地抓住她的手，他一时不知该如何对付他曾经以为是娇弱的"囡囡"，是的，他随她家人疼爱地唤她"囡囡"。

你为什么骗我？她哭了，手被抓在他结实的手掌，突然就泄了气。

我没有骗你！我从来没有说过我是小开。

你装得像小开。

阿里放开她的手，好看的细长眸子湿了。我承认是我虚荣，跟你在一起，我花了太多的钱，我觉得这会让你开心！阿里蹲下身，抱住头。

你认为我很虚荣，只爱有钱人？她问。

因为，你的学姐是那种人，她说过，只跟有钱人交往！

她有些吃惊，然后道，我没有听见她这么说。可她心里又很明白，即使学姐说过这话，也不影响她对学姐的崇拜。这崇拜也包含了学姐炫目的装束——那些名牌和奢侈品。

她问阿里，既然看出我虚荣，为什么还要卖掉房子，拼命花钱？

我也不知道，有点昏了头，只想着要你开心！

也许这正是她需要的不顾一切的爱，可是她却视之愚蠢，对他鄙薄。一直要到后来，她更成熟以后才会明白他对她的非理性的爱。那时候，当然，他们早已成陌路。

因为，她曾在他面前抱怨每天挤地铁，羡慕学姐有丈夫车子接送，他便去卖了母亲的房子去买车；她从托儿所开始就全托，中学到大学也是住学校宿舍，工作后常吃外卖。与阿里恋爱，才有机会品尝美食。他每天变着花样给她做中餐西餐日式料理，让她三个月里增重五磅。那是一种实实在在的小确幸，假如没有后面的财政危机，她真以为找到了幸福生活。

其实，阿里租住别墅房并非只为结婚，多半是听了她的建议——做私宴比开饭店更赚钱。她说做空间累积了人脉，他们将是阿里私宴的未来客户。那时他的小西餐店租约正好到期，房东又要涨房价，他干脆把小店盘掉，打算在别墅房做私宴。

他以为她可以和他一起重新开始，先帮助他在事业上成功，赚了钱再买新房。他太乐观，认为自己有手艺，不愁未来。

她看到的是阿里不计后果的轻率，她暴跳如雷崩溃大哭的样子令他害怕，仿佛生活突然撕开血淋淋的伤口，他对她的热情瞬间熄灭。

我们认识时间太短，彼此有很多误解。他对她说，我们结婚太仓促！

这话轮不到你说，是我不要你了！她向他尖叫。

你有病是吗？他也变得恶狠狠。

她扬手给他一个嘴巴。

他克制着没有拳头相向，以他每天在健身房的无氧力量训练，她怎是他的对手？当然，他不会打女生，更何况是他爱过的女友。

学姐根本不相信她会动粗，力劝他去向她求和。她向学姐摊开他的财政状况，学姐也不肯相信——没有人会这么傻！但也不再劝他们和好。

她坐在火车走廊的弹簧椅上，车窗外是清晨的奥地利田园风光：山峦起伏在远处，草地上散落着童话般小房子，树木参差在房子四周，烟囱倾斜在屋顶，烟雾袅袅；然后，突然闪过水平如镜的湖面，山峰倒影亮眼。眼前美景交错现实残片，好像全身力气都耗尽，她闭上眼睛，很快就盹住了。

她醒来看到车窗外的站牌骇然写着SALZBURG。她跳起来，这不是萨尔茨堡吗？她担心成真，终于坐过站了！不，火车还停着。她冲进车厢拿行李箱,那三位纽约女子还在睡呢!她把她们拍醒,她们似乎在几秒钟时间里便拿上自己的行李奔出火车。

她跟在她们后面,走上站台,想起那瓶气泡水,终于被她扔在火车上。

萨尔茨堡的中央车站像一条直而宽的走廊,两边有一些诸如快餐店和超市之类的商店。谢天谢地,车站有 wifi,她在国内网上购买的欧洲带流量电话卡,到了欧洲后才发现与自己的苹果 5s 不 match(匹配),虽然网上的技术员告诉她是 match 的。

不想太早打扰房东,为了延宕时间,她在车站中间有大理石台面的地方安顿自己,放下双肩包和行李箱,打开 Ipad 看了一会儿微信。朋友圈里多是来自中国亲友的各种美食图片,好像所有的人都在餐馆享受人生。以阿里的手艺,他无论如何都不会有生存问题。她仍然不时要为阿里的未来思虑一下,虽然如今看不到阿里的信息,他们已经互相屏蔽,再见他,就要通过律师了。

阿里不计后果猛花钱让她震惊失望,但她并没有下决心和他立刻分手,他给她的温暖比激情更靠得住。她在集体宿舍长大,对家庭需求更强烈。然而,她幼年在全托幼儿园时养成的打架坏习惯、不受控制的撒野,吓退了阿里,毕竟他们之间有很多盲区。她此时又怀念起相恋十年的男友,他太了解她了,可以容忍她的坏脾气,或者说,他纵容了她的坏脾气。

但她又明白,她终究是要和阿里分手的,阿里的率性只够用来恋爱。在大都市生活,生存优先爱情,她不想跟着阿里过有"风险"的日子。潜意识里,她仍然把婚姻当作庇护所。

天空似乎更亮了,已经过了八点,她才去预定的民宿。

电话没有流量,最大的不方便是不能根据 google 地图找民宿方位,尽管它们就在中央车站周围。

从车站反面过一条街口便到了民宿所在大楼。这么一条短短的几百米的街道,她问了两个人才找到。

她在大楼下面按铃,没人应声。楼里有个邻居出来,她才得以上楼。民宿在四楼,她按铃后又等了好一会儿。

门打开,黑黢黢的门廊,一个男人裸着上身坐在轮椅里,一块类似于被单的布片盖在他下身上,她瞥见一只金属夹子夹在下腹部。男人便是房东 Sud,胡子拉碴看不清年龄,他镜片后的双眸深陷,她不敢直视。男人将轮椅朝后退去,她随他木然进门,按照男人指示把行李箱放进厨房。

临走时,房东告诉她,可以在十一点半之后入住。她仓皇离开,走出大楼时,心脏都快跳出喉口。

坐在轮椅赤裸上身的男人是否变态?她的脑屏幕上已经闪过各种恐怖镜头,她记得美剧 *Killing* 是改编自奥地利电视剧《谋杀》(其实是改编自丹麦电视剧),画面的阴森黑暗令她半途弃剧。她又想起曾经有报道发生在奥地利的连环杀手,那是一位著名记者,杀了十一名女性。

她回到中央车站,拿出 Ipad,此时,她是多么感恩车站有 wifi。她首先进爱彼迎网站,找到房东 Sud 的网页,去看房客们的评论。其实，她预定民宿时，应该都看过评论。果然，在Sud 的页面，有一百多条好评。其中有女性头像，来自韩国。

她的惊恐感略微平复。但心里还是忐忑，你永远无法预知，一个变态的人何时会突然失控。她回想那张胡子拉碴的脸，眸子深陷藏在镜片后，他向她微笑时她只觉得浑身发冷。

而且，这是一套面积很小的两室单元，她进到厨房这一分钟，已经打量到整套公寓格局。并排的两间房，厨房和浴室分别在走道厅的两端。她之前住过的民宿，空间宽敞，屋内装饰讲究，即使和房东住同一单元，也是互相隔离的。

她知道，明智的选择便是换民宿，虽然已经付出的房钱退不回来了。事实上，这间狭小不甚考究的民宿，比昂贵的米兰和佛罗伦萨的民宿都要贵。可是考虑到自身安全，付出去的房钱实在是很低的代价。然而，她上网后发现，爱彼迎网站的民宿和 Booking 网站的旅馆都满了，现在是七月下旬，正是一年一度的萨尔茨堡音乐节时段。

慌乱中，她通过微信给学姐语音电话，描述房东的形象，也复述了房客们的好评，希望听到学姐的判断。学姐笑她大惊小怪，说西方人喜欢裸睡，她清早按铃，人家行动不便，急着应门来不及穿衣。学姐说起在纽约游学时，从公寓窗口常看到对面那家南美人赤身裸体在房间走动。这一番电话多少安慰了她的忧虑。

她冷静下来，心智又回到日常节奏，抓紧时间去老城走景点。中央车站去老城步行就能到。在路上，她看见一家漂亮的小咖啡馆,也许时间太早,店里未见顾客,只有一位中年女子在打理店面。她坐进去,要了一杯咖啡一只奶油夹心面包。

咖啡驱散她的疲惫,面包填了饥,心情重新振奋,她看事情的角度也变了:这间民宿地段超级方便,关键是,那么多的好评,凭什么,到了她这儿就有危险?他不过是个下身瘫痪的男人。

虽然是七月下旬,萨尔茨堡的热浪已过,走出咖啡馆,微风拂来几分凉意。她仍然是昨晚的装束,睡皱的连衣裙和同样皱巴巴的针织开衫,长发凌乱,一张隔夜脸。化妆包放在箱子里,慌忙中忘记带在身边,否则,至少可以在咖啡馆用湿纸巾擦一下脸,化个淡妆。她在上海,不化妆绝不出门,更不会料到自己在欧洲可以不洗脸不刷牙不梳头就上街,并且还坐了咖啡馆。不过,谁会介意呢,假如自己不介意?

早晨的街道几无行人,车辆也少,她想起这天是礼拜天。

她慢慢逛着,看到漂亮的建筑,便停下来,用手机拍下。欧洲行给她最大满足是饱览各个时代的经典建筑。眼前的萨尔茨堡老城,集合了中世纪、罗马式、巴洛克和文艺复兴时期的建筑,还能看到君主政制时期的市民建筑。

她曾经很想当建筑师。她从小和父母挤住在旧法租界的亭子间,周围遗留不少殖民时代的老洋房,令她向往。她年少时爱画水彩,多是写生老洋房。她的画面是灰调子,那是上海太多阴雨天给她的色感。她画晴天的街道,洋房也是被街边梧桐树茂密的树叶阴影遮盖。艺术上的直觉让她更关注阴影,高光后面的暗部区域是最难表现的。她的画很受艺术前辈推崇。在前辈力劝下，她到底还是进了艺术学院，希望成为纯艺术画家。

她大学毕业时遇上房产市场繁荣，虽然父母已经从亭子间换到两室户老工房，在她说服下，他们把所有积蓄拿出，让她付商品房头款。她带着父母住进三室一厅大房子，却到了三十多岁又一家人退回老房子。学姐因此感叹，觉得她被"囡囡"的小名耽误了，幼稚、缺根筋，空有手艺和姣好容貌，没有为自己赢得富足安定的生活。归根结底，没有选对结婚对象。但学姐未必就选对结婚对象，虽然生活富足，先生却花心，这是学姐人生的阴影部分。生活就像她的画，有光就有阴影，阴影让画面更真实，富于质感。

米拉贝尔宫的大理石大厅门口，有几对新人——白婚纱新娘和黑色燕尾服新郎，他们被家人簇拥着，在拍合影。

渐渐地，游客越来越多，他们互相拍照，更爱拍新人。

她坐在花园的长椅上，远远观望着。场景越来越生动：有马车载着新娘新郎从大理石厅后面绕过来，阳光给马车镀上金边，新娘的雪白婚纱在风中轻盈起舞，似要飞起来——带着新娘飞。她有一种置身在电影中的幻觉。她此时所处的米拉贝尔花园便是《音乐之声》中玛丽亚带着孩子们唱 *Do-Re-Mi* 的场景。这部电影她看了三遍不止。修道院的贫寒女孩嫁去上流人家，西方的浪漫爱情故事，多半脱胎于"灰姑娘"的传奇。电影的功能不就是造梦，抚慰灰暗的人生？她从来不去质疑所谓的真实性，故事有个好结局真令人愉悦。

在欧洲，经常会有置身电影中的幻觉，她已经免疫，可以淡然面对。眼前的新人+美景，整个米拉贝尔花园，唯有她安然端坐，不去挤拍照的热闹，她要拒绝的恰恰是这些画面。

"结婚"于她更像终场，恋爱的终场。她曾经有过相恋十年的男友，开了结婚证明，筹划婚礼时，两家人闹起矛盾，不外乎利益得失，始于青梅竹马的恋情无法面对世俗纷争，他们选择分手。那年她才二十六岁。

与阿里相遇已经是五年以后。他们热恋半年，开完结婚证明，问题就出来了，仍然与世俗价值有关。这一次两人的家长并未来得及参与，冲突更直接也更难堪。现实就像巨大的冰箱，婚姻就是走进现实，恋爱越热烈越容易冷却。所以，这白色婚纱看起来如此轻盈、缥缈，无法承受生存之重！

阳光铺满米拉贝尔花园，鲜花红得耀眼，她的人生中很少有机会面对这大片造型被精心设计的鲜花，她的眼睛仿佛承受不了这般炫目的美，困倦罩住双眸，她想闭一下眼睛，竟打了个盹。睁开眼睛，已过十一点。

她回到民宿，开门迎接她的房东 Sud 已焕然一新：他运动短裤配一件格子短袖衬衣，胡子刮干净后，才发现他还年轻，不会超过三十五岁，端正的五官，不失英俊。她先前的忧虑在消失。

她入住的房间，有两张单人床，她站在房门口一眼就能看出，两张床的床单被褥都换洗过，房间也打扫干净了。她注意到：这间房的墙上贴满了儿童画。

是我儿子的房间。Sud在她身后说。

于是他们在过道里聊了一会儿。

你儿子不再住了吗？他多大了？

他九岁，每星期回来住一天，平时和我前妻在一起。

儿子？前妻？他能结婚生子？她充满疑问，不由瞥一眼他萎缩的双脚。

你…怎么会……我是说，你怎么会坐……轮椅？她才问出口就后悔自己的冒失。

三年前攀岩摔下来。他告诉她。

她太震惊了，仅仅是三年前发生的事。

下午，她再回老城，天都阴下来了。一个与她无关的人，从健康变成残疾，竟给她很深的刺激，还有内疚——她先前的那些荒唐想象。

晚上她去看了一场莫扎特的《魔笛》，回到住处还不到十点。门打开时整个单元是暗的，她的心情立刻黯然。房东的遭遇给她的萨尔茨堡之行敷上了阴影，即便刚刚在剧场，她都会注意是否有坐轮椅的人进来看戏。她会想，他再也不可能像她那样轻轻松松逛到老城。即使残疾仍然需要为自己的生存负责，或许还要付孩子的赡养费。他告诉她，他本来应该上班，今天因为同时有人离开和入住，他才留守在家。

她轻手轻脚到厨房给自己做三明治。下午去了一趟超市，买回可以吃两天的食物，面包夹腌制火腿肉和番茄，就着果汁，便可以当一餐。她是伴着麦当劳长大的一代，吃了二十多天的三明治、比萨和意大利面,并没有厌食。

事实上,她在味觉方面有些迟钝,即使阿里带她领略了超出她生活水准的美食,她也不会像学姐那般对美食迷恋。对于她,敏感的是视觉,口感差一些没关系,美感很重要。所以她不是缺根筋没有找对未婚夫,她的恋人有共同特点,都长相英俊。她要让眼睛愉悦,如果对方不好看,其他条件再好,她都无法接受。

走道亮起灯光,房东摇着轮椅从房间出来,他们互相招呼,聊了几句。得知他未吃晚餐,她也为他做了一个三明治。Sud说他不喝果汁,给自己倒了一杯气泡水。她才看到厨房地上堆了几十瓶气泡水,纸罐消毒牛奶则堆在料理台上,因为堆得太整齐,你甚至不会让人注意到它们。

他的轮椅进厨房后,她只能朝后退到厨房靠墙,空间太小,挤不进第三人。这样的近距离,加上厨房灯也不够亮,她感到压抑,努力找话题。

他们交流了各自的职业。当他告诉她职业是舞台设计时,她笑出声,太巧了,我们差不多是同行,我就是画画的,但也做空间设计。

他告诉她,舞台设计之外还需要兼职才够生存,她就笑不出来了。每一个人都是生活在自己的现实中,哪怕你所住的城市很美,各国新人来此结婚留念,你个人生活不会因此受到惠顾。她这么联想,忍不住又问:

你受伤后,你妻子才和你离婚吗?

受伤之前离的婚。

她立刻对自己的"想当然"而羞愧,也许这就是有人抨击的"大陆人的价值观"!但她仍然控制不住继续发问。

你……你能适应吗,跟以前完全不一样的人生?

我已经适应,没问题!他态度温和,眼神并不阴郁,一切都很好!他似乎强调了一下。

是的,你可以雇人打扫清洗。她指指房间。

不用雇人,我自己能做。他示意她,她才注意到,厨房窄小的空间并列三台机器:洗衣机、烘干机和洗碗机。

她受到震动,这就是西方的个人主义?成为自己的主人,为自己的命运负责,不依靠任何人,为了换回精神上的自由!

她回到上海后,经常回想这一幕,小厨房里他们短暂的对话——灯光有些黯淡、局促的空间,他们吃着三明治,断续地聊几句,声音很轻,因为他的声音轻,于是她也把声音压低,就像情人之间在絮语。她有莫名的紧张,这套小单元的两室户,只有他们两人。她的人生中,从未有过,和陌生人同处一个狭小的空间。也许更多是压力,面对被灾祸损毁的肉体,内心如何控制不去追寻之前的完美?

有一阵,这个场景经常在梦里出现,它成了笼罩在这趟欧洲行的阴影,却使这趟旅行有了回忆价值。

她回到上海后重新又画起画来,当她描绘她喜爱的阴影时,常会想到坐在轮椅里的Sud。

他们成了朋友,两人的英语都不够好,所以,只是在节日时互相写几句问候语。她没法告诉他，萨尔茨堡之行带给她的震动。她给 Sud 寄了一张她新创作的水彩画——晴天的上海街道。她的画风发生了变化，从具象走向抽象：三层高的老洋房是模糊的轮廓，挡在房子前的梧桐树，茂密的树叶阴影如同一团乌云，从房顶落到墙面，一缕阳光像刀锋斜斜地切开阴影。阴影如此浓郁，阳光照亮的部分便格外突兀，使画面呈现无法言说的戏剧张力。

（初刊于《作家》二〇二〇年第四期）

附　录

审美的秘密
——关于唐颖短篇小说的对话

王雪瑛：《阴影》《烈饮》《你在纽约做什么？》《玻璃墙》《和你一起读卡佛》这些作品中，我读到了异域的故事，偶然的相遇，短暂的交往……不同的文化背景，陌生人中的熟悉者，打破了日常生活重复的节奏，加入了动荡和悬念的乐句，而悬念和不确定性既是异域生活中的真实，也是现代人生存境遇的隐喻，打开了审视自我和人性的新空间……犹如一部纪录片，将镜头面向生活的大河，开阔、混沌、丰富，在生活的大河一往无前的流动中，审看着现代人的内心。现代人的处境，在异域中人与人的邂逅与交流，遇见与别离。

不同的读者，会有不同的访问对象、不同的探寻空间，让我联想到了浸入式戏剧。观众进入不同的空间，会体验到不同的剧情……正是在短篇的有限篇幅中，开放性形成的张力、丰富而混沌的生活质感、模糊着真实与虚构的界限特别吸引我，让我联想到了纪录片，联想到了法国新浪潮的教母阿涅斯·瓦尔达自编自导的纪录片，瓦尔达在谈到她拍摄的对象时说："我喜欢拍摄真实人物；我也喜欢和不熟悉的人打交道。机遇一直是我最好的助手。"

唐　颖：在法国新浪潮电影之前，意大利的新现实主义电影，便开创性地赋予剧情片以纪录的形式，罗西里尼的《罗马不设防城市》、德·西卡《偷自行车的人》等等。我在疫情期间，集中地看了意大利新现实主义和法国新浪潮电影，深感他们的电影和文学具有本质上的接近，虽然电影大师们是为了创作"更电影的艺术品"而进行"纪录"实验——"尽可能不侵蚀原有物质的全貌"。在观众或读者脑海中，将银幕现实的表象或文字现实的描述与真实的现实合二为一，这是我从这些大师电影获得的启迪。因此，你能从我的短篇小说联想到纪录片，是对我的写实能力的肯定。

纪录片镜头摄入了生活中的真实场景，非剧情非主线，却让观众看到了城市的风情写真，看到了在未来可能会消失的城市影像，为后人保留了宝贵的历史资料。以至我们要从安东尼奥尼的纪录片 *China* 去找寻七八十年代的上海面容。

"写实性"划分了严肃文学和类型小说的界线，类型小说只关注情节，不承载"真实"的力量。"真实"是超越时代的，当我打开罗西里尼的黑白片时，他的"记录"质感的镜头，在七十年后的今天，仍然充满蓬勃的生命力而让我目不转睛。

王雪瑛：《你在纽约做什么?》体现了作家特别的创造力，主人公哲子常去东村参加那里的艺术家聚会，小说以她和劳伦斯的相遇和交往为线索，展开她对流动在纽约的画廊和仓库的形形色色的艺术家和作品的相遇。这些艺术家的人生与作品构成互文，如大大小小的浪涌，深深浅浅的旋涡出现在生活的河面上，在哲子的心里，也在读者的心里泛起层层涟漪，有些细节非常有力。

哲子和劳伦斯的关系也是《你在纽约做什么?》的看点，他俩相识一年有余，哲子初见劳伦斯是在一次派对上，他们互留联系方式的细节颇有意味，他们之间无法展开的话题，彼此错过的时间表，直到哲子回上海，思念劳伦斯的同时却把回复他的邮件又删除了……你很擅长表现这样一种微妙的两性关系，比如《和你一起读卡佛》中哲子和托尼之间，《双面夏娃》中阿杜和关山之间，《烈饮》中哲子和Will之间，《瞬间之旅》中楚红和赛姆之间，小说描述了他们互相吸引却又无法真正走近的怅惘。

唐　颖：即使在旅途上，在失去庸常生活背景的旅途上，你仍然无法飞扬。现代女性的学识、经历、理性，令她们深知爱情途上的坎坷，深知爱其实是没有结局的，燃烧得越炽烈熄灭得越快，"灰烬"是人生虚无的象征，所以她们宁愿享受另一种若即若离只在心中憧憬的更为绵长的关系，那种更加"柏拉图"的关系。

  颇有意味的是,旅途是人们挣脱樊篱的机会,你可以隐去自己的日常角色,尝试另一种人生。比如哲子,她从未告诉劳伦斯自己的已婚状态,同时她也因此没法获知劳伦斯的人生真相,他们原本萍水相逢并不需要太多坦诚。然而,对于真切的需求,让他们彼此戒备而小心翼翼,既害怕更深的了解带来的失望,却又不想让自己活在幻觉中。现代人的自恋,为了保住自己不受伤害,谨慎地迈出每一步,其中还有不自觉的权力关系的争锋:在情感关系中,谁更主动,更多付出,谁便处于弱势。然而,我们不都很想在一种关系中成为掌控的一方?

  王雪瑛:对,现代人往往在相互吸引中,又彼此戒备着什么,既防备着付出真情被伤害,又担忧着岁月流走生命中留下的空白……

  唐　颖:"爱"终究是生命的绝对意义。哲子在某个人来人往的热闹场景突然意识到:"这个城市就像个游乐场,如果没有紧密相连的人与你共享生命中的一些片刻,进来或出去,都变得没有意义。"

  在五彩缤纷的城市生活侧面,是一条条缝隙,一次次坠落。人际关系中的选择,都和你想要摆脱孤寂有关。而错失成了你寻爱路上的宿命。这痛楚,读者将通过文学获得共鸣。

  王雪瑛:呈现这些异域的故事是你观察人生,揭示人性的方式，对你有着特别的吸引力吧？其实也考验着作家的写实能力，上上下下的旅人，沉浸在自己的时间和空间里的米兰中央车站、萨尔茨堡中央车站，炎热的新加坡罗拔申码头，玻璃墙内灯光迷离的酒店，地上积雪寒风刺骨的北美巴黎蒙特利尔，走过冬春的纽约街头，穿起夏装的人群强烈的释放感，白雪覆盖的中西部城市，洁净寒冷中的寂寞里，女主人公对 reading（朗读）的特殊期盼，逼真的城市的场景描写与人物内心的无缝对接，这些小说弥散着异域的生活气息和风情。

唐　颖：异域本身富于某种戏剧性。陌生带来的新鲜和刺激，激活了在日常中麻木的神经末梢。小说人物在异域遇到的人或事，更多是即刻的、偶然的，却映射了必然。戏剧中，人物的前史不在舞台展示，编剧却一定知道，因此，他的人物在突变时的行为和选择，是和前史链接的，或者说，是由前史决定。异域邂逅，往往充满悬念，如果说，日常生活是一条轨道，行走在异域便是脱轨，结果无法预料却又可以预料，因为人的行为都是由性格决定的。文学术语中有"性格决定命运"一说，事实上，更像命运决定性格。因为，你无法挑选你的父母、你的祖先，以及你出生的环境，而这一切是在你出生前就已经预设了，是命运的开始，或者说，就是命运。从文学角度，讲述异域故事，更适合"短篇"形式，时间有限，人和人的了解有限，每一个动作和细节却又充满前史的痕迹，因此又极富张力，留给读者更多的想象空间。

王雪瑛：在短篇小说有限的空间里，要演绎一个有分量的故事，有着跌宕腾挪的空间，不让读者觉得逼仄狭小，特别需要结构的布局，叙事的艺术。《八月的圣诞节》让我感受到短篇小说高超的叙事技巧。周六的晚上哲子放弃了观看系里放映的韩国电影《八月的圣诞节》，而决定赴女友乔伊约请在意大利餐馆晚餐，年过五十的乔伊告诉了她一个充满戏剧性的故事：与初恋的高中同学在分别三十八年之后的重聚……小说在不疾不徐中展开情节，延宕起伏中流露环环相扣的悬念，故事的叙述节奏游刃有余，小说的布局犹如中国园林的造景艺术，以人工的亭台楼榭，通过借景障景隔景等造景手法，呈现出以小见大，曲径通幽的审美意境。

唐　颖：小说中，两位不同国度的女性，彼此的好奇和火花，是不同文化带来的碰撞。也是写故事的我，与异国文化碰撞的感受。此时套用意大利新现实主义电影术语："从素材产生结构"。异国生活打开了你的视野，"他者"的视角，让你发现本地人熟视无睹的一切。同时，你也发现，人性又是相通的。在这部作品中，乔伊讲述的故事，给予哲子重新审视自己人生的机会。女性和女性之间，她们经历的痛苦，且不说精神，肉体上的痛楚就已经先天的有着超越年龄、国度、语言和文化的共鸣。女性精神上的相知相爱，也许深切于一般意义上的爱情关系。

图书在版编目(CIP)数据

和你一起读卡佛/唐颖著.—杭州:浙江文艺出版社,2020.8
ISBN 978-7-5339-6170-1

Ⅰ.①和… Ⅱ.①唐… Ⅲ.①中篇小说-小说集-中国-当代 ②短篇小说-小说集-中国-当代 Ⅳ.①I247.7

中国版本图书馆 CIP 数据核字(2020)第 127035 号

策划统筹	曹元勇
责任编辑	王丽荣
封面设计	人马艺术设计·储平
责任印制	吴春娟

和你一起读卡佛
唐颖 著

出版	浙江文艺出版社
地址	杭州市体育场路 347 号 邮编:310006
网址	www.zjwycbs.cn
经销	浙江省新华书店集团有限公司
印刷	浙江新华数码印务有限公司
开本	880 毫米×1230 毫米 1/32
字数	195 千字
印张	9.875
插页	2
版次	2020 年 8 月第 1 版
印次	2020 年 8 月第 1 次印刷
书号	ISBN 978-7-5339-6170-1
定价	45.00 元

版权所有 侵权必究
(如有印、装质量问题,请寄承印单位调换)